어서 모란장으로 오시게

어서 모란장으로 오시게

가슴에 스미는 왁자한 장터의 사람 내음

최용순 네 번째 수필집

어문학사

행복을 찾아서

내가 살아 있는 이유를 무엇이라고 말하기가 어려운 것처럼 내가 수필을 쓰는 이유도 말하기가 쉽지 않다. 굳이 이유를 말한다면 수필은 다른 무엇보다도 재미있고, 짝사랑의 순정처럼 그냥 좋다. 그래서 틈틈이 즐거운 마음으로 나의 멋과 취미를 기꺼이 누린다.

그리고 나는 일상의 일로 지친 나를 끔찍이 사랑하기에 글을 통하여 내 영혼과의 만남을 시도하고, 그것으로 내 인생의 진한 아픔을 달래며 살아간다. 삶 속의 한 줄기 미풍과 천진난만한 어린아이 같은 해맑은 웃음, 이런 것이 내 꿈의 원천이다. 나는 어린아이처럼 청순한 나의 꿈이 자라서 열매 맺기를 간절히 바란다.

인간은 요람에서 무덤까지 사랑을 하고, 행복을 추구하며 살아간다. 사랑의 욕구가 채워지는 정도에 따라 행복지수가 결정된다고 믿고, 지금까지 감사하는 마음으로 사랑을 보내며 살아왔다면, 이제 사랑을 위하여 행복을 찾아 먼 여행을 떠나보고 싶다.

최선을 다하는 사람만이 미래를 꿈꿀 자격이 있다고 한다. 나는 주어진 여건 속에서 하루하루 최선을 다해 나의 길을 가려고 한다. 나의 생활 속에서 무슨 일이든 열심히 하는 것은 내 몫이요, 그 결과는 하나님의 일이라고 생각한다.

지금까지 나를 있게 해준 부모형제, 사랑하는 가족, 언제나 내 편에서 나를 아껴준 모든 분들께 뜨거운 감사를 드린다.

2010년 9월 장미촌에서

崔 龍 洵

차례

그림자

아름다운 삶

*** 일러두기**
한글 맞춤법 규정에 의해 잘못된 표현은 올바르게 수정하였으며, 현재의 사실과
일치하지 않은 내용에 대해서는 저자와의 합의 하에 일부 수정하거나 삭제하였
으므로 원전의 내용과 다를 수 있습니다.

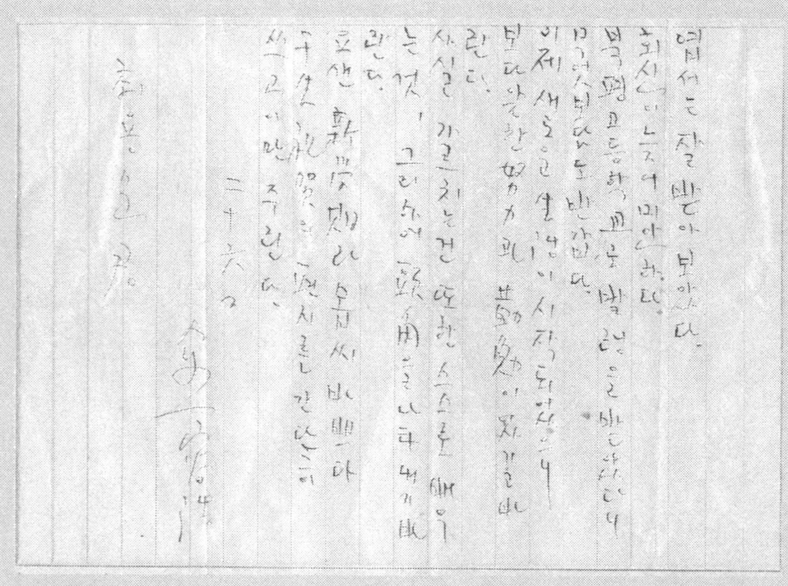

스승이신 故 鶴山 金容浩(학산 김용호) 시인께서
필자의 초임발령을 격려하며 보낸 편지(1969).

어떤 문학상 시상식에서 사제간의 만남. 좌로부터 필자의 스승이신 故 원영동 시인,
황금찬 시인. 필자.

몽돌 파도에
휩쓸리는 소리

세마를 보며

 남의 것은 신기하고 좋게 보이는 걸까. 마호메트가 천사 가브리엘의 계시를 받아 창시(BC 650년경)하고, 19%의 지구촌 사람들이 믿는 이슬람교는 그 수행법이 매우 특이하다. 세마라고 하는 이슬람의 종교의식은 한 발을 땅에 딛고 끊임없이 회전하는 신기한 명상법이다. 세마는, 철학자이자 시인이며 마울라위 수피교단의 창시자 메블라나가 깨달음으로 얻은 지혜와 사랑을 주위 사람에게 전파하기 위하여 시작했다. 세마에 임할 때 돌고 도는 것은 자신의 내면에 있는 빛을 내뿜어 빛으로 가득한 세상을 만들기 위함이라고 한다. 세마를 통해 이슬람교도들은 유일한 하나님 알라와 하나가 된다고 믿는다.

 나는 세마를 보며 중국의 황벽선사를 떠올린다. 황벽선사는 "매서운 추위가 한번 뼈에 사무치지 않았던들 어찌 매화가 코를 찌르는 짙은 향기를 얻을 수 있으리오(不是一番寒徹骨爭得梅花撲鼻香)"라고 하였다. 엄동설한에 꽁꽁 얼었던 상처 입은 매화가 일찍 피고 향기도 짙다. 그래서 예로부터 매화 하면 설중매가 으뜸이 아니던가.

한여름 휘몰아치는 폭우와 타들어가는 불볕더위 그리고 가을의 따가운 햇살과 싸늘한 밤이슬이 아니었다면 싱그럽고 풋풋한 채소며, 탱글탱글하고 새콤달콤한 과일을 어찌 구경이나 할 수 있을까. 온실에서 나온 과일보다 자연산 과일이 감칠맛이 낫고, 하우스에서 가꾼 꽃보다 노지에서 재배한 꽃이 향기가 더 깊고 진하다. 일교차가 심할수록 과일의 육질이 단단하고 당도가 높다.

사람도 시련을 겪으면서 담금질을 한 후에라야 인간다운 인간이 되는가 보다. 후세에 이름을 남긴 성인들은 한결같이 고행을 자청하지 않았던가. 동서고금을 통하여 보면 신앙에 따라 종족과 지역에 따라 시대를 선도하는 선지자가 나타나서 그 시대의 귀감이 되었다. 부귀영화를 멀리한 채 도를 찾아 깊은 산속 토굴에서 지루하고 힘든 명상에 들기도 하고, 혈혈단신 황야를 누비기도 하였다. 바랑 하나 걸머메고 도를 찾아 홀연히 기약 없는 길을 나서는 모습은 상상만 해도 숙연해진다.

그런데 현대인은 조용히 생각할 시간도, 혼자 있을 마음의 여유도 없다. 눈과 귀를 괴롭히는 온갖 것들로 시달리고 있다. 때로는 내키지 않지만 비켜갈 수도 없고, 그렇다고 하고 싶은 대로 할 수도 없는, 나아갈 수도 물러설 수도 없는 막바지에 와 있다. 겉으로는 자유분방한 것 같지만 내면으로 구속당하는 몸이 되었다. 현대인의 어려움이 여기에 있다. 살아가는 자체가 고행이라고나 할까.

사람은 언제나 바쁠 때보다 휴식 중에 가치 있는 생각을 한다. 어쩌면 휴식이 일보다 더 소중하다. 행복을 찾아 가꾸고 키우는 모든 일은 대부분 휴식 가운데 만나고 생각하고 결단하게 된다. 영화를 보고, 음악 감상을 하고, 책을 읽고, 운동을 하고, 새로운 길을 선택하는 등 휴식은 자기충전의 기회가 되어 삶의 질을 향상시키는 갖가지 활동을 가능하게 한다.

자신을 돌보는 것조차 시간이 없음을 핑계 삼는 현대인은 과연 어떤 모습인가. 가식에 찬 앞모습보다 순수한 뒷모습이 사람다울 때 아름답게 보인다. 정작 가꿔야 할 뒷모습은 자신의 눈으로 가늠할 수 없으니 안타까울 뿐이다.

아름다움이란 연등의 불빛이 한지를 통하여 은은하게 새어 나오는 것처럼 외모 못지않게 내면의 아름다움이 조화를 이룰 때 빛난다. 현대인은 과연 얼마나 내면의 아름다움을 가꿀 여유가 있는가.

나이가 들면 수고의 대가를 바라기보다는 누군가를 위해 무엇을 할 것인가를 먼저 생각해야 하지 않을까. 그리고 나이 드는 것을 두려워할 것이 아니라 나잇값을 하지 못하는 것을 부끄러워해야 하지 않을까. 잠시도 스스로를 돌아볼 여유도 없는 사이, 자신의 마음속 깊은 곳에 잠복해 있을지도 모르는 탐욕이 자신을 그릇된 길로 유혹하는 것은 아닐까.

지금 너무나 당연하고 하찮은 일이 누군가에겐 간절한 복음은커녕 아픔이 될 수 있다는 진리가 새로운 행복의 교훈으로 다가온다. 나는 인생을 다시 산다면 마음을 비우고 부질없는 욕망으로부터 자유롭고 싶다. 나를 옥죄는 허울 좋은 관념으로부터 어유롭고 싶다.

어느새 자질구레한 생각들이 스멀스멀 기어 나와 나에게 허여된 공간은 세포분열을 계속한다. 그렇다. 사람이 되는 길은 다른 게 아니다. 의식적으로 비우고 버리는 것이다. 카타르시스는 잃어버리는 것만으로 충분치 않다. 의식적으로 버리는 노력이 있어야 한다.

(문예사조, 2006. 12)

상사화

꽃은 우주의 중심이자 모태의 근원이며 암수를 포용하는 생명체의 집합이라고 할 수 있다. 그러기에 어쩌다 길섶에서 만난 한 떨기의 야생화도 나름대로 이름이 있고 그럴싸한 꽃말이 있다. 때로는 이파리마다 감동을 부풀리며 전설 속의 세월을 피고 지는 꽃이 있어 호사가들을 즐겁게 한다. 알면 사랑하고, 사랑하면 보인다고 했던가. 사계절 지천으로 피는 꽃 중에서도 이루지 못한 사랑의 아픔을 관능적인 몸짓으로 연출하는 상사화가 으뜸이라고나 할까.

상사화는 백양꽃, 석산, 상사화, 진노랑상사화, 개상사화, 흰상사화 등이 있고, 속명은 녹총, 상사화, 개난초, 이별초 등으로 불린다. 한국의 상사화로는 전남 담양 백양사의 백양화와 전북 고창 선운사의 석산이 잘 알려져 있으며, 그 전설이 세상 사람들의 입에 오르내린다.

아주 오랜 옛날 산사 깊숙한 토굴에 도를 닦는 젊은 스님이 있었다. 스님은 소나기가 내리는 어느 날 불공을 드리러 왔다가 나무 밑에서 비를 피하는 한 여인을 보고 한눈에 반하여 짝사랑에 빠진다. 그러나 이룰 수 없는 사랑에 가슴앓이를 하던 스님은 석달 열흘 만에 상사병으로 피를 토하고 죽는다. 그리고 스님이 죽은 그 자리에 돋아난 풀이 말라 죽은 뒤에 꽃대가 나와서 꽃이 피었으므로 풀잎은 꽃을 보지 못하고, 꽃은 풀잎을 보지 못하였다. 그 꽃을 사람들이 상사화라고 부르게 되었다.

또 중국 춘추전국시대 송나라에 한빙이라는 자가 살았는데 그의 아내 하씨는 절세미인이었다. 미모에 반한 왕은 하씨를 후궁으로 삼았다. 사랑하는 아내를 빼앗긴 한빙은 왕의 횡포를 비방하게 되었고, 심기가 불편해진 왕은 한빙을 국경 지방으로 추방하였다. 한빙은 분함을 견디다 못해 자결하니 그 소식을 들은 하씨도 소맷자락에 유서를 남기고 성곽에서 몸을 던져 자살하였다.

'임금께서는 살아가는 일을 다행으로 여기겠지만, 저는 죽는 일을 다행으로 생각합니다. 부디 저의 시체를 남편과 함께 묻어 주십시오.'

하씨의 유언에 왕은 분노하게 되었고, 왕명에 의하여 부부는 따로 매장되었다. 그러나 두 무덤의 나무뿌리는 상대방 무덤을 향해 뻗어 연리목을 만들었다. 그리고 어느 날 두 나무 위에 한 쌍의 원앙새가 날아와 서로 목을 비비며 너무도 구슬프게 울었다. 그래서 송나라 사람들은 두 그루의 나무를 상사수(相思樹)라 부르고, 그 나무 밑에 핀 아름다운 꽃은 상사화(相思花)라고 불렀다.

상사화의 전설을 듣노라면 마치 서로를 그리워 찾아 나서지만 만나지 못하는 비운의 슬픈 연인을 지금 눈앞에서 보는 듯 마음 한구석이 아려온다.

상사화는 봄에 연한 녹색 잎이 나와서 6~7월이면 시들고, 잎이 시들어버린 자리에 8~9월경 꽃대가 나온다. 꽃대를 보노라면 그 모양이 마치 옛날 창조주가 짓궂게 장난기를 발동하여 만든 남근 같다고나 할까. 분기등등한 것이 찌든 그리움을 참지 못하고 누르락푸르락 불끈 치미는 모습은 힘이 넘친다. 어쩌면 잘생긴 그놈이 욕정을 삭이지 못하고 전설 속 주인공을 대신하여 당장 한풀이라도 할 것만 같다. 그러나 분기도 잠깐, 숙명적인 그리움을 체념이라도 하듯 60㎝ 훨씬 넘는 꽃대는 요염하게 불타는 짙붉은 봉오리를 터뜨리고 네 송이에서 많으면 여덟 송이까지 꽃을 피운다. 이와 같이 잎이 시들면 꽃이 피고, 꽃과 잎이 만나지도 못하고, 열매도 맺지 못하는 안타까운 운명의 꽃이 상사화이다.

그리움과 슬픔이 어우러진 꽃 상사화를 보고 옛 시인은 이루지 못한 사랑의 안타까움을 노래하기를,

"꽃이 피기 전에 푸른 잎이 무성하더니(叢生靑葉　花前生)

인연도 아닌 그리움이던가, 갑자기 시들어버리는구나(不緣相思　忽
萎傾)

학처럼 목을 빼고 그리운 정이 간절하지만(莖逐慕情　如鶴首)

겨우 삼일 만에 꽃이 지고마니 슬픔만 더하는구나(落花三日　自悲

貞).”

라고 하였다.

사랑은 서로 숨바꼭질하는 것. 애타게 찾으면 찾을수록 꽁꽁 숨어 버리고, 쫓아가면 갈수록 더 멀리 달아나버리는 것이 사랑인지도 모른다. 누가 말했던가. 짝사랑이 진정한 사랑이라고……. 그러기에 사랑이란 찾아오는 이도, 마땅히 찾아갈 이도 없이 허공을 향하여 혼자 좋아하고, 혼자 괴로워하고, 혼자 힘들어하다가 지쳐 쓰러지는 것. 사랑은 참으로 외롭고 슬픈 것. 설레는 마음으로 찾아 나서지만 사랑은 그렇게 늘 기약도 없이 안쓰러운 기다림으로 목마르게 하는 것인지도 모를 일이다.

그리고 사랑은 오래 참는 것이라고 했던가. 그래서 안으로 안으로 그리운 정을 갈무리하고 혼자 바라만 보는 공수표 같은 것. 그것도 아니면 사랑은 넌지시 한마디 말도 없이 빙그레 웃음으로 속내를 전하는 것. 차라리 몇 마디 어눌한 말보다는 마음과 마음으로 느낌을 주고받는 염화미소, 그것이 알뜰한 사랑이라고나 할까. 어쨌거나 사랑은 기쁨이기보다는 두고두고 담금질하는 세상에서 가장 귀한 아픔이요, 슬픔이라고 할 수 있으리라.

그러므로 이름도 상사화, 꽃말도 '이룰 수 없는 사랑'이던가. 이루지 못한 안타까운 사랑의 주인공이 지금도 이 세상 어디엔가 살아 있어 슬픔을 말하는가. '따뜻한 봄날 나는 사랑을 찾아 피었다고 그리고 그 여름 꽃향기 그윽한 어느 날에 우리 사랑이 이루어지지 못

함을 슬퍼하며 외로운 밤을 보냈다고.' 그렇게 상사화는 계절이 바
뀌고 해가 바뀌어도 호젓한 언저리에 외롭게 피어 오늘도 기약 없이
안타까운 그리움만 한 뼘 자란다.

(참여문학, 2006. 겨울)

바람 부는 날은 떠나고 싶다

창틈으로 새어드는 바람이 제법 쌀쌀하다. 탱글탱글 여물어가는 탐스러운 열매, 형형색색 아름다운 꽃, 여름내 달콤한 자양분을 공급받은 푸른 잎 등 가을에 젖은 어느 것 하나 내 눈엔 놀랍고 대견스럽지 않은 것이 없다. 가을은 살아 있는 모든 것들이 한여름의 넘쳤던 생명력을 거두어들이고 내적으로 충실하고 겸손해지는 고독과 사색의 계절이다.

스산한 가을바람이 부는 날이면 맥을 못 추고 세월을 놓친 상실감에 허둥대는 것은 주기적 생리 현상이라고나 할까. 하찮은 한 점 바람에도 우울해지는 것은 이룬 것도, 가진 것도 없이 빈손이라는 아쉬움 때문이 아니다. 내가 해마다 이렇게 가을을 타는 것은 특별히 이렇다 할 사연이 있어서가 아니고, 끈질기게도 나의 감성을 자극하는 가을이라는 계절 그 자체 때문이라고나 할까.

그러나 가을이 아무리 시리고, 내가 할 수 있는 일이 별로 없다 하더라도 슬픈 것만은 아니다. 어떨 땐 가을을 느끼는 것만으로도 행

복하다. 가을을 느끼는 그 자체가 다행스럽게도 내가 아직 살아 숨
쉬고 있다는 증거라고 할 수 있으니 말이다. 내가 살아 숨 쉬며 무언
가를 생각할 수 있다는 사실 하나만으로 이 세상 모든 것을 가진 듯
이 마음이 넉넉하고 행복하다.

나는 인생을 과연 얼마나 신실하게 살아왔는가. 공자에 따르면 사
람은 세 가지 방법으로 진리에 도달한다고 한다. 하나는 사색이요,
또 하나는 모방이요, 나머지는 경험이다. 사색은 가장 높은 길이고,
모방은 가장 쉬운 길이고, 경험은 가장 고통스러운 길이라고 했다.
나는 공자가 말한 진리가 어떤 것인지, 아니면 어떠한 모습인지 잘
모른다. 어렴풋이나마 진리가 우리 인간이 소망하는 원숙한 경지가
아닐까 생각할 따름이다.

그러면 나는 나에게 닥친 일상의 어렵고 힘겨운 일들을 잘 헤쳐
나왔는가. 하루에 한 번만이라도 어제 일을 돌이켜 회개하고, 내일
의 진실한 삶을 간절히 기도하며 골똘히 사색에 빠져본 일이 있는
가. 바쁘다는 핑계로 생각하기를 게을리 하지는 않았는가. 사색은
차치하고 남의 성공을 모방하는 것조차 게을리하지는 않았는가. 인
생의 모든 것을 배우고 체험할만한 시간의 여유는 누구에게도 주어
지지 않는다. 그러기에 다른 사람의 경험을 타산지석으로 삼는 것은
참으로 현명하다. 공자도 모방을 성지(聖地)에 도달하는 가장 쉬운
길이라고 하지 않았는가. 그리고 나는 가끔 남을 핑계하고 환락을
꿈꾸며 살아오지는 않았는가. 아무리 생각해도 이 가을에 내놓을 이

렇다 할 것이 별로 없다. 나에게 허여된 것이 얼마나 보잘것없는지 그런 구차한 생각을 할 때마다 부끄럽고 창피스럽다.

이럴 때면 가끔은 어디론가 떠나고 싶다. 자신이 가진 것 없이 초라하고, 이룬 것 없이 허전할 때 어디론가 훌쩍 떠나고 싶어지는 게 아닐까. 흔히들 여름을 바캉스 계절이라고 하지만 여름보다는 사색의 계절 가을이 떠나기에는 안성맞춤이라고나 할까. 현실에 전전긍긍하다가 둔감해진 나를 추스르기 위하여 훌쩍 떠나고 싶다. 그게 아니면 시월이 다 가기 전에 감성충전 페스티벌이라도 벌이는 것이 어떨까 생각해 본다.

가정에 대한 불만이 있어서 혹은 외부의 유혹에 끌려 집을 나가는 것을 가출이라고 한다면, 출가는 속세를 떠나 부모형제마저도 인연을 끊고 법문에 드는 것을 일컫는다. 가출이든 출가든 우리는 떠남에 익숙하지 못하고 서투르다. 조상 대대로 농사를 지으며 정착생활을 한 때문일까. 반면 서구인들은 떠남이 자연스러운 생활의 일부가 되어 있다.

맨해튼에서 부와 명예를 누리는 화이트칼라 직장인들 중에는 이게 아니다 싶으면 하루아침에 모든 것을 다 버리고 태평양 연안에 움막을 치고 거지처럼 생활하는 사람도 있다. 이들을 비치 코머(Beach comber)라고 부른다. 우리가 일하기 위해 쉰다면 그들은 쉬기 위해 일하고, 아예 인생 자체를 휴식으로 생각하고 살아가는 사람들이다. 바캉스를 위해 사는 그들은 휴가를 어떻게 보낼 것인가를 생각하며 돈을 모은다. 그리고 여름이 오면 미련 없이 생활 근거지인 아름다운 도시를 버리고 쉴 곳을 찾아 떠난다. 그들은 발길 닿는 곳이면 어디든 간다. 그리고 아무 곳이나 자리를 잡고 명상에 들어간다. 인생의 반은 일하고, 나머지 반은 쉬는 시간으로 보내는 사람들, 그들은 한 푼 두 푼 벌어서 먹을 것을 사고, 명상과 글쓰기로 소일한다. 그리고 먹을 것이 떨어지면 고물도 줍고 가벼운 일을 하여 겨우 연명한다. 그들은 왜 그럴까. 일은 현실적이다. 부도 명예도 일을 한 뒤에 따라온다. '사는 것이 무엇인가'라는 질문에 다다르면 그들은 삶의 의미를 찾기 위해 결단을 내리는 것이다. 구도를 위해 바랑 하나 걸머메고 훨훨 출가하는 종교인의 삶과 일맥상통하는 바가 있다.

자연을 벗 삼으며 자연의 섭리를 즐길 줄 아는 서양 사람들이 부럽다. 장엄한 대자연의 신비를 찾아 히말라야로, 로키로, 알프스로 떠나는 그들은 정말 멋진 사람들이다. 우리도 한평생 자연을 벗 삼으며 배고프면 먹고, 먹을 것이 떨어지면 다시 호구지책을 찾아 나서고, 그러다가 이게 아니다 싶으면 다시 유유자적 명상에 빠져드는 그런 생활을 즐길 수는 없을까.

우리는 어떠한가. 고도산업사회에서 부의 축적을 신앙처럼 떠받들며 오로지 외길로 숨 가쁘게 달려왔다. 이제 우리도 가쁜 숨을 고르고 삶의 의미를 생각해야 할 때가 아닐까. 부귀영화에 악착하여 얼마나 가졌는가를 관심의 대상으로 삼을 것이 아니라 얼마나 비웠는가에 관심의 초점을 맞추어야 할 것 같다. 그래야 지금까지 저지른 죄의 짐을 벗어 놓고 훌훌 먼 길을 떠날 수 있지 않을까.

가을은 마음을 비우고 기도하는 계절이다. 지금 자정이다. 탁상시계 바늘이 두 손을 모으고 있다. 나도 힘들었던 어느 날 그랬던 것처럼 경건한 자세로 두 손을 모으고 눈을 감는다.

(문예비전, 2007. 3~4)

솔베이지의 노래

요즘은 휴대폰이든 유선이든 전화를 걸면 흔히 상대방이 응답할 때까지 수화기에서 음악이 흐른다. 응답을 기다리는 지루함을 덜어 주기 위한 배려라고 할 수 있지만 때로는 상대방의 멘트가 나올 때까지 짜증나게 음악이 반복되기도 한다. 지루함을 덜어주기 위한 배려가 오히려 지루하고 번거로운 경우도 허다하다. 그 음악이 가슴에 와 닿는 상큼한 메시지를 전달하는 것이라면 좋을 듯도 한데, 저마다 취향이 다를 터이니 맞추기란 쉽지 않다.

저마다 다른 취향을 배려한 우수 사례를 서울의 주한 노르웨이 대사관에서 찾을 수 있다. 노르웨이 대사관에 전화를 걸면 담당자에게 연결될 때까지 음악이 흐른다. 그 음악이 유명한 〈솔베이지의 노래〉이다.

우리나라에 〈아리랑〉이 있듯이 노르웨이에는 북국의 청정한 우수가 서려 있는 〈솔베이지의 노래〉가 있다. 노르웨이의 작곡가 그리그가 〈페르귄트〉의 정서를 마름질하고 녹여 내어 음악으로 꽃피운 것이 바로 〈솔베이지의 노래〉이다. 이와 같이 〈솔베이지의 노래〉는 입센의 희곡 〈페르귄트〉에서 피어난 꽃이며, 그 안엔 노르웨이를 유럽의 문학과 음악의 중심지로 자리매김하게 한 입센과 그리 그의 예술혼이 살아 숨 쉬고 있어 세월을 뛰어넘는 사랑을 받는다.

대문호 입센이 민화집에 나오는 내용을 참고하여 쓴 〈페르귄트〉는 그의 작품 중에서 가장 자유분방한 상상력을 구사하여 쓴 작품이라고 할 수 있다. 〈페르귄트〉는 근대인의 부귀와 권력 추구에서 오는 정신적 황폐함, 인간의 지나친 욕망의 덧없음을 잘 말해주고 있다. 그리고 자기를 버리고 간 방탕한 연인을 백발이 될 때까지 가슴 속에 간직한 솔베이지의 순진무구를 이와 대조시킴으로써 그의 자유분방한 상상력을 유감없이 발휘하였다.

주인공 페르귄트는 몰락한 지주의 아들로, 노르웨이 산간마을의 가난한 농부였다. 그는 지나친 공상에 빠져 어머니의 간절한 애원에도 불구하고 집안을 돌볼 생각은 아예 하지 않았다. 같은 마을의 아름다운 소녀 솔베이지를 사랑하고 결혼을 약속했지만, 애인 솔베이지를 버리고 산속 마왕의 딸과 내통해 돈과 권력을 찾아 세계여행을 떠난다. 모로코, 아라비아 등에서 노예상을 하여 큰돈을 벌고 추장의 딸 아니트라를 농락하며 호화와 사치를 누린다. 그러나 그것도 잠깐, 여자에게 배신당하고 정신이상자로 몰려 입원을 강요당하기도 한다. 그는 견디기 어렵게 되자 배를 타고 귀향길에 오르지만 배는 난파당하고 돈은 다 빼앗기고 고생 끝에 무일푼으로 고향에 돌아온다. 어머니가 살던 오두막집에 돌아오니 어머니는 세상을 떠나고, 사랑하는 연인 솔베이지는 오두막에서 옷감을 짜며 그가 돌아오기를 기다리고 있다. 피로에 지친 페르귄트는 백발이 된 솔베이지의 품에 안기고, 솔베이지는 꿈에도 그리던 연인 페르귄트를 안고 노래를 불러준다.

"그 겨울이 지나 또 봄은 가고 또 봄은 가고,
그 여름날이 가면 또 세월이 간다. 또 세월이 간다.
아, 그러나 그대는 내 님일세 내 님일세,
내 정성을 다하여 늘 고대하노라 늘 고대하노라.
아―아―아―아―아―아―아―아―
그 풍성한 복을 참 많이 받고 참 많이 받고,
오, 우리 하나님 늘 보호하소서 늘 보호하소서.
(쉼표)
쓸쓸하게 홀로 늘 고대함 그 몇 해인가,
아! 나는 그리워―라 널 찾아가노라 널 찾아가노라.
아―~~아―~-아―~~-아―~~~아―"

지친 페르귄트는 그녀가 불러주는 애련한 자장가를 들으며 노래가 끝나기도 전에 숨을 거두고 그녀도 페르귄트를 따라 숨을 거둔다.

노르웨이인들은 바이킹의 후예들이다. 페르귄트 역시 바이킹의 후예답게 평생을 부귀와 환락을 쫓아 모험적인 유랑생활을 한다. 〈솔베이지의 노래〉는 돈키호테 같은 남편을 애타게 기다리는 순정의 여인 솔베이지의 애련함으로 가슴을 적신다. 솔베이지의 순진무구와 그의 애련함이 노르웨이인들을 더욱 슬프게 하는지도 모를 일이다.

천혜의 자연 풍광이 살아 있는, 이 세상에서 가장 아름답고 오염이 되지 않은 나라 노르웨이. 그 위에 순정의 여인 솔베이지의 노래가 있어 감동을 더하고 있으니 금상첨화가 아닌가.

기약 없이 누군가를 기다릴 때면 솔베이지의 음률이 들려온다. 무어라 말하면 말이 씨가 될까 두려워지는 그래서 더 애달픈 솔베이지의 노래. 솔베이지의 노래를 들으면 기약 없는 기다림에 갈증이 난다.

스산한 가을바람이 문밖에 서성거린다. 나는 바람 속에 페르귄트를 기다리는 백발이 성성한 솔베이지가 된다. 솔베이지를 살아남게 한 것은 기다림이다. 나의 눈길은 어느새 창문 밖을 향하고, 마음은 허공을 달리며 솔베이지의 가락에 젖어 기약 없는 기다림 속에 함께 늙어 본다.

(생각하는 사람들, 2007. 3)

가슴이 따뜻한 사람

사람이 살아가면서 행복을 누리는 것보다 더 소중한 일이 있을까. 그래서 우리 어머니들은 아이들의 행복을 위하여 눈물겹도록 모든 것을 다 바친다. 어쩌면 지난날 놓친 자신의 몫까지 이루어 주기를 바라는지도 모른다. 주변을 살펴보노라면 지나친 열정이 한풀이 같기도 하고, 뭔가 순리는 아니라는 생각이 들 때가 많다. 문제의 발단은 여기서부터다.

오늘날 우리의 교육, 특히 사교육은 유례를 찾기 어려울 정도로 과열되어 있다. 아이들은 학교와 학원에서 오직 성적 올리기에 벌겋게 혈안이 되어 있고, 어른들은 아이 사교육비로 허리가 휜다. 아이는 아이대로 어른은 어른대로 각자의 생활을 하며 서로 단절되어 살아간다. 가족의 행복이 무엇인지 생각할 여유조차 없다.

그래서 이대로는 안 된다는 목소리가 높다. 그렇다면 21세기의 주역, 우리 아이들을 어떻게 교육할 것인가. 형제자매가 많은 경우에는 밥상머리에서, 잠자리에서 자연스럽게 웃어른 공경도 하고, 형제간에 경쟁도 하고, 베풀고 인내하며 양보하는 것도 배웠다. 그런 환경 속에서 자라 어른이 되면 남을 배려하는 원만하고 성숙한 사회인으로 살아갈 수 있었다.

그러나 오늘날 나홀로(외동) 아이들은 부모의 과잉보호 속에서 그 어떤 것도 경험할 기회가 없다. 남을 배려할 줄 아는 사람이 되어야 하는데 그렇지 못하다. 그저 공부에 쫓기다 보니 자신들이 갖고 노는 마론인형처럼 스스로 할 수 있는 일은 아무것도 없이 대신 해주기만을 기다리는 그런 아이들이 되어가고 있다.

게다가 옛날에 비교할 일은 아니지만 먹고 입고 살만한 세상 덕분에 헐벗고 굶주린 시절은 동화 속의 이야기라고나 할까. 그저 흥청망청, 그리울 것도 겁나는 것도 없으니 점점 제멋대로다. 특히 요즈음 아이들은 입는 것이 까다로워 명품이 아니면 입지 않는다. 그러므로 경기는 엉망이지만 아이들 관련 명품점 업계에는 불황이 없다. 나는 명품을 걸친 아이들을 보며 누구나 좋아하는 명품 같은 사람을 생각한다.

유행을 따라 카멜레온처럼 시시각각으로 변하는 것이 아니라 오랜 전통을 갖고 한결같이 좋은 품질을 유지하는 명품처럼, 인격을 갖추고 언제나 남을 배려하여 오래 사귈수록 진가가 드러나는 사람.

혼란스럽지 않고 심플하면서도 섬세한 디자인으로 몸에 잘 맞는 외투처럼, 세련미와 유머감각이 뛰어나고 편안한 사람.

명품이 늘 같은 격조를 유지하지만 유행이 시시각각으로 변한다

해도 거부감을 주지 않는 것처럼, 언제 어디서나 융통성 있고 잘 어울리는 꼭 필요한 사람.

차별화된 독특한 향기가 묻어나는 명품처럼, 미디어시대가 요구하는 새로운 것을 찾아 나서는 창의적인 사람.

우리 아이들을 이런 명품 인간으로 키울 수는 없을까. 무엇보다 어머니들의 끝도 없는 과욕이 문제다. 다른 아이들은 몰라도 우리 아이만은 꼭 양질의 삶을 누릴 수 있는 화이트칼라가 되어야 한다는 생각으로, 감수성이 풍부한 나이에 조용히 시간을 갖고 사색하며 성숙해야 할 아이들을 그냥 두지 않는다. 미디어시대에는 감성적인 부드러운 사람이 더 필요하다. 마음에 부모형제도, 이웃도 없이 내 것밖에 모르는 인정 없는 얼치기들을 양산하고 있는 것은 아닌지 돌아볼 일이다.

아이들을 놓아주는 것이 부모로서 베푸는 진정한 사랑이라던 어떤 이의 말이 떠오른다. 인생은 달리는 것이 아니라 천천히 즐기는 것인데, 이제는 서두르지 말고 혹여 시행착오가 있더라도 아이들이 스스로 자기 문제를 해결하고, 창의적으로 미래를 설계하도록 맡겨보는 것이 어떨까. 공부는 조금 뒤처지더라도 부모형제도 챙기고, 이웃도 돌아볼 줄 아는 가슴이 따뜻한 사람이 그립지 아니한가.

(잠중 2007. 3)

우연

나는 TV시청을 별로 즐기지 않았는데 스카이라이프를 설치한 후 론 다양한 채널을 골라가며 본다. 그중 치고, 받고, 비틀고, 꺾는 Pride 경기를 보면 매품팔이의 표본 3D경기라는 생각을 떨칠 수 없다. 그러나 과거에 보았던 어떤 격투기보다 박진감 넘치는 Pride 경기는 나의 호기심을 자극하기에 부족함이 없다.

나는 Pride 경기를 보며 인생에 있어 승자와 패자를 생각한다. 언제나 환호하는 승자보다는 씁쓸한 표정으로 물러가는 패자가 안쓰러워 보이는 것이 인간의 정인가. 경기에서 살아남은 승자에게는 자랑스러울 일이지만 패자의 축 쳐진 뒷모습은 아무도 위로해 줄 사람 없이 경쟁사회의 비정함을 숨김없이 드러내 보여준다.

어떠한 경기에 있어서나 승리에 우연이란 없다. 천 일의 연습을 단이라 하고, 만 일의 연습을 련이라 했던가. 단련이 있어야만 승리를 기대할 수 있다. 무술의 본질은 싸워서 이기는 것이므로 무술이 무술답기 위해서는 피나는 연습만이 있을 뿐 우연이 발붙일 틈은 아예 없다.

그러나 일상에서 보면 아무리 노력을 해도 뜻대로 되지 않는 일이 너무나 많다. 그럴 때면 사람들은 기대에 못 미치는 아쉬움을 간직한 채 혹시나 하여 우연에 실낱같은 희망을 걸 수밖에 없다. 그래서 옛사람들은 '진인사대천명(盡人事待天命)'이라 하여 사람으로서 제 할 일을 다하고 그 결과는 하늘에 맡기라고 하였던가 보다.

하지만 우연에 좌우되지 않는 인간의 일이 과연 있을까. 오늘날 인류의 행복을 가져온 우연을 실증하는 깜짝 놀랄 사건들은 얼마든지 있다. 루이 파스퇴르는 실험실에 두었던 박테리아 배양액이 썩은 것을 모르고 콜레라에 걸린 닭에게 주사하여 닭이 회복되는 걸 보고 예방접종의 원리를 발견하였다. 세균학자 알렉산더 플레밍은 방치해둔 박테리아 배양액 접시에서 곰팡이가 무성한 부분에는 박테리아가 사라져버린 것을 보고 예방 물질을 발견하여 페니실린을 개발하였다. 그리고 비아그라는 실패한 심장병 약으로, 심장병엔 별 효능이 없었으나 약을 투여 받는 남자 심장병 환자들이 그 약을 끊으려 하지 않았다. 병원 측에서 이상하게 여긴 끝에 원인을 밝혀내었고, 발기부전 치료제 연구에 착안하여 오늘날 수많은 카사노바 후예들이 애용하게 되었다.

이쯤에서 보면 결국 인간의 일은 우연이 지배한다고도 할 수 있으리라. 개인의 삶뿐 아니라 생명체의 진화를 좌우하는 가장 강력한 힘은 우연에서 나온 것임에 분명하다. 하지만 우연은 나도 모르는 사이에 다가오지만 그냥 하늘에서 떨어지는 것도, 땅에서 솟아나는 것도 아니다. 무엇인가를 애타게 기다리며 간절히 염원을 담금질한 끝에 어느 날 문득 놀라움 속에 다가오는 것이라고나 할까.

그렇다고 우연이 깜짝 놀랄 기적 같은 일에만 생기는 것은 아니다. 때로는 우리를 몸을 가눌 수 없는 슬픔의 나락에 떨어뜨리기도 한다. 2001년 9월 10일 미국 뉴욕 세계무역센터 빌딩의 한 은행에서 근무하던 펠릭스 산체스는 독립의 꿈을 안고 사표를 낸다. 다음 날 9월 11일 테러로 폐허가 된 무역센터 빌딩의 잔해를 보며 산체스는 서늘한 가슴을 쓸어내린다. 그러나 두 달 후 산체스가 탄 뉴욕에서 고향으로 가는 비행기가 이륙 직후 추락하여 승객 전원이 사망했다.

이것은 산체스에게 다가온 운명이었을까. 아니면 우연이 빚은 비극이었을까. 말하기를 좋아하는 달변가들은 운명은 앞에서 날아오는 것이라 피할 수 있다지만 산체스에겐 그것도 아닌 것 같다라고 말했다.

만물의 영장임을 자처하는 우리 인간이란 이익만을 찾아 넘나들기를 일삼는다. 우연은 없다고 강변하면서도 혹시나 펼쳐질지도 모르는 우연을 기대하며 살아가는 이중성을 지니고 있다고나 할까.

미래를 예측할 수 없는 불확실한 현실 상황에선 때론 실패를 각오하는 용기가 필요하리라. 자본투자의 경우를 보더라도 금융상담사는 잘게 쪼개는 작은 걸음 원칙, 분산 전략 등의 해결책을 제시한다.

참 그럴 듯한 말이다. 하지만 따지고 보면 인간은 논리적이지도 않고, 이성적이지도 않고, 다분히 자기중심적이다. 확신과 효율성을 지나치게 추구하면 기회를 놓치기 일쑤다. 불투명한 미래를 긍정적으로 바라보며 우연을 인정하는 날 마음속 깊은 곳에 키워온 꿈은 이루어지리라.

(참여문학, 2007. 여름)

포옹(Free Hug)

서점에 들렀더니 현대인의 화두가 행복이란 걸 보여주기라도 하듯 행복을 디자인한 책들이 줄줄이 나와 있다. 우리들의 일상을 들여다보면 예나 이제나 앞날의 행복을 위하여 무던히도 애쓴다. 아이들은 학원으로 내몰리고, 어른들은 뒷바라지하기에 골몰하다. 그러므로 아이는 아이대로, 어른은 어른대로 행복이 무엇인지 생각할 여유조차 없다. 먼 훗날의 행복을 위하여 정작 소중한 오늘의 행복을 놓쳐버린 것은 아닌지, 행복을 위하여 행복을 반납한 채 현재의 고통을 참고 견디는 데 길들여졌다.

과연 행복은 고통을 참고 희생해야만 먼 훗날에 비로소 누릴 수 있는 것일까. 외국의 한 설문조사 결과를 보면 모래톱에서 이제 막 모래성을 다 쌓은 어린이, 목욕을 끝낸 갓난아기를 안고 있는 어머니 그리고 공예품을 완성한 장인, 꺼져가는 어린 생명을 구한 의사가 행복한 사람이라고 하였다. 행복은 누리기 어려울 정도로 먼 곳에 있는 어마어마한 것이 아닌, 그야말로 지금 가까이서 일어나고 있는 평범한 생활 속의 자잘한 흔적들이라고나 할까.

이렇다 내세울 것 없이 몸과 마음이 모두 움츠러드는 한 해의 끝자락에서 아이들뿐만 아니라 어른들도 행복을 느낄 수 있는 따뜻한 위로의 손길이 더욱 그리우리라.

그러한 틈을 타 올해 지구촌을 휩쓴 프리허그(Free Hug) 운동이 국내에도 상륙하여 명동에서 젊은층을 중심으로 번져갔다. 전혀 생각도 못했던 깜짝 놀랄 이벤트를 대하는 마음은 상큼하고 행복하다. 낯선 사람과의 포옹을 통해 세상의 따스함을 나누는 프리허그는 우리를 갑절로 감동케 한다.

이 운동은 2004년 여름 호주 시드니에서 후안 만이 시작하여 전 세계에 안아주기 열풍을 일으켰다. 너나없이 마음을 비우면 줄 것이 너무나 많다. 우리도 프리허그가 반짝 일회성 이벤트가 아니라 생활 속에 정착되면 얼마나 좋을까. 아마존 밀림의 나비 날갯짓이 대륙에 미쳐 회오리바람(토네이도)을 일으키는 것을 증권가에선 나비효과라고 한다. 프리허그의 나비효과를 기대해 본다.

그런데 프리허그는 오늘날 새삼스런 것이 아니라 내놓고 보여주기의 선구(先驅)일 뿐이다. 포옹은 인간이 창안한 애정표현 가운데 최고 걸작이다. 물론 동물의 세계에도 포옹은 있다. 어떻게 보면 방법이 다를 뿐 살아서 움직이는 모든 것은 포옹을 통하여 나름대로의 애정표현을 한다.

포옹에는 강한 힘이 있다. 한 예로 안아 주고, 입맞춤 해 준 아이들이 훨씬 건강하게 자란다. 부모의 따뜻한 포옹은 아이들의 가슴을 덥혀주고 그 온기가 세포 속에 남아 있어 사랑이 고갈될 때마다 되살아나 가슴을 덥혀준다. 그리고 딸은 엄마 품에 안겨 여성성을 키우고, 아들은 아빠 품에 안겨 남성성을 키운다. 사랑이 담긴 부모의 포옹이 우리 아이들의 일생을 좌우한다. 이와 같이 아이들은 부모 품에 안겨 사랑을 먹고 자란다. 백 마디의 말보다 한 번의 포옹이 더 감동적이라는 포옹 스토리가 친숙하게 느껴진다. 잘 알려진 〈쌍둥이 이야기〉가 잔잔한 감동으로 다가온다.

1995년 미국 어느 병원에서 체중 1kg도 안 되는 미숙아 카이리와 브리엘 잭슨 쌍둥이 자매가 태어났다. 그중 브리엘은 심장에 큰 결함을 안고 태어났다. 심장 결함은 의사들도 어떻게 손을 쓸 수 없으므로 곧 죽게 될 것이라고 생각했다. 그러다가 보니 이렇다 할 치료도 하지 못하고 시간이 흐르는 동안 건강은 급격히 악화되어 브리엘은 죽음 직전에 이르렀다. 그때 담당 간호사가 쌍둥이를 한 인큐베이터에 같이 넣어보자는 제안을 하였다. 그러나 병원 측은 진료방침에 어긋난다는 이유를 들어 난색을 하였다. 꺼져가는 어린 생명을 안타깝게 여긴 간호사는 거듭 애원하였고, 의사들은 고심 끝에 간호사의 제안을 받아들였다. 결국 엄마 자궁에서처럼 두 아이를 한 인큐베이터에서 넣어 길러보기로 하였다. 그런데 쌍둥이를 한 인큐베이터에 눕혔더니 기적 같은 일이 벌어졌다. 카이리가 팔을 뻗어 아픈 브리엘을 감싸 안았다. 그리고 놀랍게도 브리엘의 심장은 안정을 되찾기 시작했고 혈압도 정상으로 돌아왔다. 다음엔 체온이 제자리로 돌아오고 조금씩 나아졌다. 놀랍게도 쌍둥이 자매는 무럭무럭 자라는 기적을 연출했다.

어디 쌍둥이에게만 기적이 일어나겠는가. 누구든지 사랑을 받고 있다는 것을 확인하는 순간 어김없이 기적은 일어난다. 사랑을 바칠 곳은 쌍둥이만이 아니라 우리 주변의 어렵고 힘든 모든 사람들이 아닐까. 그리고 누구에게 주는가도 중요하지만 어떻게 뜨겁게 주느냐가 더 중요하지 않을까. 농부가 메마른 대지를 촉촉이 적셔줄 단비를 기다리듯 사랑은 늘 그렇게 단비처럼 기다림의 대상으로 존재한다. 그래서 사랑은 기쁨이기보다는 차라리 세상에서 가장 귀하고 아픈 그리움이라고 하지 않던가.

버림받고 소외된 우리 이웃을 위하여 사랑 어린 포옹보다 좋은 묘약이 어디 있을까. 한마디 격려로 다가서서 사랑의 두 팔을 벌리면 괴로움도 슬픔도 모두 잊고 환하게 웃으며 달려오지 않을까.

지친 영혼이 얼어붙은 겨울을 녹여줄 프리허그가 반가운 한 해의 끝자락이다.

(생각하는 사람들, 2007. 7)

상선약수

오래전 일이다. 교감 발령을 받고 얼마 안 되었을 때 고위층 손님 한 분이 학교를 방문했다. 마침 학교장이 출타 중이기에 새내기 교감으로서 정성껏 친절하게 모셨다. 친절한 안내가 마음에 들었던지 며칠 후 좋은 만남이었다며 시간이 되면 한번 놀러 오라는 내용의 쪽지와 함께 낙관(落款)이 선명한 서예작품 한 점을 보내왔다. 세로로 '상선약수(上善若水)', 적당한 비백(飛白)이 글자마다 넘치는 힘과 달관한 멋을 한층 돋보이게 하는 작품이었다. 십 년이 다 된 지금까지 고이 간직하고 있다가 다시 꺼내놓고 대하니 느낌이 새롭다.

노자의 『도덕경』에 보면 '가장 좋은 것은 물과 같다. 물은 만물을 이롭게 하지만 공을 다투지 아니하고, 모든 사람이 싫어하는 낮은 곳에 머무른다. 그러므로 도에 가까우니라(上善은 若水라. 水善利萬物而不爭하고 處衆人之所惡라. 故로 幾於道니라)'라는 말이 있다. 가장 좋은 것은 물과 같다는 말은 무엇이며, 도에 가깝다는 말은 또 무엇이란 말인가. 내로라하는 수많은 후학들이 철학적, 종교적 관점에서 그 뜻을 논했지만 이렇다 할 정설이 없을 정도로 아직까지 십인십색 저마다 해석이 분분하니 낸들 알 도리가 없지 않은가. 문외한이 고매한 뜻을 어설프게 논할 수 없는 일이니 높은 경지에 미치지 못함이 안타깝다.

물의 비밀은 무엇일까. 어떤 이는 '물은 감성을 자극하고, 산은 지성을 자극한다. 그러므로 젊어서는 물을 찾고, 늙어서는 산을 찾는다'고 하였다. 또 어떤 이는 '지혜로운 사람은 물을 좋아하고, 어진 사람은 산을 좋아한다(知者樂水요 仁者樂山이라)'고 했다. 그리고 '깨끗한 마음은 맑은 물에서 본 받고, 신중한 말은 푸른 산에서 배운다(心淸師白水하고 言重學靑山이니라)'라고 말하기도 했다.

이러한 이분법적 사고는 그 옳고 그름을 떠나서 한시의 대구형식과 관련이 있는 것 같다. 문사(文士)들이 익숙하고 좋아하는 대구형식에 맞추어 글을 쓴 결과가 아닐까. 호사가들의 이러한 이분법적 사고로 물과 산의 우선순위를 정하여 말함으로써 대자연의 무궁무진한 이치를 경시한 짜맞추기식의 극치를 보는 것 같아 아쉬움이 남는다.

그러나 물은 누가 뭐라 하든 칭송을 받아 마땅하다. 물은 생명의 원천이다. 생명 있는 모든 것은 물이 있어야만 태어나고 살아갈 수 있다. 사람이나 동물 자궁의 양수는 외부의 충격을 흡수하고, 세균 감염을 예방하고, 체온조절을 함으로써 새 생명의 탄생을 가능하게 한다. 그리고 생명 탄생에 필요한 영양소를 고루 갖춘 알도 껍질을 제외한 대부분이 물로 되어 있다. 크고 작은 식물의 씨앗은 공기와 햇볕이 있더라도 수분이 없으면 싹을 틔울 수 없다. 사람의 몸은 물이 88%를 차지하고, 어떤 동식물은 99%가 물로 된 것도 있다. 물 없이 살 수 있는 것은 이 세상에 아무것도 없다.

물은 순리를 거스르지 않는다. 물은 높은 곳에서 낮은 곳으로 흘러 수평을 유지한다. 인공을 가미하지 않은 자연 상태에서는 높은 곳으로 거슬러 올라가는 법이 없다. 물은 거짓을 모르며 공평하게 오는 대로 받아들이고, 가는 대로 흘러 보낸다. 그러므로 옹달샘 물이 모여 강을 이루고 강물이 모여 바다가 된다.

물은 겸손하다. 물은 높은 곳에 머무르지 않고, 언제나 겸손하게 낮은 곳으로 흘러 자신을 낮춘다. 흘러가다가 장애물이 있으면 돌아가고, 그래도 길이 없으면 멈추었다가 길이 트이면 다시 흘러간다. 또 베풀기를 어질게 하여 만물을 이롭게 하면서도 좋고 나쁨을 내색하지 않으니 어떤 강한 것도 감히 맞서 싸우려 들지 않는다. 그러므로 지극히 부드럽고 겸손하면서도 천하의 강한 것을 지배한다.

물은 본성을 잃지 않는다. 물은 그것을 담는 그릇의 모양대로 모나게 또는 둥글게 아주 다양하고 자유롭게 변모한다. 그러나 쏟아부으면 언제나 본래의 성질을 가지고 있어서 틈새에는 스며들고, 파인 곳은 고이고, 평평한 곳에서는 퍼져서 수평을 이룬다.

물은 깨달음의 산실이다. 물은 영혼과 육체에 활력을 불어넣어 세속의 때를 벗고 거듭나게 하는 관용을 베푼다. 어떤 종교의 물세례는 지난날의 영혼과 육체를 버리고 새롭게 태어남을 상징한다. 그러므로 예로부터 사람들은 관수세심(觀水洗心)이라 하여, 물을 보며 때

묻은 마음을 씻고, 거울같이 잔잔한 수면에 비친 자신의 모습을 보고 자아를 성찰하였다.

물은 천의 얼굴로 천의 소리를 낸다. 물은 흘러가다가 비탈진 곳에서는 여울물이 되고, 낭떠러지에 이르면 폭포가 되고, 물줄기가 합쳐지면 강물이 되고 바다가 된다. 때론 곱고 아름다운 천사의 속삭임으로 우리를 즐겁게 하지만, 기상이 악화되어 홍수나 해일을 일으킬 때면 성난 몸짓과 맹수의 포효로 세상 사람을 공포의 도가니로 몰고 간다.

나는 본래 사물을 건성으로 대하는 편이라, 논리적으로 따지기를 즐기지도 익숙하지도 않으니 내 딴엔 아무리 절절한 생각이라도 평상시 쓰지 않던 미사여구를 동원하여 늘어놓기란 쉽지도 않고 어울리지도 않는다. 그러기에 어눌한 말재주와 무딘 붓끝으로 감히 물을 칭송함이 못내 조심스럽다고나 할까.

그런데 노자는 명성에 걸맞게 물의 비밀을 갈파함은 물론 물과 같은 인간의 삶을 후학들에게 일렀다. 그리고 개인의 삶으로 끝나지 않고 지도자의 계명을 설파했으니 "매사에 겸손하고, 마음을 깊게 가지고, 나눌 줄 알고, 믿음을 주고, 정의롭게 하고, 능력을 보여주고, 때를 기다릴 줄 알라"고 하였다.

나는 '상선약수(上善若水)'를 앞에 놓고 생각한다. 현대를 살아가는 우리에게 노자가 말한 물과 같은 삶이 주는 의미는 무엇일까.

(문예비전, 2007. 7~8)

황금 복돼지

　얼마 전 막내로부터 황금 복돼지 휴대폰 액세서리를 선물로 받았다. 닷 돈쯤 되지 않을까 싶은데 순금은 아니고 14K 같다. 금붙이는 본래 안 지니는데 모처럼 묵직한 것을 갖고 다니니까 주위의 시선도 받고, 복이란 복은 전부 나에게로 굴러오는 것 같아서 기분이 좋다. 창피스럽게도 나에게는 아직껏 물욕을 자극하는 속물근성이 마음 깊숙한 곳에 살아 꿈틀거리고 있는 걸까. 누가 뭐라 하든 보증수표라도 받은 것처럼 이렇게 마음이 든든하니 올 한 해는 그야말로 만사가 형통하리라.

　해가 바뀌면서 황금 복돼지 신드롬이 대단하다. 돼지는 흔히 탐욕스럽고, 게으르고, 우둔한 동물로 매도되기도 하지만 돼지꿈이나 황금 복돼지처럼 일반적으로 재복과 횡재를 상징적으로 나타내는 동물로도 잘 알려져 있다. 육백년 만에 한 번씩 찾아온다는 희소성 때문일까. 게다가 요즈음처럼 불황으로 축 처진 사람들에게 복을 준다는 황금 복돼지야말로 신선한 충격을 주기에 부족함이 없다. 누구랄 것 없이 새해엔 부자 되겠다는 꿈도 야무지다. 복동이 출산예정 시기를 맞추기 위하여 산부인과에는 상담이 쇄도한다. 기대와 설렘으로 넘치는 연말연시인 것 같다.

황금 복돼지 아이템으로 기념품 업계가 온통 요란스럽다. 황금 복돼지를 소재로 한 각종 액세서리는 물론 옥도장, 방석, 심지어 베개까지 종류도 다양하다. 모처럼의 기회를 놓치기라도 할세라 길거리, 버스, 지하철 어디를 가나 연말연시 판촉행사로 열을 올린다. 여기에 인터넷쇼핑까지 가세하여 어떤 온라인 쇼핑몰에서는 구매고객 중 매일 한 명씩 추첨하여 총 25명에게 열 돈 분량 황금 복돼지 사은품을 제공하는가 하면, 또 다른 업체는 구매고객에게 금강산 여행권을 사은품으로 주겠다고 유혹한다. 그리고 국내뿐 아니라 미국 한인타운에서도 관련 상품을 판촉하고 있는 걸 보면 범세계적 행사라도 되는가 보다.

그런데 밸런타인데이가 그랬던 것처럼 황금 복돼지 이벤트 또한 역학적 근거도 없는 것을 일부 업체들이 마케팅 전략으로 꾸며낸 것이라는 말이 그럴듯하다. 호사다마라고 했던가. 이러한 판촉행사에서는 거의 예외 없이 인간의 사행심을 볼모로 사기와 가짜가 판을 친다. 인간의 멈출 줄 모르는 물질적 욕망이 악의 온상이 된다고나 할까. 목숨을 건 인간의 탐욕을 보노라면 원숭이 사냥이 생각난다.

옛날 원숭이 사냥꾼들은 원숭이를 사로잡기 위하여 커다란 통을 사용했다. 원숭이가 즐겨먹는 사과, 바나나 같은 먹이를 커다란 통안에 매달아 놓고 원숭이 손이 겨우 들어갈 정도의 작은 구멍을 뚫어서 원숭이가 잘 다니는 곳에 둔다. 그러면 원숭이가 구멍에 손을 넣고 맛좋은 먹이를 잡는 순간 과일을 움켜쥔 손을 뺄 수 없게 된다. 그런데 원숭이는 고집이 세기 때문에 사냥꾼이 다가올 때까지 먹이를 포기하지 않는다. 결국 원숭이는 먹이에 대한 집착 때문에 손을 통에 넣고 먹이를 움켜쥔 채 사냥꾼에게 사로잡히고 만다.

먹잇감을 손에 쥔 채 사람에게 잡히는 것을 까마득하게 잊은 원숭이의 어리석음을 무어라고 변명할까. '원숭이도 나무에서 떨어질 때 있다'는 옛 속담을 실감하게 한다. 어쩌면 이 지구상에서 가장 위선적이며 감탄스러울 만큼 탐욕적인 우리 인간을 빗대는 듯하여 기분이 씁쓸하다.

두 주먹을 꼬옥 쥐고 태어났다가 두 손을 펴 보이고 죽는 우리 인간의 모습이 주는 메시지는 무엇일까. 태어나는 순간부터 무언가를 잡으려고 두 주먹을 쥐고 세상에 와서 한평생 아귀다툼을 하며 살다가 모든 걸 다 버리고 떠나는 것을 생각하면, 우리 한평생이 얼마나 허망한지 알다가도 모를 일이다. 그러기에 세상 사람 누구든 사랑하는 가족에게 무엇을 먹일까, 무엇을 입힐까, 남부럽게 여보란 듯 주머니 채워주기에 바쁜 나머지 편안할 날이 없다.

언제쯤 받는 것보다 주는 것이 마음 편하고 행복할 수 있을까. 이제라도 나에게 너무 집착하지 말고 남에게 어떻게 베풀 수 있을까 하는 것이 우리의 화두가 되어야 하지 않을까. 늦었지만 너나없이 받는 삶이 아니라 주는 삶이 되어야겠다. 오늘을 온전히 살려면 나를 아끼고 사랑하는 마음으로 남에게 다가가야 하지 않을까.

그런데 예나 이제나 이웃을 향한 사랑의 메아리는 가난한 달동네에서 먼저 시작되었다. 의지할 누군가도 없이 외롭게 살면서 주리고 아껴서 주머니 속에 꼬깃꼬깃 간직했던 생명과도 같은, 작지만 크게만 보이는 전부를 흔쾌히 내놓은 어느 할머니의 미담은 가뭄에 단비처럼 상쾌하다.

너나를 떠나, 가진 것이 있고 없음을 가릴 것 없이 황금 복돼지의 복이란 복을 다 모아서 의지할 곳 없는 불쌍한 이웃들의 아픔을 달랠 수만 있다면 얼마나 좋을까.

(학산문학, 2007)

나폴레옹코냑

현대는 저마다 취향이 다양한 개성시대이다. 그러한 현대인의 취향과 얄팍한 상술이 어우러져 이름도 상큼한 각종 이벤트가 시도 때도 없이 자주 열린다. 녹차 시음회가 있는가 하면, 오감충전 페스티벌, 옥토버페스트, 가을철 칵테일 즐기기 등 그럴듯한 모임들이 감성을 자극한다.

사회 지도층의 사교모임이나 신상품 출시와 관련한 마케팅 전략으로 벌이는 이벤트에는 대개 술의 예술품 칵테일이 등장한다. 그중에도 명성만큼 술잔을 감싸 쥐는 방법이며, 한 모금 입에 넣고 감미로운 향을 즐기는 여유로움까지 분위기를 많이 타는 것이 코냑(Cognac)이 아닐까.

영국인들이 맥주를 증류하여 위스키를 만들었다면, 프랑스인들은 와인을 증류하여 코냑을 만들었다. 코냑은 어떻게 불후의 명품이 되었을까.

프랑스 코냑지방은 고대 로마시대부터 포도 재배로 유명하다. 17

세기경 프랑스가 와인을 수출할 무렵 와인은 주요 과세품목의 하나
였다. 그런데 당시에는 수출품의 부피에 따라 세금을 부과하는 과세
제도가 실시되었다. 이에 따라 코냑인들은 세금 부담을 줄이기 위하
여 생각한 끝에 부피가 큰 와인을 증류하여 부피가 작은 코냑을 만
들게 되었다.

또한 네덜란드 상인들이 프랑스 와인을 다량 수입했을 때 와인이
대량생산 되었는데, 얼마 가지 않아 생산과잉으로 재고가 쌓이게 되
었다. 남는 와인을 처리하기 위하여 고심한 끝에 와인을 증류하다보
니 그 맛과 품질을 인정받아 본격적인 생산에 들어가게 되었다고도
한다.

코냑지방은 석회질 산성 토양이라 포도가 시고 달지 않아 와인은
인기가 없었다. 그런데 코냑인들이 와인을 증류하는 과정에서 산성
분이 제거되었고 매혹적인 독특한 향이 났다. 그래서 소문이 퍼지고
코냑 브랜디는 인기를 누리게 되었다. 이때부터 오드비 드 뱅 드 코
냑(Eaudevie de vin de Cognac)이 브랜디 하면 코냑이라고 할 정도로
브랜디 대표상품이 되어 세계적인 명품으로 자리매김하고, 코냑 이
외의 브랜디는 브랜디라고만 표시하게 되었다.

코냑은 두 번의 증류과정을 거친다. 1, 2차 증류과정은 무려 12시
간씩 소요되는데, 브랜디 원액 1리터를 만들기 위하여 9~10리터의
포도주가 필요하다. 1차 증류과정에서 알코올 도수 20~30도의 액체
브뤼이(Brouillis)를 생산하고, 2차 증류과정에서 오드비(Eaudevie)라는

브랜디가 생산된다.

증류작업이 끝나면 품질과 숙성 기간이 다른 오드비들을 혼합하는 블랜딩(목적에 맞는 맛과 향을 내기 위하여 다른 종류의 와인을 섞는 것) 과정을 거치는데, 이 작업을 코냑인들은 마리아주(Marriage)라고도 한다. 이 과정은 코냑의 맛과 향이 결정되는 단계로 블랜딩 비법은 철저한 베일에 싸여 다음 세대로 전수된다.

코냑 제조의 마무리 단계는 오크향을 내기 위한 오크통에서의 숙성과정이다. 마리아주 후에도 무색의 오드비는 리무진 오크(Limousine Oak)통에서 숙성시켜야 오크향과 황금빛이 난다.

그런데 숙성기간이 길수록 값을 많이 받으므로 유통과정에서 숙성기간을 조작하는 사고가 발생했다. 그래서 숙성기간 조작방지를 위해 1983년 코냑 사무국에서 호칭을 제정한 것이 콩트(compte)이다. 숙성기간 1년을 1콩트라 하고 매년 4월 1일을 기준으로 1콩트씩 추가된다. 1콩트가 안 되면 병 판매는 못하고, 오크통 판매만 가능하다. 우리가 흔히 보는 나폴레옹코냑에서 나폴레옹은 6콩트 이상일 경우에만 붙이는 상표이고 1콩트 이상 되었으므로 병에 넣어 판매할 수 있다.

그러면 왜 나폴레옹코냑(NapaleonCognac)일까. 정복자의 대명사 나폴레옹은 자신의 가문을 명문가로 만들기 위하여 무척이나 애를 썼다. 부인 조세핀은 아이를 낳지 못했고, 한 폴란드 여인과의 사이에 장성한 사생아가 있었으나 유럽군주들과 동등한 반열에 오르기 위하여 러시아 로마노프 황제의 누이에게 눈독을 들였다. 그러나 로마노프 황제가 누이를 네덜란드 왕에게 시집보냄으로써 뜻을 이루지 못하자, 차선책으로 오스트리아 합스부르크가를 협박해 앙투와네트 조카 손녀 마리 루이스와 재혼하여 1811년 소망하던 아들을 얻는다. 마침 그해 포도 농사가 대풍을 이루었다. 브랜디 제조업자들이 황태자 탄생과 포도 농사 대풍을 기념하는 뜻에서 나폴레옹이란 상표명을 확정하고 사용하기에 이르렀다.

사실 코냑은 술이기 전에 감로주다. 감싸 쥔 술잔에서는 감미로운 맛과 향이 한 시간 이상 지속된다. 그러니까 연인끼리 마주 앉아 사랑을 마름질하노라면 사랑에 취하고, 향기에 취하고, 술잔 속 풍경에 취한다. 코냑을 즐기기에 가장 적절한 실내온도 17도, 습도 72% 숍에서 코냑 향은 안개처럼 피어오르고 뜨거운 이야기는 즐거움 속에 마냥 무르익는다.

19세기 유럽의 어떤 코냑 애호가가 말한 '코냑에 대한 에티켓'을 보면, 원을 그리며 잔을 흔들면 은은한 향기가 퍼져 나오고, 잔을 가까이 대고 숨을 들이마시면 장미보다 진한 코냑 향이 취하게 한다. 그러나 마셔서는 안 되고 나직이 대화 속으로 빠져들어야 한다. 호사가의 말대로라면 코냑은 마시는 것이 아니고 향기를 즐기는 향음제라고나 할까.

나폴레옹코냑을 앞에 놓고 나폴레옹의 영욕을 떠올린다. 가문에 명운을 걸었던 나폴레옹의 사랑과 야망은 형제와 장인의 도움은커

넝 적보다 혹독한 배신 속에 일장춘몽으로 막을 내렸다. 그의 불운
은 워털루전투에 패배하고 다시 유배되어 백일천하로 끝나는 것도
부족하여, 사랑하는 아들마저 21세의 젊은 나이로 아내도 자식도 없
이 요절하였으니 나폴레옹의 멈출 줄 모르는 영욕은 세월이 흐른 지
금도 코냑 향기에 슬픔으로 묻어난다.

(서울문학, 2007. 가을)

몽돌 파도에 휩쓸리는 소리

아침에 창을 여니 언뜻언뜻 푸른 하늘이 보인다. 일찍 찾아온 장마로 직원들의 연수 일정에 차질이 생길까 염려하여 며칠 동안 신경을 쓴 때문일까, 푸른 하늘이 그렇게 반가울 수가 없다. 간혹 다른 학교는 물 건너로 연수를 떠난다는데, 우린 거제도 지방에서 '역사의 발자취를 따라' 조상의 숨결을 느끼는 1박 2일 국내코스 연수로 만족해야 한다. 그러나 거제도 또한 물 건너기는 마찬가지인 것을 보면 오히려 훌륭한 선택을 한 것 같기도 하다.

떠남은 누구에게나 즐거운 것. 중부, 경부, 대진고속도로를 거치며 죽암휴게소와 산청휴게소에서 휴식을 취하고, 어린아이마냥 들뜬 마음으로 허이허이 달려 저녁 8시 학동 몽돌해수욕장에 도착하였다. 경상남도 거제시 동부면 학동리, 지형이 비상하는 학과 같다고 하여 학동이라고 한다. 바로 앞에 길이 1.2㎞, 폭 50m, 면적 3만 ㎢로, 작고 반들반들하고 새까만 몽돌(오랫동안 닳아서 둥글둥글해진 돌)이 지천으로 널려 있는 국내 최고의 몽돌해수욕장이 있다. 아직

성수기가 아니라서 그런지 파라솔만 날개를 접은 채 좌우로 열을 맞춰 서 있을 뿐 사람은 없다.

티파니리조텔에 여장을 풀고 나니 저녁식사 시간이다. 뭐니 뭐니 해도 여행은 먹거리 여행이 제격인데, 한발 앞서 다른 학교에서 식사를 하고 갔다. 그 바람에 무엇 하나 푸짐한 것 없어 모두들 심드렁한 표정이다. 그럭저럭 저녁식사를 마친 후 내일을 위해 잠자리에 들려고 하지만 이별여행이라서인지 이런저런 생각들이 나를 놓아주지 않는다.

뒤척이다보니 자정이 지났는데도 모래톱이 아닌 몽돌해변에 삼삼오오 짝을 지어 와자지껄하는 소리가 들린다. 해방감이 저런 것인가. 간간이 들리는 익숙한 동료들의 목소리가 잠을 쫓는다. 연인들은 밤바다를 즐긴다는데 나야 문외한이니 밤바다보다는 아침바다가 내 수준에 맞는다고나 할까. 불면으로 인한 환청일까 어둠 속에 부서지는 파도소리가 유난히 경쾌하다. 어서 빨리 찬란한 아침햇살을 받으며 영혼을 뒤흔드는 전율을 맛보고 싶다.

새벽 5시 30분 기상. 해변에 나가니 부지런한 어촌 사람들이 간밤 여행객들이 버린 쓰레기도 줍고, 파도에 밀려온 부유물을 치우느라 바삐 움직인다. 못다 한 이야기의 끈은 언제까지 이어질까. 두어 팀 젊은이들이 눕기도 하고 앉기도 한 채로 이야기가 한창이다. 음료수와 빈 술병이 쌓여 있는 것으로 보아 밤을 샌 모양인데 눌러앉은 자리에서 일어설 줄 모른다.

　해변을 걷는 재미는 파도가 깨끗하게 쓸어버린 모래톱에 발자국을 남기며 파도에 젖을 듯 말 듯 촉촉한 바짓가랑이에 바닷모래가 묻어나는 거기에 있다. 그러나 몽돌해수욕장은 그런 낭만보다는 발바닥이 허약한 현대인이 지압체험하기에 딱 좋은 초현대식 웰빙 코스를 갖추었다. 나는 신발을 벗은 채 지압을 즐기며 바닷물에 젖은 새까만 몽돌 하나를 손에 쥐어 본다. 기분이 그런 건가 지압으로 발바닥이 아프긴 하지만 차츰차츰 발끝에서 머리까지 전이되는 부드러운 느낌이 그야말로 묘하다.

　둥글둥글 탐스런 오석이 너무 예뻐 손에 들고 있기도 아까운데 이 예쁘고 아름다운 몽돌이 만들어 내는 소리가 한국의 아름다운 소리 100선에 올라 있단다. '쏴, 자갈자갈' '쏴, 자갈자갈' 파도가 밀려오고 빠져나가는 소리가 아름다운 속삭임을 반복한다.

　오랜 세월 이리저리 부딪치며 다듬어진 몽돌을 보며 사람도 크고 작은 일로 토라지고 남을 미워하기보다는 몽돌처럼 모나지 않게 둥글둥글 살아갈 수는 없을까 생각한다. 모난 돌은 세차게 흐르는 물 속에서 수난을 겪으며 주먹 같은 몽돌이 되고, 몽돌은 물 흐름을 거스르지 않고 약간은 부딪치며 아름답고 청아한 소리를 낸다. 들쭉날쭉한 돌멩이 사이로 흐르는 시냇물이 아름다운 소리를 내듯이 크고 작은 고통이 있은 후에야 우리 인생도 빛난다. 우리 사람도 부부간에 부모 자식 간에 이웃 간에 부딪치며 다듬어진 생활 속에서 미담을 남기지 않을까.

다른 사람은 차치하고 나는 어떤가. 자질구레한 것은 잊고 대범하게 살려고 하지만 분별없이 제멋대로 살던 젊은 시절과는 달리, 행동거지 하나, 말 한 마디까지도 다시 곱씹어 보게 된다. 아직도 다듬어지지 못한 감정의 찌꺼기로 상대방을 아프게 하기도 하고, 내 스스로의 상처를 만들며 살고 있으니 언제쯤 제대로 된 반듯한 내 모습을 찾을 수 있을까. 비우고 또 비우고 텅 빈 가운데 채워져 오는 무게를 원숙미라고 하지 않던가. 그래서 나이가 차야 어른이 된다는 말이 맞는가 보다.

점점 한 템포 빠른 걸음으로 다가오는 세월. 지난날이 급행열차 수준이었다면, 이제 남은 계절들은 고속철보다 더 빨리 화살과 같이 지나가겠지. 수많은 지난날 울며불며 얼마나 팽팽한 긴장이 되풀이되었던가. 긴장의 끈을 잠시도 늦출 수 없었던 생활 속에서 순리대로 산다고 하면서도 너무나 많은 겉치레와 너무나 많은 제약 속에서 진정한 나를 잃어버리고 살아온 지난날들이 아닌가. 늦었지만 이제라도 부질없는 욕망의 끈을 뚝뚝 끊어버리고 자연 상태로 돌아가 살기를 소망하지만 세속에 길들여진 내 쓸데없는 긴장의 끈을 쉬 끊어버리지 못하는 걸 어찌하랴.

나는 인생을 다시 살 수만 있다면 부질없는 욕망으로부터 온전히 자유롭고 싶다. 나를 쏘아보며 구속하는 세상의 눈초리를 벗어나 마음껏 자유롭고 싶다. 평화롭고 한가로운 평원에도 생존경쟁의 피비린내 나는 밤이 지나면 눈부신 아침이 찾아오듯, 내 인생에 있어 새

로운 행복의 아침은 찾아오리라. 그러면 나에게 다가온 아름다운 순
간들을 기꺼이 누리며 살아가리라.

바람이 불어온다. 행복을 싣고 바람이 불어온다.

(생각하는 사람들, 2007. 9)

마시멜로의 유혹

나는 어릴 적부터 단것을 무던히도 좋아한다. 게다가 요즈음은 술을 마시지 않기 때문일까, 사탕 설탕 불문하고 몸에 좋건 나쁘건 사양하지 않는다. 그중에도 초코파이를 너무너무 좋아한다. 간혹 아이들이 먹고 있는 걸 보면 무슨 수를 써서라도 한 입 베어 먹어야 직성이 풀린다. 초콜릿으로 포장한 푸석푸석한 빵 부스러기야 그저 그렇지만 한 입 베어 무는 순간 온통 입 안을 황홀경에 빠뜨리며 나를 유혹하는 다디단 순백의 마시멜로가 나를 미치게 하는 걸 어찌하랴.

그렇다고 초코파이의 포로가 된 나를 이상하게 여길 일만은 아니다. 한국 초코파이의 원조 '초코파이(초콜릿과 파이의 합성어)'는 1974년 동양제과에서 출시한 이래 2001년까지 매출 9천억 원, 개수로는 80억 개나 팔렸다. 우리 국민 4천만 명이 1인당 2백여 개를 먹은 셈이다. 유사상품을 포함하면 지금까지 가히 천문학적인 숫자이리라. 이는 초코파이가 국민제품, 장수(長壽)브랜드라는 방증이기도 하다. 그런 인기에 편승하여 78년 롯데 코코아파이, 84년 해태 초코파이,

88년 롯데 초코파이, 89년 크라운 초코파이 등 경쟁업체에서 같은 이름으로 잇따라 출시하면서 브랜드 ‘초코파이’는 일반명사로 전락하고 ‘오리온 초코파이’라는 브랜드로 거듭나게 되었다.

초코파이가 처음 나왔을 때에는 어렵사리 가끔 한 입씩 얻어먹는 게 고작이었다. 넉넉지 못한 시절 자장면 110원, 영화 20원, 초코파이는 50원이었으니 누구나 그럴 수밖에 없었다. 초코파이를 먹었던 세대에게는 지울 수 없는 추억으로 반추되고, 신세대에게는 입 안을 파고드는 부드러움과 따뜻함을 주었다.

그런데 초코파이는 결국 마시멜로 맛인데 어떤 사람은 마시멜로는 꼬챙이에 끼워서 불에 살짝 구워 먹어야 제맛이 난다고 한다. 창피스럽게도 나는 아직껏 천연 마시멜로를 먹어본 적이 없다. 유럽 전역에 분포되어 있는 아욱과의 식물이란 걸 알고 있을 뿐 어떠한 가공공정을 거쳐 우리에게 돌아오는지도 전혀 모른다. 그러면서 밥 먹지 말고 그것만 먹으라고 해도 사양하지 않을 정도로 그냥 막무가내 좋아할 뿐이다.

초코파이를 먹는 날엔 호아킴 데 포사다가 생각난다. 그가 쓴『마시멜로 이야기』에 보면 사업가 조나단은 어린 시절 한 실험에 참여했다. 6백 명의 어린이들을 각기 다른 방에 두고 상냥한 아가씨가 들어와서 마시멜로를 주면서 “내가 다시 돌아올 때까지 먹지 않고 있으면 마시멜로를 한 개씩 더 주겠다”고 했다. 어린아이들이 마시멜로의 유혹을 참기란 쉬운 일이 아니었다. 그러나 조나단은 유혹을 떨치기 위하여 혼자서 방바닥을 구르고 뛰며 어렵사리 잘 참았다. 15분쯤 지나자 그 아가씨가 다시 나타나서 먹지 않고 기다린 아이들에게 약속한 대로 마시멜로를 하나씩 더 주었다. 참고 견딘 조나단 역시 마시멜로 두 개를 한꺼번에 먹는 행운을 거머쥐었다.

그리고 10년 뒤에 연구에 참여했던 아이들 중 소재를 파악한 2백 명을 조사했더니 마시멜로를 먹지 않고 기다린 아이들이 학업성적이 월등하게 뛰어났다. 조나단 역시 좋은 성적으로 학업을 마치고 훗날 세계적인 부호 사업가가 되었다. 어느 날 길을 가다가 그의 리무진이 멈추어 섰을 때 어린 시절을 회상하며 운전기사 찰리에게 "인생살이에 있어 중요한 것은 눈앞에 펼쳐진 작은 만족과 유혹을 참고 견디면 보다 큰 성공의 결실이 돌아온다는 믿음이라네"라고 말했다. 열병처럼 닥쳐오는 빗나간 유혹을 뿌리치는 자만이 영광을 차지할 수 있다는 메시지는 참으로 시사하는 바가 크다. 『마시멜로 이야기』가 지구촌 사람들의 사랑을 받고 그들의 기억 속에 베스트셀러로 오래 살아남을 수 있는 감동의 원천이 바로 여기에 있다고나 할까.

『마시멜로 이야기』는 비켜가기 어려운 유혹을 떠올리게 한다. 우리는 좋건 나쁘건, 원하건 원치 아니하건 감당하기 어려운 유혹의 늪 속에 살고 있다. 사춘기에 통과의례처럼 누구나 한 번씩 빠져들었던 달콤한 짝사랑의 유혹, 마음을 비우지 못하여 빠져드는 분에 넘치는 행복에의 유혹, 잠시도 떨어져선 못 사는 친구로부터의 떳떳치 못한 은밀한 유혹, 서로 속고 속이는 가운데 어느 날 자신도 모르는 사이에 사건의 중심에 말려들어 난감했던 요지경 같은 유혹의 기억 등 우리 생활 속 어느 것 하나도 유혹과 무관한 것은 없다.

더구나 오늘날 사회는 자기 개인 이미지(personal identity) 관리가 무엇보다 중요한 시대라고 할 수 있다. 어떻게 다른 사람이 나에게 관심을 갖고 다가오게 하느냐 하는 유혹의 기술은 현대인의 생존전략이라고 할 수 있으리라. 이러한 유혹의 기술이 때로는 상대방에겐 부담이 되기도 한다. 그러므로 수용하는 입장에선 다가오는 유혹을 어떻게 적절히 수용하기도 하고, 비켜가기도 하면서 대처하느냐가 행복의 열쇠가 된다. 결국 인류 역사는 유혹의 마법에 속고 속이는 가운데 유혹의 기술을 최대한 발휘하고, 다른 한편으론 나쁜 유혹을 비켜가는 기술을 전수하는 과정이라고 할 수 있으리라.

(생각하는 사람들, 2007. 10)

양수리 풍경

북한강변 45번 국도를 오갈 때면 십여 년 전 서종면 호반을 달리던 예술 같은 무너미길의 추억을 떠올린다. 청평을 휘돌아 두물머리로 달리는 승용차에서 바라보았던 아름다운 호반 풍경, 미풍으로 출렁이는 물결에 부서져 내리던 짙붉은 저녁놀, 차창으로 눈을 돌리는 순간 착시현상으로 물속에 빠져드는 두려움에 조마조마했던 기억들, 그 무너미길이 역사 속으로 사라진 지도 벌써 오래다.

무너미길 대신 요즈음 드라이브코스로 각광 받고 있는 45번 국도엔 소극장 두물워크숍, 커피 박물관 왈츠&닥터만, 서호미술관, 텍스타일 갤러리, 도자기 마을 등이 지나는 이의 감성을 자극한다. 그중 운길산 기슭에 다소곳이 세월을 지키며 나의 발길을 붙잡는 수종사가 으뜸이라고나 할까.

축령산 자락에 머물 곳이 있어 쉬고 돌아오는 길에 한번 가보고 싶던 운길산 수종사에 들렀다. 입구부터 좁은 포장길이 심상치 않아 차를 두고 걷기로 했다. 마음을 가다듬고 정진하는 도량(道場)이기에 몸을 아끼지 않고 고행을 해야 찾아갈 수 있는 것인가. 좁은 포장길을 곡예를 하듯 엉금엉금 기어 내려오는 승용차를 비켜가며 계속 오르막길로 타박타박 한 시간쯤 걸으니 일주문이다.

일주문을 들어서는 순간 나도 모르게 옷깃을 여민다. 일주문을 들어서면 부처님의 세계라고 했던가. 나는 지금 속계를 벗어나 부처님의 세계로 들어온 것이다. 일주문은 절묘한 목조건축의 극치를 보여주는 것이라고나 할까. 두 개의 기둥을 버팀목으로 하여 몇 톤은 족히 되는 기와지붕 구조물을 곡예를 하듯 떠받치고 있는 것은 현대 건축기술로도 설명하기 어려운 불가사의라고나 할까.

조금은 경건한 마음으로 몇 발짝 옮기니 이내 돌계단인데 직진하면 운길산, 우로 가면 절집이다. 비스듬히 돌계단을 따라 오르니 절집 마당에 겸손하게 막아서는 '묵언(黙言)'. 놀이공원도 관광지도 아닌 사찰임을 알 수 있다. 조용히 하되 강요하지는 않는다는 뜻인가. 여느 절집에서 흔히 보는 '절대정숙'과는 전혀 다른 느낌이다.

그런데 오는 길에 '죽여주는 동치미 국수'(45번 국도에 유명한 맛집이 있음)를 얼음 통째로 한 그릇 치우고 온 탓일까. 갑자기 화장실에 가고 싶다. 물어보기도 그렇고 절 마당을 가로질러 가 보아도 찾을 수 없다. 어쩔 수 없이 비상탈출을 시도하여 마당 끝 해탈문을 나서니 반갑게도 돌담 구석에 화장실이라고 쓴 빛바랜 표지가 보인다. 서투른 글씨가 스님 솜씨는 아닌 것 같고 지금까지 흔히 보아온 한자 '해우소'보다는 친근감이 간다. 표지를 따라 돌계단을 내려가니 신발을 벗고 속세의 근심을 덜고 가란다. 급하지만 조심스런 마음으로 슬리퍼를 신고 들어서니, 줄을 당겨 물을 내리는 수세식이다. 잠시 후 해탈은 된 것 같아 해우소를 나오니 이제야 개운하다. 해탈은 마음을 비우는 것도 중요하지만 장(腸)부터 깨끗이 비워야 하는가 보다. 어쨌거나 해우소를 거쳐야 해탈이 될 터이니 해탈문 가까이에 화장실을 배치한 깊은 뜻을 알만도 하다.

서울 근교 절터로서는 수종사만한 곳이 없다. 운길산 중턱에 자리 잡은 조그마하면서도 큰 사찰, 수종사의 백미는 절 마당에서 바라보는 양수리 물길이다. 그런데 탁 트인 두물머리의 아름다움에 탄성을 지르며 마치 산승이라도 된 듯, 속세와의 인연을 끊고 먼 길을 걸어온 구도자처럼 허공을 떠돌다보면 수종사에서만 누릴 수 있는 소중한 멋을 놓치기 십중팔구다.

양수리 풍경을 느긋하게 즐기려면 삼정헌에 들러볼 일이다. 삼정헌은 차를 마시는 것도 명상의 하나라는 것을 깨우쳐 주는 곳이라고나 할까. 부처님의 자비로 운영되는 다원 삼정헌은 차 값을 따로 받지 않는다. 그러니 몇 시간이고 죽치고 앉아 창 밖의 풍경을 감상하기엔 그저 그만이다. 앉아 있는 시간이 오래되어 눈치 보이고 부담스러우면 준비된 모금함에 성의껏 넣으면 된다.

삼정헌에서 바라보는 양수리 풍경은 속세가 아닌 부처님의 세계라고나 할까. 섬들이 물에 떠 있기도 하고, 잠겨 있기도 한 내륙의 다도해, 북한강과 남한강이 만나는 두물머리, 팔당댐에 잠겨 있는 양수리의 풍경은 그야말로 한 폭의 그림이다. 그리고 아침 물안개라도 피어오를 때면 양수리가 어렴풋이 다가오고, 밝은 달빛에 강물이 반짝반짝 빛나는가 하면, 하늘엔 별이 춤을 춘단다. 바람 소리가 아름다운 선율을 들려주고, 일출과 월출도 장관이라는데 하룻밤 머물 수 없는 것이 못내 아쉽다.

수종사는 언제 가도 좋은 곳이다. 그것도 지루하다 싶으면 수종사를 즐겨 찾았던 당대의 인물들과 마주하는 일도 즐겁다. 수종사는 예로부터 풍광이 아름다워 시인 묵객들이 즐겨 찾았다. 수종사를 천하 제일의 명당이라고 노래했던 서거정을 비롯하여, 방랑시인 김삿갓, 다성(茶聖) 초의선사 등이 수종사의 아름다움을 칭송했다. 다산 정약용과 추사 김정희는 이곳 약수전 앞 석간수로 끓인 녹차를 마시며 교유했다고 하니 지금 내가 마시는 차 한 잔도 예사롭지 않다. 이들의 면면만 봐도 수종사가 어떤 절집이었는지 알 수 있다. 다산은 수종사를 찾아 아름다운 풍광을 이렇게 노래하였다.

"어린 시절에 노닐던 곳을 / 어른이 되어 오니 / 한 가지 즐거움이고 / 곤궁할 때 지나갔던 곳을 / 뜻을 얻어 이르매 / 한 가지 즐거움이며 / 혼자서 갔던 곳을 / 좋은 손님들과 좋은 벗을 이끌고 이르니 / 한 가지 즐거움이다."

다산 정약용 〈유수종사기(游水鐘寺記)〉 전문

시간이 많이 지난 것 같아 귀가할 생각으로 자리에서 일어나 고개를 드는 순간 '봄날의 온갖 꽃 누굴 위해 피는가' '꽃이 진다고 그대를 잊은 적 없다'. 벽에 걸린 감칠맛 나는 글귀가 나그네의 마음을 사로잡는데, 옆자리에 함께한 이의 수종사 창건 설화는 그칠 줄 모른다.

1459년(세조 5) 세조가 금강산을 구경하고 수로(水路)로 한강을 따라 환궁하던 도중 양수리(兩水里)에서 밤을 지내게 되었다. 갑자기 종소리가 들리기에 알아본즉, 운길산에 고찰(古刹) 터가 있는데 바위굴 속에 십육나한(十六羅漢)이 있고, 굴속에서 떨어지는 물소리가 종소리처럼 들린다고 했다. 그래서 그곳에 절을 지어 수종사(水鍾寺)라고 하였다.

그러나 이 절에 1439년(세종 21)에 세워진 정의옹주(貞懿翁主) 부도가 있는 것으로 미루어 수종사 창건은 그 이전이며 세조 연간에 크게 중창된 것으로 보인다. 그 뒤 조선 말 고종 때에 중창을 하고, 또 1939년에 중수했으며, 6·25전쟁 때 소실된 것을 1974년 대웅보전 등을 신축하여 대웅보전·나한전·약사전·경학원·요사채 등이 현존하고 있다.

그리고 수종사 경내에 있는 수종사 5층 석탑은 '수종사 다보탑' '수종사 팔각 5층 석탑'이라고도 부르며, 1972년 5월 4일 경기도 유형문화재 제22호로 지정되었다. 이것은 1459년에 건립된 조선 초기의 대표적인 석탑으로 5층 석탑이지만 높지 않고 아담하면서도 화려한 탑신의 모습이 전체적으로 기품이 있어 보인다. 이 탑은 조선

초기 경기도 일대에 유행하던 형식의 석탑으로 귀중한 연구 자료이다. 1957년 지금의 자리로 옮길 때 탑신에서 불상, 보살상 등 18점의 유물이 발견되었다.

이야기에 빠져들다 보니 저녁 예불시간인가. 산사의 종소리가 운길산 자락을 뒤흔든다. 아침 종소리가 세상을 여는 경쾌함이 있다면, 지금 운길산을 파고드는 저녁 종소리는 우리의 일상을 돌아보게 하는 엄숙함이 있다고나 할까.

종소리는 바뀌는 시간을 알리고 엄숙한 성역의 신성함을 알린다. 산사의 종소리는 방황하는 영혼에 안식을 주고 마음에 평정을 찾게 하는 피안의 소리라고나 할까. 종소리는 웅장하고 은은하게 널리 퍼져 천상에 이른다. 신은 음역이 무한이라서 인간의 소리를 듣고 구원의 손길을 뻗어오는지도 모를 일이다.

지금 타종을 하는 스님은 구천(九泉)을 떠도는 영혼이 평화를 찾고 불법에 귀의케 하려는 구원을 생각하고 있으리라. 우리 인간이 회개하는 시간만이라도 고요 속에서 영감의 소리를 듣고, 살아 움직이는 만상의 소리를 육감으로 받아들이면 좋으련만. 그리하여 오늘 종소리가 삶의 진실을 깨달을 수 있는 계기가 될 수만 있다면 얼마나 좋을까.

이러나저러나 사랑하는 가족을 버려두고 이대로 산승이 될 수는 없기에 종소리를 뒤로 하고 일주문을 나서니 속세가 기다리고 있다.

(참여문학, 2007. 가을)

잡상

친구가 교회에 나가느냐고 묻기에 주일은 철저히 지키고 짬이 있을 때마다 묵상을 한다고 했더니 친구는 나에게 혹시 그 묵상은 잡상(雜想)이 아니냐고 비아냥거린다. 매사에 철두철미한 그 친구야 흠잡을 것이 없다지만 '내가 하면 로맨스고, 남이 하면 스캔들이라'더니. 자기는 묵상이고, 나는 잡상이라고 하는 걸까. 내 메인 컴퓨터에 저장된 소중한 정보를 몽땅 해킹 당한 기분이다. 그날 이후 친구의 말이 씨가 되어 잡상은 내 일과 중의 하나가 되었다.

초등학교 시절 학교 옆에 파출소(당시엔 지서)가 있었다. 파출소 마당에는 어느 누구도 마음대로 드나들지 않았다. 철부지 우리들이 공이라도 주우러 갈 때면 아저씨가 저리 가라고 쫓곤 했다. 그런데 어느 날 동네 누렁이 두 마리가 파출소 마당에서 꼬리를 붙이고 있는 것을 보았다. 누렁이들은 멍청하게 하늘을 쳐다보며 끙끙거리고 있었다. 경찰관 아저씨는 누렁이를 쫓아내지 않았다. 출입금지구역을 무단출입한 누렁이들의 절박한 사정도, 경찰관 아저씨가 누렁이를 쫓지 않는 깊은 뜻도 알 수 없었다. 나는 아마도 바보였던가 보다.

서울 지하철 2호선에는 언제나 사람이 붐빈다. 지하철 문을 열고 들어서면 앉을 자리가 없다. 경로석에는 빈자리가 있지만 앉을 수 없고 일반석을 기웃거리다가 매달리다시피 천정에 흔들리는 손잡이를 잡는다. 그런데 막상 서 있으려면 눈을 둘 곳이 마땅치 않다. 창밖 빌딩도 보고, 도로의 자동차도 바라본다. 그러다가 전동차는 터널 속으로 접어들고, 시선을 돌리면 바로 앞에 젊은 남녀가 앉아 있다. 부담을 줄까 싶어 마주치는 시선을 피하여 고개를 돌리지만 여자 친구의 손을 감싸 쥔 젊은이의 손이 자꾸만 눈에 밟힌다. 그들은 왜 하필이면 우리 앞에 왔느냐고 탓할지도 모른다. 다행히 젊은이들은 눈을 감는다. 자리를 양보하기 싫어 그러는 걸까. 그런데 그게 아니다. 손잡이를 잡고 일렬로 선 사람들의 국부를 코앞에 마주하는 곤혹을 피하는 길은 눈을 감는 수밖에 없으리라. 어디든 힘겹게 서 있는 사람들과 편안하게 앉아 있는 사람들 사이엔 좀처럼 하나 되기 어려운 무엇이 있다. 한 시간 남짓 타고 있으면 제자리로 돌아오는 2호선은 그래도 사람 구경하기엔 안성맞춤이다.

강물이 넘실거리는 한강 둔치는 젊은이들의 천국이다. 명동이나 압구정동 로데오거리보다는 훨씬 낭만적이다. 쌍쌍이 어깨동무를 하고 있는 모습은 평화롭고 정겹다. 그들은 강물을 바라보며 무슨 생각을 하며 무슨 말을 하고 있는 것일까. 그들의 감싸 안은 손에는 전기가 흐른다. 그 전기의 힘이 아니었던들 한강의 기적도, 경제대국이란 닉네임도 없었을 것이다. 인구 1억 명이 넘어야 강대국 대열에 낄 수 있다는데 30여 년 전 '아이 셋 이상 둔 부모는 야만인이라'고, '둘만 낳아 잘 기르자'고 호들갑을 떨더니 초등학교도 중등학교도 정원 감소로 존폐 위기를 걱정한다. 그래도 기대할 수 있는 것은 젊은이들의 감싸 안은 손에 흐르는 전기의 동력으로 이웃나라처럼 출산보조 없이도 민족적 숙원은 이룰 수 있으리라는 믿음이다.

앞 베란다에 지난 3월 상일동에서 사다 심은 엔젤스트럼펫이 싱그럽다. 천사의 나팔꽃이라고도 부르는 이놈을 처음 만난 것은 작년 가을이었다. 검단산 등산을 하고 돌아오다가 1m 넘게 훤칠한 키에 셀 수 없을 정도로 주렁주렁 많이 핀 나팔꽃을 보고 첫눈에 반해 버렸다. 지난 봄 그 꽃집을 찾았을 때 마침 삽목을 하여 키운 것이 있기에 사다가 심었다. 짬이 있을 때마다 들여다보고, 쓰다듬고, 물도 주고, 그런 나를 보고 아내는 손독이 올라 크지 못한다고 나무란다. 그러나 아내의 걱정은 기우였다. 엔젤스트럼펫을 보며 사랑은 나누면 두 배가 된다던 말을 확인한다. 주면 줄수록 좋은 것이 사랑인가 보다. 엔젤스트럼펫은 사랑을 머금고 무럭무럭 잘도 자란다. 작년 가을 검단산을 다녀오던 그맘때쯤 되면 허우대가 좋아서 내 눈을 사로잡았던 엔젤스트럼펫은 고맙게 다시 피어 베란다에서 우아한 멋을 한껏 뽐내리라.

눈과 귀가 어두워지고 치아가 흔들리는 것을 그저 허망하게 생각하여 안타까워 할 일만은 아닌 것 같다. 눈이 어두워지는 것은 눈뜨고 못 볼 꼴불견은 보지 말라는 뜻이요, 귀가 어두워지는 것은 쓰잘데 없는 자디잔 소리는 듣지 말라는 메시지이리라. 그리고 이가 빠지는 것은 몸에 부담스러운 것은 아예 먹지 말라는 뜻일지도 모른다. 그것은 저주가 아니라 차라리 축복일지도 모를 일이다. 따지고 보면 어려움을 지혜롭게 비켜가라는 계시이며, 혹시 주책없이 자초할 수도 있는 불운에 호신부를 주는 것일 테니 말이다.

한 외국인이 "한국에는 기독교와 불교가 엇비슷한데 종교분쟁도 없이 평화스러운 건 신기하다"고 했다. 다양한 잡상이 어우러진 자유분방한 거기에 평화의 뿌리가 있는 건 아닐까. 21세기 사회의 특색은 정보를 무제한적으로 공유하고, 서로 상충하는 다양한 가치가 공존하는 다원화라고 할 수 있다. 종교도 그렇다. 기독교든 불교든 나와 다른 것을 인정하고, 배타적이 아니라 다른 문화를 긍정적으로 받아들이는 포용의 자세를 갖춰야 하지 않을까.

파출소 마당에서 경찰관의 보호를 받으며 하늘을 보고 끙끙거리던 그 누렁이들은 그 후 반세기, 몇 대에 걸쳐 얼마나 많은 자손을 퍼트렸을까.

지하철에서, 한강 둔치에서 손을 꼭 잡고 다사로운 사랑을 나누던 젊은이들은 지금도 변함없이 식을 줄 모르는 뜨거운 가슴으로 사랑하고 있을까.

한여름 고맙게 잘 자란 엔젤스트럼펫은 가을이면 화사한 모습으로 미련 없이 허우대를 자랑할 수 있을까. 혹 이런 간절한 바람이 기대만큼이나 큰 실망을 안겨주는 것은 아닐까.

나는 생각한다. 나의 이러한 잡상이 근심, 만심, 탐심으로 얼룩진 나의 허물을 하나하나 벗기고, 내면을 성숙하게 하는 원동력이라고.

오늘도 잡상으로 나의 하루는 저문다.

(농민문학, 2007. 겨울)

여우들의 수다

텔레비전에서 〈여우(女友)들의 수다〉란 토크쇼를 보고, 며칠 안 되어 또 〈미녀들의 수다〉란 토크쇼를 보았다. 지난달은 '수다시리즈'를 만끽하는 상큼한 감동의 계절이었다. 〈미녀들의 수다〉는 한국에 살고 있는 젊은 외국인 여성 16명이 한자리에 모여 5명의 남자 패널들과 이야기를 주고받는 토크쇼였다. 피부색이 다른 외국의 미녀라는 점이 관심을 끌었지만 그보다는 말을 배우는 어린아이처럼 아직 익숙지 못한 그녀들의 좌충우돌 한국어 구사가 흥미를 끌기에 충분했다. 만일 그들이 자기들의 모국어로 수다를 떨었다면 대부분 시청자들은 채널을 바꾸었을 것이다. 설령 외국어에 익숙하더라도 낯선 외국방송을 보는 것처럼 이질감을 느꼈을 것이다. 미녀들이 서툰 한국어로 수다를 떨기 때문에 친근감을 느끼고 채널을 고정시켜 두었으리라.

그러면 지난날 우리에게 수다는 어떤 것이었는가. '암탉이 울면 집안이 망한다'는 속담이 있다. 우리 사회가 얼마나 편견을 가지고 여성들의 수다를 질타했는가를 짐작하고도 남음이 있다. 어디 그뿐이랴. '침묵은 금'이라는 그럴 듯한 미사여구로 대화 그 자체를 부정하여 재갈을 물린 것을 무어라고 변명할까. 조금 다른 경우이지만 일찍이 다산 정약용도 목민심서에서 '공직자는 말을 많이 하지 말아야 한다. 공직자에게는 말이 곧 화살의 표적이 된다'고 하였다. 지나칠 정도로 조신(操身)을 강조한 수다의 암흑기였다고나 할까.

그런데 세상이 많이 바뀌었다. 요즈음은 '수다'를 테마로 논문을 써서 대학원에서 학위를 받고, 수다를 다룬 서적이 베스트셀러 반열에 오르는 시대가 되었다. 수다가 세상의 관심사로 뜨는 것이 새삼스러울 것도 없고, 더 이상 질타의 대상이 될 이유도 없다. 석학 다산의 경고마저도 오히려 이상하게 들리는 현실이다. 연이은 두 번의 토크쇼는 수다를 아주 못마땅하게 여겨온 나의 고정관념을 떨쳐버리고 수다의 새로운 의미를 확인하는 계기가 되었다.

수다는 맞장구치는 사람이 있어야 무르익는다. 예나 이제나 사람들이 모여 떠들썩한 곳엔 수다스러운 사람이 있고, 그 옆엔 연방 "그래, 맞어" 해 가며 맞장구치는 사람이 있다. 수다는 허풍이든 사기든 받아주는 사람이 있어야 신바람이 나서 분위기가 무르익고 거기에 간간이 끼어드는 유머가 있어야 무리가 흥미를 느끼고 모여든다. 싸움도 상대가 만만찮게 버텨줄 때 흥미로운 것처럼 들어줄 상대는 허물없이 가까운 사람일수록 좋고, 소수보다는 다수일수록 재미가 있다. 그리고 한 사람이 발언권을 독점하는 것이 아니라 돌아가면서

툭툭 한 마디씩 던져주는 것이 좋다.

수다는 너와 나를 연결시켜주는 감정교류의 통로가 되어 동참한 사람들 사이에 좋은 인연을 맺어주고, 그럴 때 서로는 언제나 떠날 줄 모르는 친한 이웃으로 자리매김한다. 수다를 보호 육성하고 발전시켰더라면 인류는 지금보다 훨씬 매끄러운 삶을 누릴 수 있었으리라. 우리의 토론문화가 후진을 면하지 못하였다면 수다를 터부시한 여기에도 원인이 있다.

수다는 미디어시대의 생존전략이다. 현대사회를 움직이는 동력은 더 이상 획일적이고 누구나 예상할 수 있는 내용은 관심을 끌지 못한다. 오늘을 살아가는 데 무엇보다 소중한 것이 깜찍 발랄하고 유혹적인 의사소통의 언어라고 할 수 있다. 말하기를 수줍어하고, 생각이 막히기라도 하면 미디어시대와 거리가 먼 무능한 사람으로 찍히는 걸 어찌하랴. 직장에서도 말 잘하는 사람이 승승장구하고, 말 잘하는 사람이 연애도 잘한다고 하지 않는가. 적절한 곳에서 세련된 제스처로 상대방을 휘어잡는 사람을 미디어의 달인이라고 한다. 수다는 현대를 살아가는 사람들에게 핵심적 경쟁력이며 빼놓을 수 없는 생존전략이다.

수다는 정보를 제공하고 아이디어를 창출하는 문화 창달의 방편이다. 지금은 이면도로, 주차장으로 전락하여 납치의 두려움마저 도사리고 있는 주택가 골목길과, 수도가 없던 시절 아침저녁 아낙들이 만났던 우물 빨래터는 그 옛날 요란스럽지 않고 이웃과 소박한 정을 나누던 보통 사람들의 삶의 땟국이 절어 있어 나른하도록 서정적이다. 세월이 가도 진한 그리움이 길가의 잡초처럼 끈질긴 생명력을 갖고 살아 숨 쉰다. 이러한 골목길과 우물 빨래터에서 벌어지는 수다의 향연 속에 정보를 얻고 새로운 것을 배우고 가르치며 가난을 극복하고 분수에 맞는 알뜰한 생활을 꾸려왔다. 이웃끼리 주고받는 어눌하고 소박한 대화는 자연스럽게 의식주문화를 전승 발전시키는 촉진제가 되었다. 수다는 수다로 끝난 것이 아니라 행복을 가꾸어가는 밑거름이 되었다.

그리고 치유의 메커니즘으로서 수다를 들 수 있다. 내가 아는 낙지집은 맵기로 말하면 국제 수준이다. 아마도 청양고추를 많이 쓰는 모양이다. 갈 때마다 맵지 않게 해 달라고 말하지만 매워야 제맛이 난단다. 그런데 매운맛에 젊은 여성들이 시끌벅적하다. 낙지볶음의 매운 고추에는 스트레스를 해소하는 성분이 있다고 한다. 낙지볶음의 매운맛과 자리를 같이 한 사람들과의 수다가 어우러져 쌓인 스트레스를 확 날려 보낼 수 있으니 일석이조가 아닐까. 그래서 젊은 여성들이 낙지볶음을 즐기는가 보다. 오늘도 내가 아는 낙지집은 열받은 젊은 여성들로 문전성시를 이루고 그들은 한바탕 수다의 향연을 펼친다.

두뇌구조를 보면 좌뇌만 언어활동을 지배하는 남자보다 좌우뇌가 합동으로 언어활동을 담당하는 여자가 수다에 유리하다. 말의 횟수도 남자는 가끔 한마디씩 목적이 있는 말이나 하고, 여자는 별 목적

없이 그저 말잔치를 벌인다. 대화법을 보아도 남자는 과거 위주로 결론을 중시하고 통보하는 것으로 끝나는데, 여자는 현재 위주로 일의 과정을 중시하고 공감을 요구한다. 속성상 여자는 온통 잔머리를 굴려서 말잔치를 벌이고, 공감을 요구하기에 맞장구 칠 사람을 달고 다니며 수다를 떤다. 그러다 보니 동서양을 불문하고 수다는 여성의 전유물처럼 되었다.

그런데 미국 텍사스주립대학이 7년간 대학생을 대상으로 남녀 수다를 비교 연구한 결과, 수다는 여성의 전유물이라는 기존의 설을 뒤엎는 결과가 도출되었다. 수다 1위는 여자가 아니라 남자라는 사실이다. 유사 이래 초유의 아이러니라고 할만하다.

수다는 독점이 아니라 나눔이며 맞장구치며 동참하는 것이다. 수다는 발언을 혼자 길게 독점하는 것이 아니라 상대방의 말을 긍정적으로 옹호하면서 틈새를 찾아 발언을 자주하는 것이다. 한 연구에 의하면 여자는 하루 3만 개의 단어를 구사하고, 남자는 하루 7천 개 단어를 구사한다. 그러나 여자의 수다는 무모한 것이 아니라 유용하게도 아이디어의 창출로 인류문화의 혁명을 가져온다. 더 이상 여자의 수다는 핀잔의 대상이 아니라 칭찬의 대상이다. 여자는 수다의 화신이 아니라 수다의 귀재라고 할만하다.

(뿌리, 2007. 겨울)

골동반 한담(閑談)

축령산 자락에 쉼터가 있어 가끔 다녀오는데 오늘은 집에서 늦게 출발하여 그곳에 도착하니 저녁시간이 되었다. 동행한 집사람과 근처 보리밥집에 함께 들어가니 평일이라 한적하다. 두툼한 통나무판 식탁에 마주 앉아 한참 기다리니 푸짐하고 후덕해 보이는 아낙이 산채를 가득 담은 놋대접을 앞에 갖다 놓으며 일러준다. 참기름은 쳤으니 고추장을 적당히 넣고, 밥과 채소가 으깨지니까 숟가락으로 비비지 말고 젓가락으로 비비란다.

약간 뜨거운 놋대접에 공깃밥을 쏟아 붓고 아낙이 일러준 대로 젓가락으로 휘휘 저어 섞는다. 고소한 참기름, 빨간 당근, 초록 산나물에 보리밥도 질지 않고 고슬고슬하여 보기만 해도 먹음직스럽다. 오랜만에 놋대접을 보니 어린 시절 생각이 나는 걸까. 따끈한 놋그릇 감촉이 좋아서일까. 집사람은 밥은 비비지 않고 놋그릇을 감싸 쥐고 자꾸 만지작거린다. 집사람을 보니 우리 어린 시절 어머니들이 큰일이 있는 집에 모여 볏짚수세미로 연탄재를 묻혀가며 하루 종일 놋그릇을 닦던 모습이 생각난다.

놋그릇은 두루 쓰긴 하지만 아무리 잘 보관해도 한 번 쓰고 두었다가 다시 쓰려면 하루 종일 힘들게 녹을 지우고 닦아야 하는 불편이 따른다. 하지만 오래 두고 마구 써도 깨지지 않으므로 농번기나 경조사 등 큰일에 쓰기에는 안성맞춤이다. 그런데 밥과 반찬을 한 그릇에 넣고 비벼대는 우리의 비빔밥에 놋그릇이 제격인 줄은 잡학에 능한 친구로부터 듣고 비로소 알았다.

비빔밥엔 돌솥보다는 놋그릇이 제격이다. 비빔밥은 양념의 맛이나 채소의 신선도가 유지되는 섭씨 65도에서 가장 좋은 맛을 낼 수 있다. 그러므로 비빔밥을 손님상에 올릴 때 가장 맛있는 65도를 그대로 유지시키기 위해 온장고에서 따뜻하게 덥힌 놋그릇을 사용한다.

가끔 따끈한 돌솥 비빔밥을 즐기는 사람도 있긴 하지만 밥을 지을 때 달아오른 돌솥의 뜨거운 온도 때문에 밥을 비비는 동안 양념의 향이 날아가고, 채소가 익어버려 신선도가 떨어진다. 뿐만 아니라 뜨거운 밥을 먹다 보면 채소와 양념의 남은 맛과 향마저도 놓치고 말아 비빔밥의 감칠맛을 느낄 수가 없다.

그런데 안타깝게도 우리 문헌에는 비빔밥에 대한 기록이 없다. 1800년대 말 『시의전서(是議全書)』에 골동반(骨董飯)이라는 이름으로 비빔밥이 소개되어 있고, 『시의전서』보다 앞서 출간된 홍석모의 『동국세시기(東國歲時記)』에 보면 '강남(양자강) 사람들은 반유바이란 음식을 잘 만든다. 젓, 포, 회, 구운 고기 등을 밥에 넣은 것으로 이것이 곧 밥의 골동이며 예부터 있던 음식이다'라고 골동반에 대한 기록이 보일 뿐이다.

구전하는 바에 의하면 비빔밥은 임금이 난리를 피해 몽진했을 때 수라상에 올릴 만한 찬이 없어서 밥과 몇 가지 나물을 올린 것이 효시라는 설도 있고, 농번기에 그릇이 모자라 밥과 여러 가지 찬을 한 그릇에 담아 먹었던 것이 효시라는 설도 있다. 또 제사를 지낸 후 음식을 한데 모아 비벼서 나눠 먹은 것이 시작이라는 설도 있다. 그러나 의식주 문화의 기원이나 발달과정으로 미루어 볼 때 전설 같은 말일 뿐 믿을 만한 정설로 보기는 어렵다.

다른 먹거리도 기후와 지역별 특산물에 걸맞게 발전하였듯이 비빔밥도 지역별로 식자재와 조리법이 다르게 발전하였다. 조선 후기까지 소문난 비빔밥은 평양비빔밥, 해주비빔밥, 전주비빔밥, 진주비빔밥이 있으며 해주교반, 전주부빔밥, 진주화반을 들기도 한다.

보기 좋은 떡이 먹기도 좋다고 했던가. 참기름의 고소한 맛과 빨강, 노랑, 초록 등 아름다운 채소의 색소가 내뿜는 풋풋한 향이 어우러진 비빔밥을 한 입 넣었을 때 느끼는 고소하면서도 감미롭고 부드러운 촉감. 비빔밥은 오감으로 즐기는 음식이라고나 할까. 웰빙식을 선호하는 요즈음 채소류를 가장 맛좋게 먹을 수 있는 음식으로도 비빔밥이 단연 으뜸이며, 누구나 관심을 갖는 대중적 아이템이다. 그리고 비빔밥은 한정식처럼 복잡한 상차림도 필요 없이 형편에 따라 밥상에 오른 몇 가지 반찬을 넣고 비벼서 여러 사람이 나누어 먹고 대충대충 끼니를 때울 수도 있으니 시간에 쫓기는 현대인에게 여유를 주는 한국형 패스트푸드라고 할 수 있다.

흔히 말하기를 밥맛이 없으면 입맛으로 먹으라고 했던가. 비빔밥을 좋아하는 나는 일상의 일이 아무리 힘들고 역겨울 때에도 반찬 투정할 일이 없다. 고추장에 김치 좀 썰어 넣고, 콩나물이나 무채 정도만 있으면 참기름 몇 방울 떨어뜨려 비벼서 밥 한 그릇쯤은 쉽게 해치운다. 그리고 식후 포만감을 동반하여 찾아드는 마음의 평화를 고맙게 누린다. 어디 나만 그럴까. 우리 속담에 '쌀독에서 인심난다'고 했던가. 그리고 '화합하다, 화목하다(和)'란 한자를 보아도 '곡식(禾)을 지어 여럿이 같이 먹다(口)'라고 했다. 어디 틀린 옛말이 있으며, 세상 인정 돌아가는 이치야 중국과 우리가 다를 바가 있겠는가. 우리 민족은 수많은 외세의 침탈과 내적혼란으로 어려울 때에도 이웃끼리 모여 큰 그릇에 비빈 밥을 같이 먹고, 서러움을 나누며, 상대방을 내치지 않고 서로 화합하여 반만 년 역사를 꾸려왔다.

한 외국인이 "한국에는 불교와 기독교가 엇비슷한데도 불구하고 종교분쟁 없이 평화로운 게 너무나 신기하다. 그것은 비빔밥을 즐겨 먹는 한국인들의 특별한 자질 때문"이라고 칭송하였다.

그렇다. 비빔밥은 무엇이든 거부하지 않고 받아들인다. 콩나물, 무채, 당근, 산나물 등 채소는 물론 생선회, 쇠고기, 된장, 고추장, 참기름 무엇이든 비빔밥 속에 들어가면 나름대로의 맛과 향을 가지

고 어우러져 맛깔스런 비빔밥이 된다. 저마다 소리가 다른 악기가
모여 멋진 오케스트라가 되고, 저마다 다른 목소리들이 제 목소리를
내며 하모니를 이루듯, 잡다한 것들이 독특한 맛을 살리며 새로운
맛깔의 비빔밥으로 태어난다. 저마다의 길을 가면서도 부딪치지 않
고 평화롭게 살아가는 것도 비빔밥을 먹으며 무엇이든 받아들이는
비빔밥 같은 사람으로 거듭나기 때문이리라.

이렇게 무엇이든 수용하는 거기에 세계화의 길이 있는가 보다. 몇
년 전 한국을 방문했던 슈퍼스타 마이클잭슨은 호텔에서 비빔밥을
자주 시켜먹었다. 그는 한국 음식 중 비빔밥이 제일 맛있다고 했다.
어디 그뿐이랴. 뉴욕의 유명 한식당에서는 불고기, 갈비가 비빔밥에
밀려나 한국의 대표음식 자리를 내주었다고 한다. 또 우리 비빔밥이
국제선 항공기의 기내식으로 선정되기도 하였다.

한국형 브랜드 비빔밥이 자랑스럽게 느껴지는 계절이다.

(참여문학, 2007. 겨울)

새에 대한 명상

오늘은 하루 종일 비가 내린다. 어제 청량산(남한산성의 주봉. 정상에 수어장대가 있음)에 일렁이던 초록 바람과 쉼 없이 나를 유혹하던 산새들은 지금 어디에서 비를 맞고 있을까? 이 비가 그치고 나면 다시 볼 수 있을까? 지루한 장마에 식상한 나머지 영영 자취를 감추는 것은 아닐까?

볕 좋은 날 초록이 영글어가는 여름산은 눈이 시리도록 싱그럽다. 일상의 일로 지쳐 있는 선남선녀들이 잠깐이나마 세상을 잊고 풋풋한 초록에 묻혀 안식할 수 있도록 배려한 신의 은총은 어디서 오는 걸까. 달콤한 향수 같은 신의 메시지는 아마도 초록으로 물든 아름다운 새소리를 동반하고 바람결에 오는지도 모를 일이다.

나에게 있어 새는 그리움의 대상이다. 강이나 바닷가 모래톱에 새겨진 물새 발자국을 보면 물새를 만난 듯이 반갑고, 숲 속을 거닐다 새소리를 들으면 내 마음은 새가 있는 허공을 향해 줄달음친다. 어디 그뿐인가. 나는 가끔 밤에도 새소리에 잠을 깰 때가 있다. 밤의

적막을 가르는 새소리는 내 마음을 숙연하게 한다. '그래, 나는 어쩌라고 너는 그렇게 잠시도 참지 못하고 어둔 밤을 울어예느냐' 한 마디 던지고 의연해지려고 하지만 잠을 설친 밤이 한두 번이 아니다.

새의 왕 앨버트로스에서부터 콩알만 한 참새에 이르기까지 지구촌의 새들이 다 모여 있는 곳은 없을까. 한번 가서 수많은 새들의 아름다운 모습도 보고, 그 이야기 속에 빠져들었으면 좋겠다. 앗씨시의 성 프란치스코처럼 새들과 이야기도 하고, 함께 즐길 수만 있다면 얼마나 좋을까?

그러면 나는 새들의 이름만이라도 대충 알고 그리움을 반추하고 있는 것인가. 남들은 지저귀는 새소리를 들으면 아이들 이름 외듯 잘도 내리꿰는데, 나는 새 이름이라곤 아는 것이 없으니 창피스러울 정도다. 새들과 더 친해지려면 그 아름다운 이름을 불러주고, 저마다의 재주를 더 자상하게 칭찬해주면 좋으련만 그러지 못함이 안타깝다.

그런데 새들은 간절한 내 마음을 알고나 있을까. 가까이 다가가면 아랑곳 않고 이내 저만큼 달아나버린다. 차라리 이쯤에서 새를 향한 나의 애틋한 그리움을 접고, 적당히 거리를 두고, 아름다운 소리를 즐기며, 마음 내키는 대로, 내 방식대로 그냥 좋아하는 것이 마음 편할지도 모를 일이다.

그래도 참새는 일년 내내 우리 곁을 떠나지 않는 토종새가 아닌가. 자주 보면 정이 두터워지는가. 이렇다 할 이유도 없이 나는 참새에 관심이 많다. 어린 시절 우리 집에서 머물던 떠돌이 할아버지는 겨울이 되어 눈만 내리면 마당에 덫을 만들어 참새사냥을 했다. 나는 죽은 참새가 불쌍하다는 생각을 하면서도 할아버지가 화롯불에 구워주는 참새고기를 주는 대로 받아먹었다. 아마도 그때 가졌던 참새에 대한 연민의 정이 아직껏 내 핏속에 흐르고 있는가 보다.

참새는 작(雀)이라 하며 와작(瓦雀), 빈작(賓雀), 마작(麻雀), 의인작(依人雀), 황작(黃雀)이라고도 한다. 참새의 암수 구분은 가슴털 색깔로 하는 것이 가장 쉬운 방법이다. 수컷은 가슴에 시커먼 털이 있는데 가슴에 검은 털이 많을수록 나이도 많고 힘도 세며 무리 속에서 지위가 높다.

워싱턴대학 시버트 로워 교수는 참 재미있는 연구를 하였다. 나이 어리고 지위가 낮은 수컷의 가슴에 검은 칠을 한 다음 무리 속으로 돌려보냈다. 처음엔 다른 참새들이 가슴의 털을 보고 겁을 내며 슬슬 피하였다. 검은 칠을 한 참새는 무리 속에서 마음대로 먹이를 먹을 수 있었다. 그러나 그런 호강은 오래 가지 않았다. 시간이 얼마 흐른 뒤 다른 수컷들이 그 참새를 툭툭 치며 건드리기 시작했다. 결국 별 볼 일 없다는 걸 알아채고는 이내 달려들어 마구 쪼아 죽이고 말았다. 작은 고추가 맵다고 했던가. 콩알만 한 것들이 떼거리로 몰려다니며 모진 구석도 있다.

빗소리가 멎고 새소리가 있기에 창밖을 보니 참새 한 마리가 나뭇가지에 앉아 비에 젖은 깃을 털고 있다. 무리에서 낙오된 놈인가 보다. 앞서 로워 교수의 그 참새 후예가 아닌지 궁금하다.

세상의 새들은 훨훨 날아다닌다는 이유로 언제나 자유의 상징으로 통한다. 그러나 새들은 무리를 이탈하면 자유로운 만큼의 고독을 안고 살아가는지도 모른다. 사람들은 가끔 새처럼 훨훨 날아서 자유롭게 살기를 바라지만 정작 무리에서 떨어진 새들의 깊은 고독을 생각이나 하고 있을까.

그러나 나는 새가 되고 싶다. 이왕이면 높이 나는 새가 되고 싶다. 필요한 곳이면 어디든지 자유롭게 날아다니며 사람과 사람 사이에 희망과 용기를 불어넣어 주고, 사랑의 기쁜 소식을 전하는 한국의 헤르메스(Hermes)가 되고 싶다.

그리스신화에 나오는 헤르메스는 올림푸스 12신 중 하나로, 양치기의 신, 전령의 신, 나그네의 수호신 등으로 불린다. 헤르메스는 발에는 날개 달린 신발을 신고, 머리에는 비행모자를 쓰고, 손에는 전령의 지팡이를 들고, 천상의 탑에서 지상으로 뛰어내려 지팡이만 든 양치기로 변장하여 '팬 플루트'를 불며 제우스 신의 심부름을 다니는 사자였다.

나는 비록 헤르메스처럼 날개도 없고 민첩할 수도 없지만 마음으로야 얼마든지 날아다닐 수 있지 않은가. 지금 나의 소망은 그냥 우두커니 안식을 즐기는 무능한 존재가 아니라, 끊임없이 창의적인 좋은 생각을 떠올리는 명상의 새가 되는 것이다. 그리고 인간 세상에서의 일을 위해 하늘로의 비상을 서슴지 않는 기쁨의 새, 생명의 새가 되는 것이다.

(뿌리, 2007. 겨울)

아내 이야기

어떤 이는 부부의 한평생을 일러 말하기를 스물엔 환상 속에 살고, 서른엔 환멸을 느끼며 살고, 마흔엔 아예 모든 걸 포기하며 살고, 쉰엔 인생이 불쌍해서 어쩔 수 없이 산다고 했다. 지지리도 팔자기박하여 고생으로 찌든 여인의 푸념 같아서 듣기가 좀 그렇다. 사실 대부분의 경우 꽃다운 젊은 나이에는 정신적, 물질적으로 불안정한 가운데 신혼의 단꿈을 맛보지도 못하고 중년이 된다. 그리고 정신없이 아이들 치다꺼리하다가 보면 비몽사몽간에 지명(知命)의 문턱을 넘어서는 걸 어찌하랴. 아무리 미사여구로 포장을 해도 더러는 아름다운 베일 속에 아픔으로 버무린 것이 부부간의 사랑 아닐까. 그래서 알콩달콩 만나서 아웅다웅 사는 것이 부부라고 하는 모양이다.

얼마 전 텔레비전 토크쇼에 출연한 어떤 남편의 아내 이야기는 나에게 아픔이었다. '평소에 간을 맞춰 반찬을 맛깔스럽게 잘 만들던 아내가 어느 날부터 싱겁지 않으면 짜고, 달지 않으면 쓰고, 맛을 종잡을 수 없게 되었다. 딱하게 여긴 남편의 권유로 병원에서 검진을 받은 결과, 음식 맛을 식별하지 못하는 '스트레스성 감각장애' 판정을 받았다. 아내이기 이전에 존중되어야 할 인격체로서 한 여인의 무너져가는 모습이 눈물겹도록 처절했다.

나는 어느 날 늦은 오후 고단함을 핑계로 버릇처럼 소파에 기대어 아내를 바라보다가 그만 깜박 잠이 들었다. 소파에서 눈을 뜨니 창 틈으로 다사로운 햇살이 쏟아져 들어오고, 아내는 거실 바닥에서 세탁한 빨래를 개고 있다. 남녀가 이 세상에 태어나서 부부의 인연을 맺을 수 있는 확률은 얼마나 될까. 나는 확률을 잘 모르지만 부부는 보통 인연으로 만나는 사이가 아닌 것 같다. 그야말로 천생연분으로 어렵사리 만났으니 사랑하는 마음 뒤로 미루지 말고, 지금 곁에 있는 이 순간 세상에서 좋다는 것, 생각나는 대로 다 해주고, 잘해줄 수만 있다면 아낌없이 주어야 하지 않을까.

나이를 먹으면 대수롭지 않은 일에도 눈시울이 촉촉해지고, 뜨악하던 가족사랑도 애틋해지는가 보다. 언제나 허름한 바지를 입고, 엉덩이를 들썩이며 방걸레질을 하는 아내는 가족의 소중함을 일깨워 준다. 외출을 하고 돌아와 거실 문을 열었을 때 무릎이 나온 펑퍼짐한 바지를 입은 아내가 없다면, 후미진 구석구석 방걸레질을 하는 아내가 없다면, 일손을 멈추고 큰 대접에 비빔밥을 입이 터져라 먹는 아내가 없다면 나는 얼마나 쓸쓸할까. 그리고 외출할 때 자질구레한 잔소리로 나를 챙겨주는 아내가 없다면 나는 무엇을 믿고 의지

할까.

나는 한국의 어머니를 떠올린다. 남편과 자식의 그늘에 가리어 성
도 이름도 없이 누구 아내와 어머니로 평생을 살다 간 어머니들. 그
래서 세상을 떠난 후 영원히 연민의 대상으로 몽매에도 잊을 수 없
는 안쓰러운 한국의 어머니들. 생각만 해도 세월이 원망스럽다.

나의 어머니도 그중의 한 분이다. 우리 칠남매를 키우느라 젖은
손 마를 사이도 없이, 잠시 서 있을 사이도 없이 언제나 종종걸음으
로 바쁘셨던 나의 어머니. 남편과 자식 챙기기에만 신경쓰다보니 걸
칠 것, 드실 것 할 것 없이 언제나 당신 것은 "아니다, 괜찮다" 하시
며 뒤로 미루고 살아오신 어질디어지신 나의 어머니. 어머니 생각을
하면 이 나이가 되어서도 가슴이 저려오고 눈물이 흐르는 걸 주체할
수 없다.

그러면서도 나는 어떠한가. 남들은 부부동반으로 맛깔스런 별미
여행도 잘들 하더라만 그러지도 못하고, 나들이옷 하나도 이런저런
핑계로 길거리표 싸구려를 제격이라고 하고, 웬만한 사람들은 이웃
집 오가듯 쉽게 넘나드는 해외여행 한 번 편안히 못 데리고 갔으니
빵점 이하의 남편. 도무지 할 말이 없다. 어디 그뿐이랴. 그까짓 칭
찬하는 데 돈이 드는 것도 아니고, 시간이 많이 걸리는 것도 아닌데,
"사랑하오. 당신은 훌륭하오. 당신이 내 사람이라서 나는 너무 행복
하오"라고 말하기가 그렇게 어려운지. 결혼 40년이 다 되도록 입이
떨어지지 않아 마음으로만 고마워하고 칭찬하고 있으니 이 일을 어

쩜 좋아.

차츰 옛날 내 어머니를 닮아가는 아내를 보며 아내 없이는 아무것도 할 수 없었을 거라는 생각을 한다. 아내가 있었기에 오늘의 우리 가정이 있고, 자랑스럽고 소중한 아들, 딸이 있음에 감사하며 살아간다. 안분지족이라고 했던가. 탐욕을 버리기를 참 잘했다. 일등 아내가 있는데 무엇을 더 바라겠는가.

이 세상은 혼자 살기에는 너무나 힘든 곳. 그러나 누군가와 함께라면 길이 아무리 멀고 험하여도 갈 수 있으며 거기에는 같이 하는 기쁨이 있고, 위안이 있다. 부부 사이는 무언의 약속으로 살아가는 것. 무언의 약속은 좋을 때, 잘 나갈 때도 빛이 나지만, 어렵고 힘들 때, 아프고 지쳤을 때 더욱 빛난다. 부부 사이는 처음 만났을 때 이미 둘 중 한 사람이 어디가 아프거나 몹시 지쳤을 때, 크고 작은 일로 마음의 상처를 받았을 때, 어떠한 경우에도 울지 않으며 상대방을 보살펴 주어야 한다는 무언의 약속으로 출발한 것이 아니던가. 괴로울 때나 슬플 때나 누가 먼저랄 것도 없이 말없이 손을 내밀어 상대방의 눈물을 닦아주는 것이 부부의 도리가 아닐까.

그러므로 나는 누가 뭐라 해도 눈물을 감추고, 몸과 마음을 바쳐 영혼의 동반자로서 아내를 묵묵히 지켜주리라. 그리고 아내의 동행에 감사하는 마음으로 행복을 반추하며 살아가리라.

(뿌리, 2007. 겨울)

불타는 트로이

나폴레옹이 총애했던 조세핀의 낭비벽은 세상에 잘 알려져 있다. 양복 750벌, 내의 500벌, 양말 160켤레, 구두 560켤레, 모자 250개. 대충 보아도 그의 낭비벽을 짐작하고도 남음이 있다. 재미난 것은 보통 사람들과는 달리 내의보다는 양복이, 양말보다는 구두가 많다. 그의 낭비벽은 이혼 후에도 계속되었다. 나폴레옹이 150만 프랑의 연금을 주면서 절반만 쓰고, 나머지는 노후를 위해 저금을 하라고 충고를 할 정도였다. 천하를 쥐락펴락하는 영웅호걸이 사치스런 아내를 둔 탓에 저금 운운했다니 아이러니가 아닐 수 없다.

조세핀에겐 남다른 장미사랑이 있었다. 조세핀은 장미를 무척이나 좋아하여 파리 부근 말레종에 그녀의 전속 장미원을 두었는데 3백여 종의 장미가 항상 피어 있었다. 그리고 나폴레옹이 전쟁터에 나갔을 때에도 정원사를 유럽에 보내어 새로운 장미를 구하여 오게 하였다. 나폴레옹 역시 조세핀의 기호에 맞춰 바쁜 전쟁 중에도 장미 보내는 걸 잊지 않았다. 조세핀이 나폴레옹의 여인이 되도록 뜨거운 사랑의 불을 지피는 데 큰 몫을 한 것이 한 송이의 장미였다. 대장부의 구애치고는 너무나 섬세하고 상큼하다는 생각마저 든다.

역사에 회자되는 여인들이 대부분 그랬듯이 그녀 역시 보석을 좋아했다. 사치와 낭비의 극치를 유감없이 보여준 조세핀이 가장 좋아한 보석은 시월의 탄생석 오팔(opal) '불타는 트로이'였다. 오팔은 적녹청황을 기본으로 일곱 가지 색이 어우러지므로 '무지개의 화신'으로도 불린다.

탄생석은 성서시대부터 여러 가지 보석을 12개월로 나누어 그 달에 해당하는 보석을 지니면 행운이 찾아온다는 믿음에서 시작된 것이다. 탄생석은 우리 무속에서 보여주는 부적과도 같은 것이라고나 할까. 조세핀 역시 탄생석을 믿고 행운이 찾아오기를 기다렸으리라. 라틴어 오팔러스와 그리스어 오팔리오스에서 이름을 따온 시월 탄생석 오팔은 큐피트화살이라고 알려진 아름다운 보석으로, 희망과 순결을 상징한다. 오팔의 아름다움은 각별하여 엘리자베스 여왕이 팔레트의 물감을 녹여 만들었다고 극찬할 정도였다.

조세핀의 편력은 자신의 일로 끝나지 않았다. 프랑스 최고의 자존심, 220년 전통을 자랑하는 '쇼메'도 조세핀과 무관하지 않다. 1780년 에티엔느 니토가 '쇼메'를 창업할 당시, 어느 날 밤 누군가에게 쫓기는 청년이 그의 점포에 숨어 들어왔다. 에티엔느 니토는 그를 숨겨주고 후하게 대접하여 보냈다. 그 청년이 훗날 나폴레옹 보나파르트였다. 나폴레옹 보나파르트가 황제의 자리에 오르자 왕관, 왕검은 물론, 조세핀과 마린 루이스를 위한 결혼예물을 그에게 만들도록 시켰다. 이때부터 '쇼메'는 왕실과 인연을 맺고 날로 발전하여 오늘날 굴지의 '쇼메'로 성장했다.

그런데 보석명가가 어찌 '쇼메'뿐이며, 보석이 어디 오팔뿐이겠는가. 오늘날은 보석 가공기술의 발달로, 자연석은 물론 인조석이 우리에게 비추는 계절의 멋은 환상적이라고 할만하다. 봄엔 깊은 녹색의 에메랄드가 심연처럼 청순한 멋이 있어 좋고, 여름엔 불타는 듯한 매혹적인 자색의 루비가 정열적인 애정과 용기를 아낌없이 뽐내서 좋고, 가을엔 투명한 청색 사파이어의 애수와 순결이 보는 이를 사로잡는 마력이 있어서 좋다. 그리고 겨울은 겨울대로 도도한 멋이 돋보이는 다이아몬드가 보기에 좋다.

예나 이제나 보석은 그 아름다움과 희소가치에 편승하여 인간의 사치와 허영심을 자극하여 왔다. 사치와 허영심은 과시욕이 낳은 사생아라고나 할까. 어떤 재벌 총수가 며느리에게 가짜 다이아몬드 반지를 생일선물로 주면서 말했다. "재벌 며느리가 가짜 다이아 반지를 끼리라고 누가 생각이나 하겠느냐?" 이것이 어디 재벌 한 사람의 일이겠는가. 오늘날 사회의 밑바닥을 들여다보면 사치와 허영이 개인과 사회를 지배한다. 아무리 겸손한 사람도 자신의 과시욕을 전적으로 부인하지는 못하리라. 그리고 부를 과시하기에는 다이아몬드 반지가 진짜냐 가짜냐 하는 것이 문제가 아니라 얼마나 비싸게 보이느냐가 문제다. 가짜 같은 진짜보다는 진짜 같은 가짜가 더 좋고, 비싼 것보다는 비싸게 보이는 것이 실질적인 효용가치가 더 있다. 그 결과 진짜보다도 진짜 같은 가짜가 발붙일 빌미를 제공하고, 경제 상황이 악화되어도 터무니없는 고가의 명품 수요가 줄지 않는다. 값이 오를수록 명품 수요가 늘어나는 것도 일부 계층의 이러한 과시욕 때문이라고 할 수 있다.

그러한 과시욕은 명품 자체에 대한 탐욕도 있겠지만 그것보다는 현재 상태에서 자신에게 부족한 무엇인가를 유명 브랜드의 위력으로 커버하려고 하는, 타인에 의한 승인 욕구가 지배한다. 그러나 정신적인 것으로 자기의 사회적 가치를 끌어올리는 것이 아니고, 브랜드의 위력을 빌렸기 때문에 겉으로는 그럴듯하지만 실제 가치는 상승하지 않고 언제나 그 자리에 머문다.

그러다 보니 인생에도 진짜처럼 보이는 가짜 다이아몬드 인생이 있는가 하면, 억울하게도 진가를 인정받지 못하고 가짜 다이아몬드 취급을 당하는 진짜 다이아몬드 인생도 있다. 그렇다면 사치와 허영의 종착역은 어디일까. 개인의 사치는 가정을 말아먹고, 국민의 사치는 나라를 망친다고 하지 않는가.

다른 사람으로부터 보석 같은 사람으로 인정받기를 원하는 건 인지상정이다. 그걸 나무랄 일은 아니다. 그러나 보석 같은 사람은 보석을 지닌 사람이 아니라 보석 같은 좋은 친구가 있는 사람이라는 걸 알아야 하지 않을까. 너 나 할 것 없이 '불타는 트로이'를 부적처럼 몸에 지닌 부유한 사람이 되기보다는 '불타는 트로이'처럼 인고

의 시간을 승화시킨 아름다운 모습으로 한평생을 살아가는 사람이
되어야 하지 않을까.

(뿌리, 2007. 겨울)

황금분할

오늘 도봉산 산행길에 친구랑 도봉산역 동편 공원에서 꽃구경을 하였다. 작년만 해도 빈터엔 쓰레기도 버려져 있고 보기에 안 좋았는데 코스모스, 금잔화, 해바라기를 무더기로 심어놓은 것이 그야말로 장관이다. '코스모스 한들한들 피어 있는 길'을 부른 김상희가 없어도 공원에 넘치는 코스모스 물결은 나를 설레게 한다. 해바라기도 띄엄띄엄 한 그루씩이 아니라 떼거리로 모여 어우러진 모습이 정말 보기 좋다. 지자체가 자투리땅을 공원으로 가꾸어 시민이 즐길 수 있는 공간을 제공하는 걸 보니 뭔가 제대로 되어가는 것 같다. 아름다운 사람의 아름다운 발상이 아름다운 문화를 창조할 수 있다는 것을 보여준다고나 할까.

눈이 부시도록 황홀 찬란한 색깔, 유리알처럼 맑고 고운 소리, 코끝을 간질이는 상큼한 향기, 입 안에 가득한 감미로운 맛 그리고 살포시 다가오는 보드라운 촉감. 가을은 오감이 경기를 일으킬 정도로 헷갈리는 계절이다. 조물주가 인간을 창조할 때 오감을 고려한 것은 참으로 잘한 일이다. 이렇게 좋은 계절에 나의 오감 체험은 축복이 아니고 무엇이랴.

그런데 꽃이 아름답다고 호들갑들이지만 우리 인간의 후각과 시각은 벌 나비의 그것과 비교할 일이 아니다. 사람은 코앞의 향기도 놓치기 일쑤지만 벌 나비는 수백 미터, 멀리는 수 킬로 밖에 있는 꽃에도 향기를 쫓아간다. 사람은 아름다운 꽃을 보고 기껏 빨강, 노랑, 파랑 등으로 즐길 뿐이지만, 벌 나비는 자외선을 인식하여 프리즘으로 보는 것처럼 색깔을 분해하여 파악한다. 그러나 벌 나비가 과연 먹잇감으로서 꽃을 보고 꿀 이상의 무엇을 발견할 수 있을까. 꽃이 간직한 오묘한 비밀을 알기나 하는 걸까?

지천으로 피어 있는 꽃밭 사이 통로에 사람들이 모여 있다. 궁금하여 다가가니 가이드인 듯한 사람이 휴대용 메가폰으로 피보나치수열을 설명하고 있다.

"수를 일정한 규칙에 따라 배열한 것을 수열이라고 하고, 앞의 둘을 합한 수가 다음 수가 되도록 배열한 수열을 피보나치수열이라고 합니다."

'피보나치수열'은 피보나치가 지은 『계산의 책』에 나오는 유명한 '토끼의 증식문제'에서 탄생했다.

'한 쌍의 토끼를 기르는 데 한 달에 한 번씩 한 쌍의 새끼(암, 수)를 출산한다. 새로 태어난 새끼 한 쌍은 한 달이면 다 자라고 두 달 후부터는 매달 한 쌍의 새끼를 출산한다. 일 년 후에는 모두 몇 쌍의 토끼를 출산하겠는가?'라는 물음이 그 시작이다.

모든 토끼는 죽지 않는다는 가정 아래, 첫 달에는 한 쌍의 새끼를 출산하고, 둘째 달에는 본래의 한 쌍이 또 한 쌍의 새끼를 출산하고, 셋째 달에는 본래의 한 쌍과 첫째 달에 태어난 한 쌍이 각각 한 쌍씩의 새끼를 출산한다. 이와 같은 조작이 계속되면, 매달 출산된 토끼의 쌍의 수는 1, 1, 2, 3, 5, 8, 13, 21, 34, 55, 89, 144, 233, 377, … 과 같이 된다. 이 수열을 피보나치수열이라 부르고, 각 항을 피보나치 수라고 한다.

피보나치수열이 가장 잘 나타나는 것은 식물의 잎차례인데, 전체 식물의 90%가 피보나치수열의 잎차례를 따르고 있다. 이것은 햇볕을 최대한 많이 받을 수 있는 방법이다.

그리고 봉오리 속의 암술과 수술을 보호하는 꽃잎이 가장 효율적인 방법으로 암술과 수술을 감싸려면, 피보나치 수만큼의 꽃잎이 있어야 한다. 백합 3장, 채송화·패랭이 5장, 모란·코스모스 8장, 질경이·데이지 34장도 알고 보면 가장 완벽하게 암술, 수술을 감싸는 최적의 보호조건과 관련이 있다.

해바라기 씨앗도 박힌 모양을 살펴보면 좌우 나사 모양의 선이 있다. 이때 좌우로 돌아가는 나사 모양 선상의 씨앗 수를 보면 하나가 21이고, 다음 것이 34이면, 또 다른 것은 55의 식으로 피보나치 수가 된다. 최소 공간에 가장 많은 씨앗을 촘촘하게 배치하는 최적의 수학적 방법으로 꽃은 피보나치수열을 선택한다.

강의가 지루했던 모양이다. 친구가 손을 잡아끌며 가을 전어구이를 먹으러 가잔다. 친구 손에 끌려가며 언젠가 책에서 보았던 '피보나치'를 떠올린다.

피보나치는 중세 최고의 수학자로 알려져 있다. 본명은 레오나르도 다 피사(Leonardo Da Pisa)인데 피보나치수열이 유명해지면서 후세 사람들이 그를 피보나치라고 부르게 되었다.

피보나치수열은 신비롭게도 계속 계산하면 1.618…이란 황금비가 된다. 이것은 인간이 가장 아름답다고 여기는 '황금분할의 비(약 1:1.618)'와 일치한다.

황금분할의 비는 예로부터 자연계의 가장 안정된 상태를 나타내는 것으로, 수학, 음악, 미술 등의 분야에서도 매우 중요하게 다루어졌다. 레오나르도 다빈치의 미술작품들이 철저히 황금분할을 적용하였고, 음악에서는 고전파의 소나타 형식에 황금분할의 비가 나타나고 있다. 특히 B.바르토크의 〈현악기와 타악기 및 첼리스트를 위한 음악〉은 피보나치수열에 따라 새로운 주제의 도입, 악기의 배치, 음색 변경 등의 시점을 정한 것으로 유명하다.

그리고 황금분할의 비는 사람의 배꼽을 중심으로 한 상체와 하체의 비율, 목을 기준으로 한 머리와 상체의 비율 등 인체는 물론 솔방울 뒷면 나선의 수, 피아노 건반, 신용카드와 담뱃갑의 가로 세로 비율, 초식동물의 뿔에도 적용되어, 온통 우주가 피보나치수열의 장난에 놀아나는지도 모른다. 어쨌거나 피보나치수열은 수학의 이론으로서보다도 자연 속에서 생명의 신비를 말해준다는 사실이 더 흥미롭다.

가을은 뜀박질로 왔다가 도망치듯 간다고 했던가. 이 가을에 나는 행복의 황금분할을 생각한다. '인생은 60부터'라고 했다. 60까지 누린 행복을 '1'이라고 한다면, 60 이후 행복은 알파 플러스하여 기필코 '1.618' 황금분할을 이루리라.

위대한 피보나치여!

(뿌리, 2007. 겨울)

여서
모란장으로 오시게

마사이 워킹

나는 평소에 올림픽공원 산책로를 즐겨 찾는다. 그중에 파크텔 맞은편 스카이능선(파크텔에서 바라보면 스카이라인이 살아 있어 사람이 하늘 위를 걷고 있는 듯함) 산책로를 시계 방향으로 걷노라면 몇 년 전 스위스 융프라우를 다녀오는 길에 클레인 쉐이테크에서 마니첸까지 워킹할 때의 감미로움을 떠올릴 수 있어서 좋다.

오늘은 올림픽공원에 갔던 길에 아프리카문화원이 주최하고 피스프렌드와 린코리아가 협찬하는 '마사이와 함께 하는 한국·아프리카 어린이 돕기 국민걷기축제'에 참가하였다. '함께 걷는 기쁨으로, 함께 나누는 행복으로'라는 슬로건을 내걸고, 식전행사에 이어 참가자들이 마사이족과 함께 평화의 광장을 출발하여 조각공원, 체육관, 팔각정 3.4km를 걷고 평화의 광장에 다시 모여, 국내 연예인들이 출연하는 식후행사로 이어졌다.

행사 참가자들의 관심거리는 단연 홍보대사로 나온 마사이족 남자들이었다. 평균 신장 2m는 되어 보이는 훤칠한 키, 키가 크기 때문에 미끈한 몸집이 오히려 가냘프게 느껴지는 젊은이들, 뙤약볕에 그을린 구릿빛 얼굴과 두꺼운 팔뚝, 군살 없이 미끈하게 잘 빠진 종아리, 붉은 천을 어깨에 걸쳐 두르고 1m쯤 되는 막대기를 들고, 맨발에 자동차 타이어를 적당히 오려내어 만든 샌들을 신고 있는 모습은 참가자들의 시선을 끌기에 충분했다.

케냐와 탄자니아 지역에 걸쳐 사는 유목민 마사이족은 1년 내내 무리를 지어 유목생활을 한다. 마사이족 남자들은 소몰이가 없는 날에도 집에서 빈둥거리는 일이 없다. 아침에 잠자리에서 일어나면 서둘러 밖으로 나가 그냥 걷기 시작한다. 괴나리봇짐 하나 없이 몸에 지닌 것이라곤 겨우 긴 막대기 하나뿐이다. 사냥을 한다거나 이웃 나들이를 한다거나 뚜렷한 목적도 없다. 목적이 있다면 본능적으로 걷기 위하여 걸을 뿐이다. 하루 종일 걸으면서도 누가 보든 안 보든 걷는 일에 게으름을 피우지도 않고, 절대로 되돌아가지도 않고, 지름길을 찾으려 들지도 않는다. 그리고 해가 질 무렵 돌아오기도 하지만 때로는 며칠씩 황야에서 노숙을 하다가 쇠똥으로 벽을 바른 그들의 집으로 돌아온다. 그것이 그들이 되풀이해 온 생활의 전부다. 미개한 족속의 미련한 걷기라고 할 수도 있다. 현실적으로 아무런 소득이 없는 걷기를 왜 그처럼 계속하고 있을까? 그 해답은 세계적인 걷기의 달인 마사이족 자신들만 알고 있다.

그야 어찌 되었건 구릿빛 근육으로 다져진 야성적인 장정들이 다사로운 햇살이 쏟아지는 계곡과 들판을 가로질러 달리는 모습은 상상만 해도 장관이 아닌가. 전쟁터로 나가든, 사냥을 나가든 젊은이들에겐 환상적인 축제임이 분명하다.

내가 이런 낭만적인 생각을 하는 순간 마사이족은 검은 대륙의 변방에서 세계 중심무대로의 진출을 꿈꾸고 있는지도 모른다. "성을 쌓고 사는 자는 반드시 망할 것이며, 끊임없이 이동하는 자만이 살아남을 것이다"라는 세기의 정복자 칭기즈칸의 말이 문득 생각나는 것은 웬일일까.

'마사이 워킹'이라는 신조어를 탄생시킨 마사이족 워킹은 시선을 15도 정도 위쪽으로 고정시키고, 턱을 적당히 당기어 귓불이 어깨선과 일치하도록 하고, 아랫배에 힘을 주고, 발은 어깨 너비로 벌려 11자로 걷는다. 발바닥은 바닥에 밀착시키고, 엄지발가락을 치켜 올린다. 마치 달걀이 구르는 것과 같은 착지법으로 발바닥 전체에 체중을 분산시켜 관절을 보호하고, 척추를 꼿꼿하게 세워 체형이 반듯해지고, 혈액순환을 촉진시켜 성인병이 거의 없다. 마사이족은 하루 평균 3만 보 이상을 시속 5~8㎞의 빠른 속도로 걷는다. 무릎과 척추가 곧고 키가 큰 마사이족이 성큼성큼 걸어가는 모습을 보면 아프리카의 '인간기린'이라고 부를 만도 하다. 시속 5~8㎞는 체지방이 연소되어 운동효과를 극대화 할 수 있는 의학적으로 최적의 속도라는 걸 그들은 알고나 있을까.

'마사이 워킹'에 비견할 만한 것이 산행이 아닐까. 웰빙을 신앙처럼 떠받드는 요즈음, 너나없이 산을 찾기 때문에 서울의 산이란 산은 토요일과 일요일엔 북새통이다.

그런데 산행은 걷는 것만이 다가 아니다. 산행은 낯선 것과의 만남을 통하여 새롭게 거듭나는 수행이다. 우리들이 타고난 운명은 과학적 이론에 근거하여 분석적 해답을 얻을 수 있는 것이 아니다. 산행은 운명적으로 타고난 삶 속에서 정서적 가치를 찾아 체득하는 어려운 작업이다. 타박타박 혼자서 길을 걷다 보면 이 세상에 혼자 남아 있다는 외로움을 느끼기도 하리라. 그러나 외로움은 그것으로 끝나지 않고 때로는 상큼한 새로운 발견의 기쁨을 가져오기도 한다. 특히 해질 무렵 사위가 조용한 숲길을 걷노라면 안개처럼 회한이 찾아드는 가운데 자신을 추스르고, 보다 나은 내일을 기약하기도 한다. 산행은 보이지 않던 것들과 마주하고, 다시 격조 높은 자신을 만들어가는 수행과정이라고 할만하다.

그러면 나의 산행은 어떠한가. 오랜 세월 산행을 하다 보니 이젠 친구가 있어도 좋고, 없어도 좋다. 눈비가 내리면 우산을 받치고, 바람이 불면 모자를 눌러 쓰고 집을 나서면 된다. 그리고 어떤 이는 능선만을 찾고, 어떤 이는 골짜기만을 고집하지만 나는 능선이고, 골짜기고 가리지 않는다. 하늘을 가린 골짜기 청정 숲길을 걷노라면 수많은 사람들 중에 내가 은혜로움을 누린다는 뿌듯함이 있고, 능선 내리막길을 걸을 때면 골짜기 사람들의 밀어를 생각하며 구름 위를 걷는 듯한 스릴을 느낄 수 있어 좋다.

산행은 겸손하게 즐기며 할 일이다. 이것이 나의 생각이다. 그러

기에 나의 산행은 본능적인 마사이 워킹은 아니고, 그냥 좋아서 겸
손하게 즐기는 산행이라고 할 수 있다.

(문예비전, 2008. 3~4)

러브 미 텐더

'부드러운 사랑을 해주세요. 달콤한 사랑을 해주세요. 내 곁을 떠나지 말아주세요. 당신은 내 인생을 너무도 행복하게 해주어요…'

엘비스 프레슬리의 'Love Me Tender'는 언제 들어도 좋다. 아름다운 선율을 타고 흐르는 감미로운 목소리는 살포시 가슴을 파고드는 따스함이 있어 좋고, 듣는 이로 하여금 그의 섹시한 외모를 떠올리며 빠져들게 하는 달콤한 유혹이 또한 좋다.

록의 황제 엘비스는 섹시한 외모와 감미로운 목소리로 지구촌 젊은이들의 우상이었다. B.B 킹, 하울링 울프 등의 흑인 블루스 음악을 듣고 자란 그는 흑인의 감성과 목소리에 동화되었고, 야성미 넘치는 섹시 어필로 백인들을 사로잡았다. 그는 당시 흑인의 전유물로 인식되던 R&B 사운드를 록에 도입하여 접목시킨 새로운 스타일의 수많은 명곡을 내놓았다. 그의 히트곡 'Love Me Tender' 'Burning Love' 등은 록의 시초가 된 빌 헤일리의 'Rock Around The Clock'과 함께 흑인 음악을 모태로 하고 있다는 점에서 맥락을 같이 한다.

엘비스는 미시시피주 투펠로 출생으로 고등학교를 졸업하고 트럭 운전사로 일하던 중 어머니 생일선물로 드릴 자신의 노래를 녹음하기 위하여 '선 레코드'를 찾은 것이 인생의 전환점이 되었다. 그의 독특한 보컬에 포로가 된 매니저가 사장 겸 프로듀서인 샘 필립스에게 그를 추천했고, 곧바로 'That's All Right(Mama)'와 'Blue Moon Of Kentucky'가 담긴 첫 싱글 차트를 발매하기에 이른다. 순회공연에 나선 그의 섹시하고 정열적인 무대 매너는 순식간에 많은 사람들을 매료시켰다.

그런데 엘비스의 선정적인 제스처 때문에 보수주의자들 사이에서 논란이 되기도 하였지만, 그의 상업적 가능성을 갈파한 메이저 레이블 'RCA'를 통하여 'Heartbreak Hotel'과 'Love Me Tender'가 히트하면서 그의 영화와 음악의 동거는 순탄하게 이어졌다. 그리하여 컨트리와 리듬앤드블루스를 융합시킨 새로운 타입의 로커빌리의 제1인자이자, 록의 대표적 스타로서 포퓰러뮤직의 주류를 이루었다.

한편, 그는 첫 번째 영화 'Love Me Tender'(1956)를 비롯하여 '블루 하와이' 등 무려 30여 편의 영화에 출연하였으나, 전성기에 한꺼번에 몰아 찍어 영화 자체로서의 완성도가 떨어지는 것도 많았다. 그렇지만 흥행은 성공적이었고, 음악 역시 좋은 것이 많았다. 영화 사운드트랙에 록 음악을 사용하여 영화에서 음악의 비중을 차지하게 만든 것은 그의 공적이며, 지금과 같이 10대들만의 시장을 형성한 것 또한 그의 업적이다.

그리고 아는 이들은 말한다. 그의 앨범 'ELV1S 30 #1 HITS', 이 앨범이 없었다면 팝 음악은 존재하지 않았을 것이라고. 그와 경쟁 상대일 수도 있는 영국의 전설적 록그룹 비틀스의 리더 존 레논까지도 "엘비스 프레슬리 이전엔 아무것도 없었다"고 하였고, 세기의 지휘자 레너드 번스타인은 "엘비스 프레슬리는 20세기 가장 강력한 문화이다. 그는 음악, 언어, 복장, 모든 것에서 앞섰다. 그건 사회적 혁명이었다"라고 찬사를 아끼지 않았다.

엘비스의 명성은 말로 하기엔 수식어가 부족하다. 그의 'Love Me Tender'는 지구촌에 족적을 남긴 불후의 역작이라고 할 수 있다. 그의 열성팬 고이즈미는 예순넷에 부시와 엘비스의 고향집을 방문했을 때 'Love Me Tender'를 인용하여 미국에 감사 인사를 했고, 중국 덩샤오핑은 부주석 시절이었던 1979년 1월, 일흔다섯의 나이로 미국을 처음 방문하였을 때 이 노래를 불렀다. 또 장쩌민 주석은 1996년 그의 나이 일흔에 필리핀 마닐라에서 당시 미국 대통령을 만났을 때 이 노래를 불렀다. 지구촌을 오가며 거물들이 즐겨 부른 이 노래의 감동은 언제까지 이어지는 걸까.

호사다마라고 했던가. 무분별한 영화 출연은 엘비스에 대한 비판을 가중시켰다. 그러나 60년대 말 그는 라스베이거스 무대를 통하여 다시 라이브 뮤지션으로 돌아오는데 'The Wonder of You'를 정상에 진입시키고, 이어 라이브 다큐멘터리 영화 'That's The Way It Is'를 발표하였다.

흑인 음악을 도입하여 히트시킨 최초의 백인 아티스트 엘비스. 그러나 60년대 후반으로 접어들면서 그의 전성기의 영광은 퇴색하였고, 결국 'A Change Of Habit'(1969)을 끝으로 영화배우로서의 활동은 막을 내렸다. 엎친 데 덮친 격으로 슬럼프가 그를 기다리고 있었다. 약물 의존도가 높아진 그는 결국 1977년 8월 16일, 비만과 약물 과다복용으로 인한 심장마비로 불혹을 조금 넘긴 나이에 생을 마쳤다.

모두들 아무것도 할 수 없었을 때 엘비스는 모든 걸 해냈다. 그가 심장마비로 세상을 떠난 순간 전 세계 방송국들은 '왕은 죽었다'고 애도하며 정규방송을 중단할 정도였다. 이처럼 미국을 포함한 전 세계 언론은 록의 황제의 죽음 앞에 각종 은유와 상징을 동원하여 슬픔을 표시했다. 당시 백악관의 주인이었던 지미 카터 대통령은 '미국의 한 부분을 잃었다'며 그의 죽음을 슬퍼했다.

록의 황제 엘비스가 세상을 떠난 지 30년이 지났다. 미국 경제전문지 포브스는 '타계한 저명인사 중 2006년 가장 돈을 많이 번 사람' 리스트에 엘비스의 이름을 당당히 1위로 올렸다. 포브스는 그가 4,900만 달러(441억 원)의 거액을 벌어들인 것으로 추정했다. 그리고 약 4,400만 달러(396억 원)의 수입을 올린 영국의 전설적 록그룹 비틀스의 리더 존 레논이 2위, '스누피와 피너츠'의 작가로 잘 알려진 만화가 찰스 슐츠가 3,500만 달러로 3위, 미국인들에게 영원한 섹시 스타로 남아 있는 메릴린 먼로가 700만 달러로 9위를 차지하였다.

미국 언론들은 엘비스 프레슬리는 아직도 미국 국민들에겐 황제라고 보도했다.

엘비스 프레슬리야말로 죽어서도 이름값을 톡톡히 한다고나 할까. 미국뿐만 아니라 세계인의 가슴속에 진한 감동으로 남아 있는 그의 명성은 무덤 속에서도 살아 빛난다.

스산한 바람이 분다. 시린 가슴을 따스하게 녹여줄 한국의 엘비스는 지금 어디에 있는 걸까. 엘비스 프레슬리를 그리워하는 계절이다.

(좋은문학, 2008. 3~4)

모자리비도

나는 아내를 보며 뜨거운 연민의 정을 느낀다. 지금까지 살아오면서 어머니 노릇에다가 아내 노릇까지, 운명에 이끌려 언제나 동동걸음으로 젖은 손 마를 사이도 없이, 그것을 사는 재미라고 여기며 헌신해 온 모습은 눈물겹도록 고맙다. 아이들은 자나 깨나 엄마가 곁에 있어 모성애의 그리움 같은 건 모르고 자랐으니 축복 중의 축복이라지만, 결혼하면서부터 한 여인으로서의 생활은 접고 평생 전업주부로 자리매김할 때 나름대로의 생활을 지켜주지 못한 것이 지울 수 없는 아쉬움으로 남는다.

누구든 인생의 8할은 자식을 위해 바치는 것 같다. 자식은 많을수록 힘들겠지만 많다고 탓하는 일없이 태어나는 대로 키우고 가르치느라 애태운 한국의 어머니들은 생각할수록 존경스럽다. 그런데 요즘 세태를 보면 기껏 하나 낳고 내가 키울까, 위탁할까 잔머리를 굴린다. 게다가 정부에서는 지금까지 5세 이상이던 영아 취학연령을 0세 이상으로 하는 조기교육입법을 서두르고 있다. 직장 여성의 편리가 영아들에겐 어머니를 빼앗기는 뼈아픈 수난인 걸 생각이나 하는 걸까. 그리고 전체 영아의 겨우 3%만이 영아교육 프로그램을 따라할 수 있다는 사실을 알고나 있는지. 눈에 넣어도 아프지 않을 소중한 어린것들을 출생과 동시에, 말은 고사하고 용변도 가리기 전에 교육이라는 미명 아래 남의 손에 맡기는 걸 생각하면 마음이 편치 않다.

프로이드는 인간의 공통된 정신 현상으로 리비도(성 본능, Libido)를 내세우고 있다. 어원적으로 라틴어 리비도는 갈망, 성적 욕망 등을 의미한다. 정신분석학에서는 무의식적으로 나오는 인간 행동의 바탕이 되는 근원적인 욕구, 특히 성적 충동이나 성욕, 곧 애정의 본질 같은 것을 말한다. 이러한 리비도는 승화되어 정신활동 에너지가 된다.

인간은 태어나면서부터 죽을 때까지 대상을 찾는 리비도 집중 현상이 일어난다. 리비도의 대상은 부모형제, 연인, 친구, 자연, 학문, 예술 등 다양하다. 예를 들면 모니카 마틴의 '목동의 피리소리'에서 목동에게는 풀피리가, 빈센트 반 고흐의 '열네 송이 해바라기'에서 고흐에게는 해바라기가, 모네의 '대장식화'에서 모네에게는 수련(水蓮)이 그 대상인 것처럼, 사람에 따라 또 그 사람의 성장과정이나 처한 현실 그리고 나이에 따라 리비도의 대상은 다를 수 있다.

그중 유일하게 전 생애를 통하여 변하지 않는 것이 모자리비도이다. 이 모자리비도는 인류 공통의 것으로, 범죄, 살상 등 인간의 내

면에 악으로 치달을 수 있는 동물적 야성을 억제시키는 제어장치로
서 결정적 역할을 한다. 이 모자리비도가 있음으로 해서 대부분의
사람이 범죄를 저지르거나 정신이상에 걸리지 않고 살아갈 수 있는
최소한의 보장을 받고 있다. 인류사회가 파탄으로 치닫지 않고 이
정도로 질서를 유지하고 발전할 수 있었던 것도 이 모자리비도의 공
덕이라고 할만하다.

그런데 리비도가 충족되지 않으면 불안으로 바뀐다. 문제는 여기
에 있다. 리비도가 대상을 찾지 못하거나, 대상을 상실하여 방황할
경우 정신이상의 원인이 될 수도 있다. 우리는 흔히 이데올로기의
변화를 무서워한다. 그러나 리비도의 단절은 이데올로기에 의한 변
질보다 더 심각한 인간 변질이란 점에서 사회문제, 생존문제와 직결
된다. 이러한 생존 조건인 기본적 리비도를 단절시키는 것은 인류의
미래를 아주 위험하게 하는 일이다.

'세 살 버릇 여든까지 간다'고 했다. 평생을 좌우할 성격이 형성되
는 영아기의 자식을 남의 손에 맡긴다고 하면 결국 자식의 한평생을
남에게 맡기는 것이나 마찬가지인 엄청난 도박을 하는 셈인데 이 일
을 어쩌면 좋을까. 어머니 육아의 우수성은 동서고금 할 것 없이 두
루 입증된 진리이다. 어머니의 한결같은 본능, 맹목적인 사랑이라는
숭고한 모성애가, 바로 빛나는 역사 창조의 원천임은 두말할 필요도
없다. 유사 이래 어머니의 위대함과 소중함을 인정하는 이유도, 어
머니의 밀착 육아를 절실하게 요구하는 소이도 여기에 있다. 어머니

와 격리시키며 교육한다는 건 거역할 수 없는 순리를 거스르는 일이다. 그렇지 않아도 젊은 여성들은 출산도 육아도 기피하고, 베이비시터나 탁아시설이 부족한 우리의 현실만을 탓하는 판에 정부에서까지 위탁육아의 빌미를 제공하고 있음은 유감스러운 일이다.

과거에 중국공산당도 집권 초기에 노동능력이 없는 비생산적 노인을 양로원으로, 부모의 노동을 방해하는 어린이를 탁아소로 격리시켜 접촉을 극소화했던 적이 있었다. 그 후 부모의 노동을 방해하지 않는 한도로 대폭 완화하였던 것으로 알고 있다. 순리를 거역한 리비도의 단절로 인한 시행착오였다고 할 수 있다.

『명심보감』 '천명편'에 이르기를, '하늘에 순응하는 자는 살아남고(順天者存), 하늘을 거스르는 자는 망한다(逆天者亡)'고 하였다. 우리가 흔히 말하는 순리(順理), 곧 천리(天理)는 인류가 오랜 역사 속에서 시행착오를 거듭하여 얻어낸 검증된 체험적 진리인 것이다. 모자간의 천리(天理), 곧 어머니의 밀착육아를 거역하는 어떠한 일도, 특히 사람을 길러내는 일에 있어서 시행착오는 허용될 수 없다.

중국공산당의 시행착오를 타산지석으로 삼아야 하지 않을까.

(뿌리, 2008. 여름)

끝물의 영광

　용인 에버랜드에 체중 160㎏ 되는 1년생 호랑이가 있다. 그런데 체통 없이 개줄에 묶여 끌려다니는 것을 보면 그야말로 애완용 허사비 호랑이라고나 할까. 그렇다고 병이 든 것도 아니고, 시름시름 졸음이나 청하는 게으른 놈도 아니다. 태어나자마자 우유를 먹고 자라면서 맹수 특유의 야성을 잃어버린 채 온순한 토종 누렁이처럼 길들여진 것이다. 처음 보는 사람에게는 토종 누렁이 같은 호랑이가 시선을 끌 수도 있겠지만 누렁이 아닌 맹수를 찾아온 사람이 보면 먹이만 축내는 식객임이 틀림없다.

　울타리 안의 사자나 호랑이라도 긴장을 풀지 않고 종횡무진 울타리 밖의 자유를 갈구하는 야성이 있음으로 해서 제 이름값을 하고 백수(百獸)의 제왕으로 자리매김한다. 맹수의 세계만이 아니라 생명 있는 모든 것은 긴장이 반복되는 생존경쟁 속에 살아간다. 그리고 생존경쟁의 원동력이 살아 숨 쉴 때 활력이 넘치고 아름답다.

　야성은 인간이 유구한 역사를 거쳐 시대와 사회변화에 영향력을 미치고, 나아가 병든 사회를 치유하고, 건강한 사회를 지켜온 원동력이다. 그것은 어떤 일에 직면했을 때 밀어붙이는 추진력과도 관계가 있다. 그리고 세련되지 못하고 투박하지만 잔머리 굴리지 않고, 소탈함으로 주변의 사람을 너그럽게 내 편으로 끌어들이고 상대방과 하나 되는 포용력과도 일맥상통한다. 우리가 살아가는 데 지나칠 정도로 지성미 넘치고 부티 나는 연약한 모습보다는 저돌적이고 터프한 것을 선망의 대상으로 꼽는 것도 그 때문이다.

그렇지만 우리가 바라는 이상형은 조금은 잘생긴 얼짱에, 시원스럽게 잘 빠진 몸짱, 지성과 야성이 적당히 배어 있는 그런 사람, 겉으로는 매끈하고, 문화적이고, 지나칠 정도로 세련된 분위기, 눈을 씻고 찾아보아도 나무랄 구석이라곤 없는 지적인 신사틱한 모습이 아닐까. 우리 청소년들이야말로 지성과 야성을 겸비한 그런 사람이었으면 좋으련만 안타깝게도 한국인 특유의 야성을 찾아볼 수 없다고들 말한다. 후한 점수를 주려고 하지만 내가 보기에도 뭔가 부족하다.

현대는 두뇌경쟁의 시대다. 세계 최고, 최첨단, 하룻밤 자고 나면 미처 생각도 못한 일들이 우리를 놀라게 한다. 뛰는 사람 위에 나는 사람이 있다는 말을 실감하는 현실이다. 창의성을 겸비한 고급 두뇌만이 살아남을 수 있는 무한경쟁시대라고나 할까. 그러나 두뇌 발달에 고무된 병든 사회는 내일을 이끌어 갈 역량도 없고, 외부의 도전에 저항할 패기도 없으므로 생존의 위협으로부터 벗어날 수 없다.

더구나 인생은 드라마가 아니다. 어떠한 고난이든 극복해야 할 사활
(死活)을 건 실전임을 더 말해 무엇할까.

우리는 아름답고 건강한 육체를 위하여 체중을 줄이고 S라인을
만드는 다이어트 못지않게 야성을 회복하고, 엉뚱 발랄한 창조적 발
상을 도출하기 위하여 고민덩어리와 스트레스덩어리를 버리는 가슴
과 머리의 다이어트가 필요하다. 그리하여 지칠 줄 모르는 야성과
통쾌 상쾌한 창조성이 조화를 이룰 때 우리의 행복한 미래는 약속된
다.

그러면 어떻게 야성을 회복할 것인가. 조금은 거칠게 저돌적으로
한계 상황에 도전해야 한다. 현실에 안주하지 않고, 행복한 내일을
향해 무한 질주하는 것만이 우리의 생존전략이 될 수 있다. 또한 오
늘의 어려움을 인생 역전의 원천으로 삼아야 한다. 어떤 이는 가난
했기 때문에 가난을 극복하기 위하여 미친 듯이 일하고, 배움이 미
약했기 때문에 지적 충족을 위하여 주경야독하고, 건강하지 못했기
때문에 신체 단련에 올인하여 여보란 듯 남부럽지 않게 누리고 살아
간다. 참으로 본받을 만하다.

경영학의 대부 피터 드러커(Peter Ferdinand Drucker)는 그가 쓴 『넥
스트 소사이어티(The Next Society)』에서 세계에서 기업가 정신이 가
장 뛰어난 나라는 한국이라고 했다. 우리에겐 왕성한 개척정신과 무
에서 유를 일궈내는 창조정신 그리고 공동체정신에 근거하여 고객
만족을 생각하는 기업가로서의 기질이 있다는 말이리라. 이러한 기

업가 기질 또한 우리 핏속에 흐르는 야성과 무관하지 않으리라.

그런데 우리는 흔히 늙음을 한탄하고 운명을 탓한다. 그러나 그럴 일만은 아니다. 커넬 샌더스는 65세에 KFC 첫 체인점을 열었고, 모리 프리먼은 58세에 오스카상을 받았다. 리에크록은 53세에 맥도널드를 창업하고, 존 글렌은 53세에 상원의원이 되었다. 괴테는 24세에 『파우스트』를 쓰기 시작하여 58년이 지난 82세에 완성하였다. 그 결과 독일 정신의 총체이며 인간 정신의 보편적 지향을 제시하는 고전 중의 고전으로 오늘날까지 인구에 회자되고 있다. 귀감이 될 만한 이런 노익장들은 좀처럼 식을 줄 모르는 몸에 밴 야성의 발로라고나 할까.

다가오는 불운을 비웃기라도 하듯 절묘하게 뿌리치고 인생 역전을 일군 사람은 얼마든지 있다. 너무 늦었다고 뒷걸음질치고 포기할 일이 아니다. 무슨 일이든 끈질기게 저돌적으로 도전해 볼 일이다. 이것이 끝물의 영광을 위한 첫걸음이다. 설령 지난날 허사비 호랑이처럼 살아왔더라도 후회하지 말고, 마음을 추스르고 각오를 다지면 안 될 일이 없다. 언제나 최종 승부처는 후반전이다. 끝물의 영광을 위하여 잠자는 야성을 일깨워야 하지 않을까.

(한맥문학, 2008. 3)

웃음

　웃음은 가장 복잡하고 강렬한 인간 내면의 표상이다. 그레이그는 『웃음과 희극의 심리』에서 오늘날까지 수많은 사람들이 웃음을 연구하였으나 웃음을 한 마디로 완벽하게 정의한 적은 한 번도 없다고 하였다. 그만큼 웃음은 인간의 내면처럼 복잡 미묘한 심층구조로 되어 있다. 우리는 흔히 기쁠 때나 즐거울 때의 환한 웃음만 생각하기 쉬운데 인간은 슬프고 괴로울 때에도 한숨과 눈물 대신 웃음엣짓, 웃음엣소리를 한다. 일찍이 니체도 "인간은 비극적인 동물이기 때문에 인간만이 웃을 줄 아는 동물"이라고 했다. 이 말 역시 슬프고 괴로울 때에도 웃음엣짓, 웃음엣소리를 한다는 말이리라.

　그리고 웃음은 즐기는 사람이 만들어내는 것이라고 생각하지만 아이러니하게도 웃음은 만들어내는 사람 따로 있고, 즐기는 사람 따로 있다. 우리나라의 고전작품을 보아도 웃음의 전도사는 비극의 전형이라고 할 수 있는 불행한 방자(房子)들이었다. 그리고 방자들이 눈물로 빚어낸 웃음을 호사를 누리는 양반들이 즐겼다.

그런데 사람이 살아가면서 같은 값이면 눈물을 짜는 것보다 웃는 것이 좋지 않을까. 눈물짜내기 비극보다는 웃음을 주는 코미디를 비교적 선호하는 이유도 여기에 있다. 그러나 우리가 아무리 웃음 예찬론을 펼칠지라도 웃음이 갖는 이미지는 흔히 생각하는 것처럼 단순히 좋은 것만은 아니다.

우리는 무엇을 보고 웃는가. 누구에게도 명확한 대답은 없다. 대부분의 경우 웃음의 본질보다는 말초신경의 짜릿한 자극을 즐기고 감동한다. 코미디는 이러한 인간의 내면을 파고드는 속성이 있다. 특히 코미디가 주는 웃음은 천편일률적으로 상대방이 고통을 당하거나 창피를 당하게 해놓고, 그것을 웃음거리로 삼는 공통적인 특징을 가지고 있다.

그런 웃음이 우리에게 주는 메시지는 무엇일까. 그것은 웃음으로 포장한 사회풍자에 숨겨진 정의감도 아니고, 인간의 자기모순을 질타하는 속세를 벗어난 기품도 아니다. 한마디로 자기보다 못난 사람을 보고 자기만족에 도취하여 내뱉는 조롱에 가까운, 값싸고 천박한 야유 섞인 웃음이다. 그런 웃음은 이웃을 사랑스런 눈으로 바라보는 애정 어린 것이라기보다 다른 사람의 약점을 보고 나보다 못한 것을 경멸하는 것이며, 상황에 맞게 동정과 위로와 격려를 보내기보다는 언제나 웃음거리를 보고 즐기며 지나쳐버리는 값싼 웃음이라는 데 문제가 있다.

그러나 웃음에는 문제도 있지만 산소나 비타민처럼 긍정적인 측면도 얼마든지 있다. 웃음의 전도사 노먼 커즌스(Norman Cousins)는 컬럼비아대학교를 졸업하고 기자가 되어 〈Saturday Review〉를 미국 최고의 서평지로 끌어올린 사람이다. 그가 쓴 『질병의 해부(Anatomy of an Illness)』는 시사하는 바가 크다.

그는 어느 날 현대의학에서 난치병으로 분류하는 강직성 척추염 선고를 받는다. 그러나 자신의 불운에 굴복하지 않고 운명을 거슬러 극복하는 길을 택한다. 그가 선택한 방법은 '생명은 본래 긍정과 웃음으로 가득한 존재'라는 깨달음에서부터 시작되었다. 우리 몸의 병마는 어떠한 것이든 생명이 본래 지니고 있는 긍정적 생각을 하고 웃음을 회복하면 치료된다고 믿었다. 그래서 노먼 커즌스는 희극영화, 코미디 비디오 등을 다량 구입하여 호텔방에서 계속 틀어놓고 웃고 또 웃었다. 그러는 사이에 그는 불치병에서 해방되었다. 우리나라에서 『웃음의 치유력』이란 이름으로 번역된 이 책은 그가 겪은 이러한 웃음 치유과정을 생생하게 그려놓은 것이다.

요즈음 우리 주위에 보면 웃음에 관심도 많고, 웃음의 초능력을 믿고 체험하는 사람도 많다. 그런데 우리나라 사람들은 선천적으로 타고난 웃음의 천재도 있기는 하지만 대체로 웃음에 익숙하지 못하고 서투르다. 아직도 어느 구석엔가 웃음을 헤프다고 힐난하는 우리의 고질적 전통정서는 남아 있다.

뿐만 아니라 남에게는 비교적 관대하지만 자신에 대하여는 너그럽지 못하고 너무 엄격한 나머지 자주 화내고 자학하는 어리석음을 범한다. 우리가 긍정적으로 자존감을 가지고 유머감각을 살려 웃고, 포용력을 갖고 다가가면 거기에 우리가 생각지도 못한 축복이 있으리라.

이제는 우리의 쓸데없는 아집을 버리고 실종된 웃음을 찾아야 한다. 마음이 편안하고 기분 좋을 때의 웃음보다는 어렵고 힘들 때 웃음이 더욱 빛난다. 웃음도 진화한다. 어렵고 힘들고 바쁜 때일수록 한바탕 웃음판을 벌이는 것이 어떨까. 그러면 평온해진 내 마음을 쫓아 웃음이 웃음을 낳고, 어느 사이 얽히고설킨 감정의 소용돌이를 벗어나 자유로워질 테니 말이다. 언제나 긍정적으로 최상의 가능성을 생각하면 감사와 기쁨의 샘물이 내 마음속에 흘러넘치고, 어렵고 힘들어도 더 크게, 더 밝게 웃음보를 터뜨릴 수 있으리라.

믿음과 불신, 사랑과 미움, 기쁨과 슬픔은 동전의 양면과도 같은 것. 무슨 일이든 최선을 다하여 노력했는데도 안 될 때 그건 어쩔 수 없는 일이다. 잘 안 되는 일에 안달복달하지 말고 차라리 눈앞에 펼쳐진 현실을 그대로 인정하는 것이 어떨까. 내가 몸담은 세상의 모든 일은 내 마음이 만들어 내는 것, 그래서 일체유심조(一切唯心造)라고 하지 않던가.

(좋은문학, 2008. 3~4)

사랑의 기술

프랜시스 후쿠야마는 『역사의 종말과 최후의 인간(The End of History and The last Man)』에서 인류 역사를 발전시켜 온 두 가지 동인(動因, Motivation)을 말했다. 하나는 경제적으로 보다 더 잘살고자 하는 욕구 또 하나는 다른 사람에게 인정받고자 하는 욕구라고 했다. 이러한 욕구가 있음으로 해서 인류 역사는 무한도전 속에 발전에 발전을 거듭하여 왔다.

그러나 두 가지 욕구가 충족되었다고 누구나 행복한 것은 아니다. 천만다행으로 본능적인 사랑의 욕구가 채워진 사람이면 행복하겠지만 그렇지 못하면 불행하다. 이유인즉 행복한 삶은 사랑의 욕구가 채워지는 정도에 따라 행복지수가 결정되기 때문이다.

인간은 요람에서 무덤까지 사랑을 주고받으며 살아간다. 부모형제와의 사랑, 연인과의 사랑, 종교적인 사랑 등 삶이 사랑으로 넘칠 때 행복을 실감한다. 살아가면서 누군가와 사랑을 나누는 것은 축복이며 진정한 사랑을 나눈다는 것은 생명을 나누는 뜻있는 일이기도

하다. 그러므로 인류 역사를 보면 사랑을 위하여 부귀영화를 버리고, 때로는 목숨을 바치기도 했다. 물질문명과 정신문화도 따지고 보면 인간이 사랑을 주고받으며 남긴 흔적들이다. 그러므로 사람의 발길이 닿는 곳이면 시공을 초월하여 사랑의 흔적이 남아 있다. 결국 인류 역사는 사랑의 역사라고 할 수 있으리라.

헬라어로 에로스(Eros), 필로(Philo), 아가페(Agape) 세 가지 사랑을 흔히 말한다. 에로스는 육체적 사랑, 곧 쾌락을 추구하는 만남으로 오늘 현대인의 정신세계를 황폐하게 한 저급한 사랑을 말한다. 필로는 내가 준 만큼 너도 주기를 바라는 조건부 사랑, 주고받는 차원의 사랑이므로 갈등이 생긴다. 아가페는 하나님의 사랑, 부모님의 사랑, 자기를 희생함으로써 실현되는 사랑, 곧 대가를 요구하지 않는 조건 없는 사랑을 말한다.

이와 같이 사랑은 인류의 정신세계를 지배한 덕목으로 언제나 관심의 대상이었다. 독일의 사회심리학자 에리히 프롬(Erich Fromm)의 『사랑의 기술(The Art of Loving)』에서 우리는 두 가지 질문에 부딪친다. 사랑은 진정으로 행운만 있으면 우연한 기회에 경험하게 되는 즐거운 감정인가. 아니면 사랑은 지식과 노력이 필요한 기술인가.

현대인들의 불행은 사랑은 즐거운 감정이라는 그릇된 인식에서 시작되었다. 대부분의 사람들이 사랑을 잘못 인식하여 노력이 필요한 기술의 문제가 아니라 우연히 경험하는 즐거운 감정으로 생각하였다. 그래서 어떻게 하면 상대방으로부터 사랑을 받을 수 있도록 사랑스러워질 수 있는가 하는 것이 관심의 초점이었다.

그런데 대부분의 여자들은 사회적으로 높은 지위와 경제적 능력을 갖춘 남자를 선호하고, 남자들은 성적 매력이 넘치는 여자를 좋아한다. 그 틈새를 노리고 사람들이 공통적으로 추구하는 전략이 있다. 남자들이 애용하는 방법이 부귀영화를 과시하는 것이라면, 여자들이 선호하는 방법은 몸을 가꾸고 치장을 잘하여 성적 매력을 갖추는 것이다. 결국 남자의 매력 포인트는 성적 매력보다는 능력이 먼저이고, 여자는 다른 무엇보다도 성적 매력을 우선으로 꼽는다. 여자를 사랑스럽다고 말하는 경우에 그 의미에는 인기와 성적 매력이 뒤섞여 있는 것도 그 때문이다.

한편, 현대인들은 진열장 속의 명품을 들여다보며 스릴을 느끼고, 살 수 있는 것이면 무엇이든지 현금 또는 신용카드로 사는 것을 행복으로 여긴다. 그러므로 사람에 대하여도 같은 방식으로 남자에게 매력적인 여자, 여자에게 매력적인 남자는 군침이 도는 쇼핑 대상이다. 현대인들에게 매력은 퍼스낼리티(Personality) 시장에서 잘 팔리고, 인기 있고, 품질 좋은 멋진 포장과도 같다. 사랑에 대한 이런 그릇된 인식으로 인하여 현대인들의 영혼 속엔 항상 불행이 스며들어 있다.

인간 세상 언제 어디서나 갈등은 있기 마련이다. 인간이란 갈등의 화신인지도 모른다. 우리는 서로 바라보는 방식부터 바꾸어야 한다. 떨어져선 죽고 못 산다고 안달하는 연인끼리도 목을 엇바꾸어 사랑의 포옹을 하는 것을 보면 같은 곳을 향하여 집중하는 것이 아니라 시선은 서로 상대방의 등 뒤 허공을 바라본다. 열애의 순간에도 서로 정반대 쪽을 바라보는 눈길, 그것이 갈등의 진원인 걸 어찌하랴.

우리는 나와 같은 것은 옳고, 나와 다른 것은 그르다는 사고의 틀을 바꾸어야 한다. 사랑이 위기에 처했을 때, 우리는 일체감을 찾아 다가가야 한다. 그러면 오래전부터 간직했던 친밀한 느낌이 되살아나고 사랑의 열기가 달아오를 것이다. 그리고 사랑은 불같은 정렬로 숨 가쁘게 달리기도 하지만 가끔은 멈추어야 할 필요가 있다. 멈추어 한숨 돌리고 나의 고정관념을 바꿀 때 나른하도록 무기력해진 나의 열정은 회복될 수 있다.

무작정 죽기 살기로 매달리는 사랑은 자기가 그러니 상대방도 그러리라는 생각에서 비롯된다. 그것은 상대방이 나와 다른 환경에서 나와 다른 경험을 하고 살아왔다는 것을 고려하지 않고 자기 입장만을 고집하는 오만이다. 진짜 사랑은 겸손하게 서로 다른 것을 인정하고 차이를 줄여나가는 가운데 언젠가 서로 닮은꼴을 찾아내는 것이 아닐까.

사랑은 받는 것이 아니라 주는 것. 흔히 '받는 것보다 주는 것이 어렵다'고 말한다. 사랑하는 것이 그만큼 어렵다는 말도 되리라. 사랑은 야누스의 두 얼굴을 가지고 있다. 사랑을 받는 쪽은 우연히 경험하는 즐거운 감정이겠지만, 사랑을 주는 쪽은 노력이 필요한 기술이 문제인 것을……

(생각하는 사람들, 2008. 5)

어서 모란장으로 오시게

잠실역에서 지하철 8호선을 타고 30여 분 되었을까, 모란역에 도착하였다. 모란역은 8호선과 분당선이 만나는데다가 장날이라 개찰구는 사람들로 북새통이다. 사람들에 떠밀려 5번 출구를 빠져나오니 지하철 출구에서부터 난전(亂廛)으로 입추(立錐)의 여지가 없다. 시장 입구에 들어서자 물건을 팔고 사는 사람들이 왁자지껄한 가운데 나는 잃었던 생활의 의욕을 회복한다.

오늘은 지하철에서 모란의 역사를 이해하는 유익한 시간을 보냈다. 이름도 아름다운 모란은 예비역 육군대령 김창숙(金昌淑)과 같이 한다. 그는 고향 평양에 홀어머니를 두고 월남하여 군에 입대, 1958년 32세에 육군대령으로 예편하였다. 1958년 당시 광주군 돌마면 하대원리 현재의 모란에서 황무지 개간사업을 하던 중 5·16혁명으로 군부가 집권하자 1961년 광주 군수로 특채되어 3개월 동안 재직하였다. 그는 공직생활을 그만두자 다시 재향군인개척단으로 돌아왔고, 사람들이 모여들어 마을이 형성되었다. 그러나 마을 이름이 없어 재향군인개척단원들과 숙의하였으나 그럴듯한 이름이 떠오르지 않았다. 그는 오매불망 그리는 어머니를 두고 온 평양 모란봉을 연상하여 모란이라고 작명하고 동의를 얻어냈다. 이와 같이 모란은 김창숙의 사모의 정이 담긴 이름이다. 남한산성 남쪽 언저리라서 성남시라고 하지 말고, 아예 모란시라고 했더라면 더 좋았을 걸 하는 아쉬움이 앞선다.

그 후 1962년부터 지금까지 명맥을 이어온 모란장은 국내 최대 규모의 재래시장이다. 장날 하루만도 상인이 2천 명, 방문객이 5만여 명 모인다고 하니 그 규모를 알만하다.

재래시장의 출범은 임진왜란 후 17세기 후반으로 거슬러 올라간다. 이조실록에 의하면 당시 큰 장으로는 경기도 광주 사평장과 송파장 그리고 안성 읍내장과 교하 공릉장, 충청도 은진 강경장과 직산 덕평장, 전라도 전주 읍내장과 남원 읍내장, 강원도 평창 대화장과 황해도 토산 비천장, 황주 읍내장과 봉산 은파장, 경상도 창원 마산장과 평안도 박천 진두장 그리고 함경도 덕원 원산장이 비교적 큰 재래시장들이다.

우리가 볼 수 있는 것과 보아야 할 많은 것들이 있고, 푸짐한 먹거리가 기다리고 있는 마법의 성, 모란장은 4일과 9일에 열리는 5일장으로 아직도 시골 장날의 풍경이 남아 있다. 그 때문일까, 2030은 보이지 않고, 여자보다는 6070 나이 든 남자들이 더 많이 모이는 별천지! 그래서 노인들의 수도권 전철여행 명소 순위에서 랭킹 1~2위를 마크한다. 순박한 사람들이 가끔은 심심해서 들러보고, 그립고 아쉬우면 찾아드는 외로운 사람들의 요람, 소박하지만 가난하지 않고 명성에 걸맞게 없는 게 없는 만물상이라고나 할까. 누군가 말한 대로 처녀 붕알과 쥐뿔 빼고는 뭐든지 다 있다. 화훼, 잡곡, 의류, 신발, 잡화, 생선, 약초, 건어물, 야채를 비롯하여 구수한 군밤과 옥수수, 냄새만으로도 알큰하게 취할 것 같은 따끈한 술빵, 꿀떡 목구멍으로 넘어갈 것만 같은 달콤한 호떡까지, 군침을 돌게 하는 간식거리와 낯선 도회로 끌려나와 얼떨떨한 흑염소와 누렁이, 닭, 오리 같은 가금류까지 이 세상에 있는 것은 다 모여 장터가 미어터진다.

그리고 모란장은 넘치는 물건만큼이나 인정도 묻어난다. 배밀이로 밀고 다니는 장애인 구루마마켓은 낮게 살지만 방문객을 노래로 맞아주는 여유가 있고, 커피와 그 밖의 음료를 준비하고 치열한 생존경쟁에 활력을 불어넣어주는 이동식 커피 아줌마는 부잣집 맏며느리처럼 후덕하다. 또 정신없이 립스틱을 짙게 바른 엿장수의 각설이 공연은 덩실덩실 신바람을 불러일으키고, 한쪽에선 예수를 믿으라고 길거리 전도에 열을 올리는데, 다른 쪽에선 스님의 목탁소리가 찬 공기를 가르고 낭낭하게 울려 퍼진다. 그리고 양지쪽 후미진 곳에선 사주에 토정비결까지 단돈 2천 냥에 남의 운명을 디자인하고 있다. 사람 사는 것이 이런 것이구나 할 정도로 볼거리, 먹을거리가 어우러져 사람 사는 냄새가 물씬 풍기는 지상의 낙원이 바로 여기가 아닐까 싶다.

눈요기로 정신을 빼앗기다보니 점심때다. 시장 사람들은 어디서 끼니를 해결할까 궁금했는데 사람들을 따라 시장 건너편 지하철 2번 출구를 나서자마자 먹자골목이다.

추운 겨울날 따끈한 국물이 절로 생각날 때 시장 사람들이 주로 찾는 집이 양평감자탕이다. 감자탕을 두툼한 무쇠냄비가 넘치도록 수북하게 담아내는 것이 이 집의 자랑이다. 먼저 온 사람들은 감자탕 맛에 빠져 체면도 아랑곳하지 않고 양손으로 뼈다귀에 붙은 살을 뜯어먹느라 정신이 없다. 은은한 깻잎국물 향이 입 안에 가득한데 들깨가루를 넣어 걸쭉한 국물에 잘 익은 깍두기까지 얹어 먹으면 감동 그 자체다.

바로 이웃 삽다리곱창 젊은 주인장은 장날에는 왁자지껄한 사람 소리가 좋단다. 곱창은 모란장 술꾼들에게 최고의 술안주다. 소주의 독한 냄새와 곱창의 고소한 맛이 그들의 입맛에 딱 들어맞는 모양이다. 특히 매콤한 곱창양념볶음은 얼큰한 맛을 좋아하는 사람들이 많이 찾는다. 나이 지긋한 어르신들만이 아니라, 의외로 2030의 젊은 손님이 반 이상이다. 돼지 내장을 소금물과 소주로 씻고, 양파와 커피를 혼합한 특제 소스를 사용해 한 번 더 씻는다. 그리고 보니 곱창에서 은은한 커피향이 느껴진다. 아마도 곱창이 노린내가 거의 없고 맛이 깔끔하기 때문에 젊은이들도 즐겨 찾는가 보다.

나이 지긋한 주당들에겐 종로빈대떡이다. 녹두를 맷돌로 갈아 반죽을 하여 부치는데 널찍한 철판 위에 두툼하게 반죽을 쏟아 붓고

앞면이 노릇해질 즈음 뒤집어준다. 바삭바삭 소리가 날 정도로 구워
지면 고추와 양파를 썰어 넣은 간장소스와 함께 손님상에 나온다.
여기에 달짝지근한 동동주 한 사발을 곁들이면 가히 환상적이라고
할만하다.

그러나 장터를 떠나서 먹고 마시는 것은 맛도 없고, 멋도 없고, 분
위기도 그렇다. 지친 몸으로 체면 볼 것 없이 대충 설거지한 장터 좌
판에 옆 사람과 부딪치며 적당히 걸터앉아 순댓국, 소주 한 잔에 조
금은 어눌한 말투로 살아가는 이야기를 주고받을 때면 삶에 찌든 순
정이 묻어난다. 그렇게 부담 없이 주고받는 인정으로 슬픔을 녹이며
얼큰한 장타령을 안주 삼고 가슴에 쌓인 한을 푸는 모습이야말로 정
겨운 모란장 풍경이라고나 할까.

"벗님네들! 어서 모란장으로 오시게."

(참여문학, 2008. 봄/ 여백 채우기, 2008)

절반을 위한 사랑

비익조는 눈도 하나, 날개도 하나이기 때문에 반대쪽 눈과 날개를 가진 다른 비익조와 한 쌍이 되어야 날아다닐 수 있는 상상의 새다. 그러므로 언제나 한 쌍이 서로 가지런히 붙어서 날아다닌다. 문학에서뿐만 아니라 미술에서도 비익조는 서로 떨어질 수 없는 남녀간의 사랑이야기를 할 때 자주 등장한다.

비익조는 알을 깨고 나오면서부터 새로운 것과의 만남 속에 세상을 구경하는 기쁨을 만끽하며 엄마가 물어다 주는 먹이를 받아먹고 무럭무럭 자란다. 그러나 시간이 흘러 날갯짓을 배울 때쯤이면 다른 새들처럼 날 수 있으리라는 기대감으로 날아오르는 연습을 하다가 둥지 밖으로 떨어져서 생채기가 나고 피멍이 든다. 그때 비로소 날개가 하나뿐이기 때문에 날 수 없다는 사실을 알게 된다. 그런데 엄마 비익조는 한쪽 날개로도 날 수 있는데 자신은 왜 날지 못하는지 이해할 수 없다.

우리 인간이야말로 비익조처럼 태어날 때부터 한쪽 눈과 한쪽 날개가 없는 기형은 아닐까. 도움 없이는 아무것도 할 수 없는 무능한 존재로 태어났는지도 모른다. 어디 그뿐인가. 태어나서 열 달은 되어야 겨우 걸음마를 시작한다. 창피스럽게도 인간은 지구상의 포유류 중에서 가장 발육이 늦은 존재라고나 할까.

그러면 나머지 한쪽은 어디에서 찾을까. 나머지 한쪽 날개를 얻는 묘책은 없을까.

기다릴 줄 알아야 한다. 기다림은 사람이 만물의 영장으로 자리매김할 수 있도록 하는 인간의 지혜이다. 기다림은 부족한 것을 채워 주고 완전하게 해 준다. 기다림은 신이 인간에게 내린 가장 위대하고 소중한 선물이다. 기다림은 우리의 행복을 약속하는 복음이라고나 할까.

한 예로 농부가 파종을 하고 기다림이 없다면 풍성한 수확을 기대할 수 없으리라. 성급한 나머지 자라지 않는다고 이삭을 뽑아 올린다면 어떻게 될까. 아직 차가운 바람이 가시지 않은 이른 봄날 파종을 하고, 추울세라 더울세라 노심초사 기다린 끝에 가을 어느 날 탱글탱글 여문 알곡을 거둘 수 있지 않는가. 엄마 비익조가 한쪽 날개로 날 수 있는 것도 오랜 기다림의 대가라고 할 수 있으리라. 우리는 기다림을 배워야 한다. 나아가 기다림의 고수가 되어야 한다.

기다려도 안 되면 사랑을 해야 한다. 이성을 그리워하는 것도 인간은 본래 반쪽이 부족하기 때문에 부족한 반쪽을 온전하게 채우기 위한 본능적인 욕구이다. 내가 너에게, 네가 나에게 다가와 온전하게 하나로 완성된 모습이 우리가 바라는 가장 이상적인 아름다운 모습이다. 인간은 사랑 없이는 존재할 수 없다. 사랑의 힘은 위대하다. 한쪽 날개만으로 날아갈 수 있는 것도 바로 사랑의 힘 때문이다. 그런데 사랑을 해도 날 수 없다면 그건 짝을 잘못 만났기 때문이다. 반드시 자신에게 없는 반쪽을 가진 짝을 만나야 날 수 있다. 그것이 행복을 누리는 짝짓기의 불문율이다.

그리고 사랑은 진실해야 한다. 사랑엔 어떤 목적이 있어선 안 된다. 사랑은 목적을 이루기 위해서 있는 것이 아니라 사랑을 나누면 분위기가 상승하여 목적이 이루어진다. 흔히 사랑을 받는 것으로 착각하고 기다리다가 지친 나머지 포기한다. 사랑은 받는 것이 아니라 주는 것이다. 사랑은 무조건 줄 생각만 하고, 나에게 있는 것은 조건 없이 다 주라. 사랑은 주는 만큼 돌아온다. 그것이 사랑의 기본법칙이다. 사랑은 주거니 받거니 그래서 'Give and Take'라고 하지 않는가. 사랑을 하기로 작정하기까지 가지고 있는 모든 지혜를 동원하고 심사숙고하여 네 스스로 진실하다고 말할 수 있을 때 사랑을 선포하라. 그리고 네 목숨까지 바칠 각오로 최선을 다하라.

사랑을 선포했으면 안아주고 웃겨라. 스킨십은 인류가 창안한 가장 훌륭한 애정표현이다. 만지고 만져지는 가운데 사랑하는 사람과 이질감이 없어지고 하나가 되는 것이다. 스킨십을 못하게 하니까 마사지업소가 생기고, 애정표현에 탈선이 횡행한다. 싱글의 행동특성 중 하나가 스킨십을 싫어하는 것이다. 스킨십을 하지 않으면 상대방의 좋고 나쁨을 모르기 때문에 친밀감을 느끼지 못하고, 그러다 보니 교제를 못하고 평생 고독한 싱글로 늙어간다. 스킨십을 하라. 지치고 응어리진 몸과 마음에 놀라운 치유의 효과까지 나타날 것이다.

그리고 웃음은 가장 보편적인 사랑의 기술이며, 사랑의 정서를 공유하는 한 방편이다. 개그 프로그램에서 개그맨들이 먼저 한바탕 웃음판을 벌이면 시청자들은 처음엔 자신의 감정과 상관없이 덩달아 웃다가 차츰 분위기에 빠져든다. 좋아하는 감정은 어느 한 편의 일방적인 것이 아니라, 주고받으며 함께하는 것이다. 서로 안아주고 웃거라. 스킨십과 웃음은 아픈 사랑에 가장 좋은 진통제이니까.

그런데 사랑은 노력과 투자가 필요하다. 운동장에 학생들이 질서 정연하게 대오를 갖추어도 시간이 지나면 흐트러진다. 이것이 자연계의 밑바닥에 흐르고 있는 엔트로피증가의 법칙이다. 사랑도 그렇다. 처음 만났을 때의 분홍빛 열정도 시간이 흐르면 아침 물안개처럼 희미하게 사라지기 마련이다. 세상에 공짜는 없다. 사랑도 끊임없는 노력과 투자가 필요하다. 문명의 시곗바늘이 가속을 하며 우리의 감성을 바꾸어놓았다. 아날로그 방식 대신 디지털 방식이 그 자리를 차지했다. 우리의 사랑도 디지털 방식으로 시스템을 바꾸어야 한다. 그리고 뜨거운 사랑을 다운로드하여 항상 새로운 사랑으로 업그레이드하라. 사랑은 우리에게 없는 절반을 위한 일이니까.

(문예사조, 2008. 5)

개구리에 대한 명상

며칠 전 텔레비전에서 개구리가 장난감 오토바이를 타고 카메라 앞에 포즈를 취하는 것을 보았다.

옛날에도 개구리를 사육하며 그 소리를 즐기는 기생개구리라는 것이 있었으니 특별히 쇼킹한 일은 아니다. 게다가 오늘날은 개똥벌레 같은 미물에서부터 백수의 왕 사자에 이르기까지 웬만하면 살아 있는 것은 무엇이든 애완용으로 즐겨 기르는 세상이니 별스러울 것도 없다.

그러나 개구리를 식용으로 기르는 것을 본 적은 있으나 애완용으로 사육하는 것은 처음 본 내 짧은 안목으로는 새롭고 기이한 일이 아닐 수 없다. 한편으로는 애완동물을 상품화하는 인간의 얄팍한 상혼이 씁쓸하기도 하지만, 긍정적으로 보면 생명을 가진 것들과 공생할 수도 있을 것 같다.

우리나라에 서식하는 개구리는 17종으로 알려져 있다. 개구리는 물과 뭍 양쪽에 두루 사는 양서류(물뭍동물)다. 물에서 올챙이 시절이 끝나면 뭍으로 올라왔다가 자라서 알을 낳을 때가 되면 다시 생명의 본향인 물로 돌아가 알을 낳는다. 이와 같이 올챙이에서 완전히 다른 모양으로 탈바꿈하는 개구리는 수많은 관련 설화가 있을 정도로 인간과 친숙하면서도, 한편으론 그 실체를 잘못 알고 있거나 모르고 있을 정도로 베일에 싸여 있다.

'개구리도 옴쳐야 뛴다'는 속담이 있다. 무슨 일을 하든지 준비가 필요하니 준비가 될 때까지 기다리라는 뜻으로 쓰인다. 그런데 개구리가 멀리 뛰어 도망갈 때 놀라서 뛰어간다는 데 초점을 맞춘 지금까지의 생각은 인간의 난센스다. 개구리는 단순히 멀리 뛰기 위해 옴치는 것이 아니라 방어용 물대포를 발사하기 위한 준비동작을 취하는 것이다. 개구리는 오줌을 함부로 싸지 않고 저장해 두었다가 위험할 때 방어무기로 활용한다. 우리가 풀숲을 걸을 때 놀란 개구리가 뛰면서 발사하여 우리 발등에 명중한 물대포는 물방울이 아니라 개구리 오줌이라는 걸 우리는 모르고 있을 뿐이다.

그리고 살아 있는 모든 것들이 종족 보존을 위하여 무한도전을 하는 것처럼 개구리도 예외는 아니다. 우리가 여름밤에 흔히 들을 수 있는 개구리 소리는 수놈이 짝을 찾는 소리다. 암놈은 음치이므로 울지 못하고, 수놈이 울음주머니에 공기를 가득 채웠다가 내뿜을 때 소리를 내어 암놈을 유혹하는 것이다. 그때 수놈의 소리는 즐거운 사랑노래가 아니라 암놈을 향한 애절한 구애의 절규다. 따지고 보면 그 옛날 기생개구리 소리를 즐긴 것은 사람으로서는 해서 안 될 치사한 엿듣기라고나 할까.

개구리는 산란을 할 때쯤이면 덩치 큰 암놈이 수놈을 업고 다닌다. 수놈은 앞발에 물갈퀴가 없고, 엄지발가락에 도톰하고 검은 혹이 붙어 있어서 암놈을 껴안기에 편리하게 되어 있다. 짝짓기를 할 때 등에 업힌 수놈은 덩치가 큰 암놈의 등에서 떨어지지 않기 위하여 계속 엄지발가락에 힘을 주고 껴안는다. 이러는 사이에 흥분한 나머지 암놈은 알을 낳고, 수놈은 갓 낳은 알에 정액을 사정하여 수정시킨다. 이처럼 개구리는 교미를 하지 않고 전이 행위로 체외수정을 한다.

또 개구리는 올챙이 시절엔 물속에서 이끼를 먹고 자라는 초식성인데, 자라서 개구리가 되면 뭍으로 올라와 벌레를 잡아먹는 육식성으로 변한다. 이와 같이 새끼와 어미가 식성이 달라서 혹시라도 있을 수 있는 먹이 다툼을 피하는 오묘한 자연 현상을 다형질화현상이라고 한다.

하찮은 미물이지만 생명을 가진 모든 것들을 배려한 신의 은총이 놀라울 뿐이다. 전문가의 말에 의하면 먹이사슬에서 개구리는 인간의 생명을 위협할 정도로 비중이 크다. 만일 개구리가 모기 유충을 잡아먹지 않는다면 당장 말라리아가 번지고 끝내는 인류의 생명까지 위협할 수 있다.

개구리에 대한 이러한 신의 사랑과 은총에 반하여 우리는 불확실한 설을 갖고 개구리를 무차별 매도한다. 자신의 지위가 높아졌다고 지난날 자신의 처지를 생각지 못하는 사람을 나무랄 때에도 '개구리 올챙이 적 생각 못한다'고 개구리를 도마에 올리고, 말 안 듣고 시키는 대로 하지 않을 경우에도 '청개구리 같은 놈'이라고 매도한다. 달갑지 않은 일엔 죄 없는 개구리만 욕바가지다.

생명체는 지구의 자전운동에 따라 외부환경이 24시간 주기로 변하는 것을 감지하여 광합성, 호르몬 분비, 수면 등 리듬을 조절한다. 생존법칙의 지배를 받는 자연계의 모든 것들은 생명을 유지하기 위하여 다양한 방법으로 위장과 진화를 계속한다. 그중 가장 적극적인 방법이 위장술이라고 할 수 있다. 위장술을 하는 동물에는 새똥 모양의 호랑나비 애벌레가 있는가 하면, 날개에 올빼미 눈 같은 무늬가 있는 올빼미나비도 있고, 동족간의 짝짓기나 적의 위험을 알리기 위해 자유자재로 몸 색깔을 바꾸는 카멜레온도 있다. 개구리 중에는 카멜레온처럼 몸 색깔을 자유자재로 바꾸는 위장술의 명수도 있다.

이러한 위장술은 오늘날 열병처럼 유행하는 인간의 다이어트나 성형과도 비견할만하다. 동물의 위장술은 다른 생명체에 위협이 되기도 하지만 대부분 살아남기 위한 수단일 뿐이다.

그러나 아름다움을 무조건 신봉하며 외모지상주의에 길들여진 인간의 성형은 우리 인간의 본색을 드러내기라도 하듯 단순하게 아름다움의 표현만이 아니다. 일찍이 신이 우리 인간에게 위장술까지 주었다면 오늘날 이만큼의 사회질서도 유지하기 어려웠을지도 모를 일이니 말이다. 그런데 창조주의 섭리를 거역하는 인간의 오만으로 성형은 자행되고 있으니 이 일을 무엇이라고 변명할까.

달력을 보니 내일이 개구리 입이 떨어진다는 경칩이다. 이제 개구
리는 긴 겨울잠에서 깨어나 기지개를 켜고 세상에 나오겠지. 다가오
는 여름엔 개구리 소리를 즐기며 명상여행을 떠나야겠다.

(한맥문학, 2008. 6)

회룡포 풍경

오늘은 TV 드라마 〈가을동화〉로 잘 알려진 경북 예천 용궁면 회룡포를 찾았다. 잠실에서 출발하여 내비게이션을 따라 중부고속도로―영동고속도로―충주고속도로―점촌·함양I.C―용궁면에 도착하니 13시 40분이다.

금강산도 식후경이라고 했던가. 예천 한우가 유명하다기에 용궁면 읍부리에 있는 정육점 식당 용궁우정참우에 들렀다. 안내를 받고 시끌시끌한 방에 들어가니 방 안 가득 먼저 온 팀들이 식사를 하고 있다. 한우 600g(상)이 42,000원이다. 잠시 기다리니 말과 행동이 어눌한 조선족 여인이 상차림을 하는데 고기 맛은 기대치 이상의 합격점이다.

옛날이야기의 용궁을 연상케 하는 용궁면은 이곳에 있는 용담소와 용두소의 수중 용궁과 같은 지상낙원을 건설하려는 선인들의 낭만이 살아 숨 쉬는 지명이란다. '용의 궁궐' 말 그대로 왕의 거처이다. 지명에 걸맞게 시련의 역사도 있었던가보다. 견훤과 왕건이 서로 차지하기 위하여 전쟁을 벌이곤 하였다. 삼국유사에 따르면 승리한 왕건이 용문사 두문선사에게 이곳을 다스릴 방책을 자문하기도 했다. 유명세를 떨친 곳이라서 그런가 지금도 용궁면 사람들은 자부심이 대단하다고 한다.

한우 고장에서 쫀득쫀득하고 담백하여 입에 살살 녹는 토종 고기 맛을 음미하며 포식하고 나오니 아내는 어느새 계산을 끝내고 사골과 안심을 아이들 몫까지 진공 포장하여 트렁크에 싣고 있다. 막내를 외국으로 보내고 마음에 걸려 하는 아내가 신경 쓰였는데 내색은 안 해도 방금 좋은 먹거리에 또 막내 생각이 났겠지.

이제, 식후니 경이다. 회룡포의 진면목을 제대로 보려면 곧장 회룡포로 들어가기보다는 장안사가 있는 비룡산 회룡대에 오르면 한눈에 들어오는 회룡포가 죽여준단다. 장안사 주차장에 차를 세우고 5분 정도 걸어서 올라가니 솔향기 그윽한 비룡산 중턱에 절집이 있다. 금강산 장안사를 비롯하여 전국에 장안사가 셋인데 통일신라시대 운명선사가 창건한 이곳 비룡산 장안사도 그중의 하나이다. 웅장한 맛은 모르겠는데 고찰이라는 느낌은 든다. 고려의 문인 이규보가 여기에 머무르며 글을 짓기도 한 유서 깊은 도량이란다.

장안사 옆으로 이어지는 트래킹코스는 콜타르 처리를 한 철도침목 계단이다. 가지런히 반듯하게 설치한 계단이 땀을 흘리며 걸어도 지루하지 않을 만큼 상큼하고 운치가 있다. 이 길을 걸으면 연인 사이에는 사랑이 깊어지고, 가족 간에는 행복이 찾아든다고 한다. 조용히 사랑과 행복을 염원하며 223계단을 오르니 7분쯤 걸렸을까, 해발 190m 비룡산 정상이다. 거기서 남쪽 45계단을 내려가 팔각정 회룡대에 올라보니 350도 휘돌아 나가는 짙은 옥색의 내성천과 물길을 따라 마을을 에워싼 금빛 모래톱이 한 눈에 들어온다. 황홀한 느낌으로 다가오는 아름다운 한 폭의 풍경화라고나 할까. 회룡포는 벼가 누렇게 익어가는 가을 경치가 일품이라는데 겨울 경치 또한 좋다. 고개를 들어 회룡대를 살피니 퇴락한 현판 하나가 너무나 초라한데, 회룡포의 사계가 담긴 액자사진 네 점이 현판보다 멋지다.

회룡대에서 바라보는 마을의 전경도 빼어나지만 회룡포 마을을 직접 둘러보는 것도 또 다른 의미가 있다기에 주차장으로 돌아와 차에 오른다. 회룡포 마을로 들어가려면 과거엔 구룡교를 지나 회룡대를 향해 우회전했지만 지금은 좌회전하여 도로 끝 지점에 있는 작은 주차장에 주차를 하고, 사람들이 뿅뿅다리 또는 아르방다리로 부르는 철판다리를 건너면 회룡포다.

이 다리는 〈가을동화〉의 배경이 되면서 몇 해 전부터 유명세를 타고 회룡포 탐방 필수 코스가 되었다. 몇 년 전까지만 해도 호젓한 이 마을엔 다리가 없어 나룻배로 드나들었다. 다행히 1m 남짓한 얕은 수심이므로 큰비로 인해 물이 많이 불어날 경우를 제외하고는 별 무리 없이 건널 수 있었단다. 그리고 지난날 비가 많이 올 때면 고무다라에 어린아이들을 실어서 학교로 보냈다고 하니 동화의 세계를 연상케 한다고나 할까.

회룡포는 원래 의성포라고 했는데, 개울이 성 같이 둘러싸여 있어 의성포라고 불렀다는 설과 150여 년 전 경주 김씨가 의성에서 처음 들어와서 의성포라고 불렀다는 설이 있는데 후자의 설이 유력하다. 그리고 안동 하회마을과 같은 지형에 속하는 회룡포는 하회마을을 물돌이마을(물이 돌아가는 마을)이라고 하듯 용이 돌아가는 마을이라서 회룡포라고 한다.

그런데 자부심 강한 용궁면 사람들이 전래하는 의성포가 의성지역으로 알려지는 것이 못마땅하여 예천군에서 회룡포라고 하였다니 아이러니가 아닐 수 없다. 누가 가져갈 것도 아닌데 의성포면 어떻고, 회룡포면 무슨 상관일까. 조금은 지나친 애향심인가, 관광지를 둘러싼 님비현상인가, 도대체 헷갈린다.

멀리 바라보는 것만으로도 여행의 즐거움을 만끽할 수 있는 육지 속의 섬마을 회룡포, 태백산과 소백산에서 흘러내린 강물이 만나서 만들어낸 5만 6천여 평 금싸라기 땅, 낙동강 지류 내성천이 큰 산에 부딪치자 물이 약한 곳을 파고들어 빚어낸 별난 역사(役事)만큼이나 낯선 이방인의 눈에는 보기 드문 절경으로 남는 곳. 350도 굽이치며 터진 물길 위에 옮겨 놓은 아기자기하고 작은 섬, 모래 한 삽 푹 뜨면 물에 퐁당 잠길 것 같은 앙증스러운 한 점 섬, 그러나 산이 강을 안아주고, 강물이 산을 에워싸고 용틀임하며 세차게 흘러가도 아름다운 회룡포는 세월의 끈질긴 정을 갈무리한 채 또 천 년을 지키고 있으리라. 멀리서 바라볼 때 아슬아슬하게 느꼈던 육지와의 연결 부분은 금방이라도 물길에 끊어질 것만 같은데 무심한 내성천은 오늘도 쉬지 않고 돌아 흘러 금천과 만나고 다시 낙동강과 합류하여 삼강을 이룬다.

과거엔 열다섯 가구가 살았는데 지금은 아홉 가구가 살고 있는 경주 김씨 집성촌 회룡포. 같은 핏줄의 큰집 작은집이 모여 살다보니 믿는 구석이 있어서일까, 이 마을엔 어느 한 집도 울타리가 없다. 오늘날 지구촌에 몇 안 되는 정겹고 인심 좋은 마을이란 생각이 든다. 그러나 아이들 교육을 위하여 점촌지역으로 이사를 하여 통근하며 농사를 짓는 사람도 있다니 이러다간 모두 섬을 떠나고 무인도가 되는 건 아닌지.

(문예비전, 2008. 7~8)

도봉산기(道峰山記*) 1

－화양노부서 도봉동문(道峯洞門)－

서울 지하철 7호선과 국철이 만나는 도봉산역은 언제나 등산객들로 붐빈다. 복잡한 도봉산역을 빠져나와 사람들 틈에 끼어 도봉산 입구 탐방지원센터를 지나노라면 길옆 왼쪽으로 공원 바위에 행서체로 새긴 〈도봉동문(道峯洞門)〉이 길손을 맞는다. 옛사람들은 아름답고 운치 있는 계곡을 동천이라고 했다. 도봉동문은 아름답고 운치 있는 도봉동천 들머리에서 문인과 유생의 학문 연마와 교유의 장소였던 도봉서원과 명산 도봉산 입구임을 알려준다.

웅장한 필치의 도봉동문은 우암 송시열(1607~1689, 옥천인, 호 우암, 우재, 화양동주)의 친필이다. 우암이 현종 9년에 도봉서원을 찾아 정암 조광조(1482~1519, 자는 효직, 호는 정암)를 추모하여 사당을 참배하였다. 우암이 도봉서원에 도착하자 많은 유생들이 모여들어 강론을 요청하므로 며칠을 두고 강론을 베풀었다. 그때 제자들이 간청하여

*記 : 문체의 한 가지로 사적 또는 경치를 적은 글

도봉동문을 써 주었는데, 오늘날 도봉서원 앞 계곡 바위에 새겨진 도봉동문이 그것이다.

또 우암은 제자들에게 제월광풍갱별전(霽月光風更別傳, 날이 개고, 달이 뜨고, 시원한 바람도 다시 불어오는구나), 요장현송답잔원(聊將絃誦答潺湲, 오로지 거문고를 뜯으며 노래하여 조잘거리는 물소리에 화답하네)을 쓰고, 자신의 호를 따서 화양노부서(華陽老夫書)라고 낙관(落款)하여 주었다.

이 시는 주자가 백록동서원 강회에서 유생들에게 유학에 전념하여 도덕적 품성을 기르고, 절대로 출세를 위한 과거공부나 현실도피의 망상을 하지 않도록 권고한 두 편의 시 중에서 각각 한 구절씩 발췌하여 써준 것이다.

이것으로 미루어 도봉서원의 학풍은 백록동서원의 학풍을 이어받아 정의를 지키고, 이익을 도모하지 않으며, 덕을 밝히고, 공로를 계산하지 않는 진리의 전당으로 영원토록 발전하는 것이라고 하겠다.

그런데 지금 서원 앞 계곡에 좌측으로 누워 세월을 지키는 '제월광풍' 머리맡에 세로로 쓴 무우대(舞雩臺)는 무엇일까. 다행히 한수옹이란 낙관이 있다. 한수옹은 우암의 수제자 권상하의 호이다. 논어 〈선진편〉에 따르면 각자의 소원을 묻는 공자에게 증점이 대답하기를 "무우재에 올라 소풍을 하고, 시를 읊다가 돌아오고 싶다"고 하였는데, 아마도 권상하가 나이가 들어 그 무우재를 떠올리며 스승 우암의 인품을 칭송한 것이 아닐까. 스승 우암 역시 공자와 증점처

럼 자질구레한 일에 얽매이지 않고, 하늘의 이치에 따라 살다간 것
을 기리며 자신도 그렇게 살아갈 것을 다짐하였으리라. 어쨌거나 시
간이 없어 무우대를 뒤로 하고 개울에서 나오니 자운봉이 저만치서
기다리고 있다.

(뿌리, 2008. 여름)

도봉산기(道峰山記) 2

― 어필사액 도봉서원(道峯書院) ―

진달래는 부서지는 햇살에 얼비칠 때 제격이다. 오늘은 하산길에 근방 사찰 중 가장 아기자기한 절집, 금강암 뒤꼍에 흐드러진 진달래를 보며 서원교를 건너니 이내 도봉서원이다.

도봉서원은 서울에 현존하는 유일한 서원이다. 상단 중앙에 태극문양을 얹은 홍살문을 지나 마당에 들어서니 문짝마다 태극문양을 올린 외삼문에는 유도문(由道門)이란 현판이 걸려 있다. 유도문을 통과해야 사당(祠堂)이다. 정면 세 칸, 측면 두 칸, 맞배지붕, 사당엔 우측에 정암(조광조), 좌측에 우암(송시열)의 위패를 모셨다. 옛날엔 동재, 서재가 있었다는데 명성에 걸맞지 않게 초라한 사당에 두 거유를 모신 것이 마음에 걸린다. 게다가 상주하는 관리인도 없이 허구한 날 문을 잠그고 열어주지 않으므로 정암과 우암을 직접 만나지 못함이 끝내 아쉽다. 나지막한 담장 너머로 도봉서원(道峯書院)에 선조갑술사액(宣祖甲戌賜額)이라고 낙관한 현판이 내방객의 시선을 끈다.

아쉬운 마음으로 돌아서는데 홍살문 기둥에 대소인하마(大小人下馬)라고 쓴 화강석 하마비(下馬碑)가 말뚝처럼 기대어 있다. 거마(車馬)에서 내려 경건한 마음으로 보행하기를 바라고 있지만 홍살문 앞에 주차는 물론 술판까지 벌인 흔적이 보는 이의 눈살을 찌푸리게 한다.

정암은 한양 출신으로 중종 14년 남곤 등 훈구파에 의한 기묘사화에 연루되어 38세의 나이로 세상을 떠났다. 선조 6년 양주목사 남언경이 도봉산 입구에 있는 정암의 유적을 둘러보고, 선비들의 자문을 받아 영국사 터에 도봉서원을 짓고, 정암의 위패를 봉안하고 즉시 사액하였으니 정암 사후 55년 만의 일이다. 그 후 광해군 2년에 문묘에 종사하였다.

우암은 숙종 22년에 도봉서원에 위패가 봉안되고, 영조 32년에 문묘에 종사하였다. 다시 영조 51년에 친필사액함으로써 두 분 모두 문묘에 종사한 어필사액서원이 되었다.

시간이 늦었기에 서둘러 광륜사로 향한다. 잘 단장된 광륜사는 규모만큼이나 예사롭지 않은 절집이다. 고종을 등극시키고, 대왕대비로 책봉된 조대비가 만년을 보내며 기도하던 별장 터다. 그리고 흥선대원군이 휴식을 취하며 국정을 보던 곳이기도 하다. 막강했던 실세 조대비가 흥선대원군에게 힘을 실어주어 대원군 집정을 이루었다. 조대비는 여기에서 무엇을 빌었을까. 기울어가는 나라를 근심하여 국운이 융성하기를 빌었을까, 아니면 60년 이상 집권한 안동 김씨를 몰아내고 풍양 조씨가 정권을 잡게 해달라고 빌었을까. 아마도 후자일 것만 같다. 그리고 고종 9년 대원군 서원철폐령으로 도봉서원은 문을 닫는 수모를 당하였다. 세상을 움직이는 건 남자로되 그 남자를 움직이는 건 여자라는 말이 실감나게 다가온다. 대원군의 서원 철폐 배후에 조대비가 있지 않을까. 아이러니한 게 세상사라고나 할까.

(뿌리, 2008. 여름)

도봉산기(道峰山記) 3

―도봉동천 문사동(問師洞)―

　용어천계곡과 거북골이 만나는 곳에 허공을 가로지르는 용어천교를 건너면 곧바로 문사동(問師洞)이다. 골짜기라고 하기에는 걸맞지 않게 넓은 개울 바닥이 온통 너럭바위로 깔려 있다. 족히 수십 명이 머물기에도 넉넉할 것 같다. 반석 위에 얹어놓은 듯 바위에 새겨진 문사동은 계곡을 오르내리는 사람 눈에 아주 잘 띄게 자리를 잡았다. 모나지 않고 부드러운 질감이 느껴지는 바윗돌과 크고 예쁜 글씨를 새긴 도공의 예술혼이 어우러져 한층 돋보인다.

　지나는 사람은 누구나 문사동 세 글자를 보고 "저게 뭐냐"고 한마디씩 던진다. 죄다 횡서로 한글처럼 거꾸로 좌에서 우로 동사문(洞師問) 하고 읽되 '마을 동(洞)'은 대충 알고, '스승 사(師)'는 어쩌다 알지만 '물을 문(問)'은 전혀 아는 사람이 없다. 숨은 뜻만큼이나 읽기도 어려운가 보다. 깊고 오묘한 한학(漢學)의 학식을 자부하고 티를 낸 건가, 잘난 '물을 문' 한 글자를 가지고 장난을 쳐도 유분수지,

그토록 지엄한 유생들도 짓궂기는 보통 사람들과 다를 바가 없다.

주례에 따르면 문(問)은 예를 갖추어 불러들인다는 뜻이다. 문사동은 스승께 여쭙고 모시어 맞아들인다는 뜻이다. 그러니 문사동은 도봉동천 중 산수의 경치(泉石, 水石)가 수려한 곳으로, 그 옛날 우리 서생들이 스승을 모시고 존경과 사랑을 보내며 문답이 오가는 가운데 학문을 닦고 덕을 쌓던 도량이다.

논어 〈선진편〉에 보면 공자가 제자들에게 각자의 소원이 무엇이냐고 물었다. 이에 증점은 "화창한 봄날 오륙 명의 청년과 육칠 인의 동자와 함께 냇가에서 목욕을 하고 무우재에 올라 소풍을 하고 시를 읊다가 귀가하고 싶습니다"라고 말하였다. 이에 공자는 크게 기뻐하며 "나도 네 생각과 같다"고 했다. 증점은 오욕칠정을 초월한 공자와 생각을 같이 하고 있다. 그 스승에 그 제자다. 공자가 말한 소원이 무엇인지 엿볼 수 있는 대목이다. 인구에 회자되는 참된 사람들은 오욕칠정을 버리고 살았다. 오욕을 채우는 것이 행복의 전부가 아님은 분명하다. 그래서 '족한 것을 아는 사람은 빈천함도 즐거움이요, 족한 것을 모르는 사람은 부귀도 근심이라'고 하지 않았던가.

논어에 '아는 사람은 물을 좋아하고, 어진 사람은 산을 좋아한다'고 했다. 그리고 노자의 『도덕경』에는 '가장 좋은 것은 물과 같다'고 했다. 물은 단순히 두려움의 대상이 아니라 가까이하고 즐기는 대상이었다. 그들은 관수세심(觀水洗心, 물을 관찰하며 마음을 씻는다)

하며 마음을 다스렸다. 물을 보고 사람답게 사는 지혜를 건져 올리며 참다운 사람이 되었다.

　그리고 보니 지금 내가 반석에 앉아 발을 담그는 것도 괜한 일은 아닌가 보다.

(뿌리, 2008. 여름)

도봉산기(道峰山記) 4

―마당바위 풍경―

　　지하철 1호선과 7호선이 만나는 도봉산역 앞 의정부행 3번 국도
는 언제나 만원이다. 차창으로 도봉산을 바라보며 달리는 이 길을
옛적엔 평구도(平丘道)라고 했다. 관동별곡을 보면 송강이 강원도 관
찰사로 부임하는 장면이 나온다. '평구역 말을 갈아 흑수로 돌아드
니 섬강은 어디메오 치악이 여기로다.' 관찰사 보직을 받고 평구역
에서 말을 갈아타고 강원감영(江原監營)이 있는 원주로 간다. 송강이
말을 타고 달리던 평구도엔 역(驛)과 역 사이에 길손이 쉬어가는 원
(院)이 있었다. 지금도 남아 있는 다락원(多樂院), 장수원(長水院), 호원
(虎院)도 그런 것이리라.

　　떠밀리다시피 도봉산역을 빠져나와 타박타박 도봉서원을 지나니
이정표가 묻는다. 도봉대피소로 해서 우측 길로 자운봉을 갈 것인
지, 아니면 좌측 길로 마당바위를 거쳐 자운봉을 갈 것인지. 오늘은
비교적 걷기에 수월한 마당바위로 해서 자운봉을 가기로 하고 발걸

음을 옮긴다. 질펀한 고속도로에 버티고 있는 이정표가 빈틈없이 사무적이라면, 등산길에 만나는 이정표는 허술하지만 시골 할아버지 같은 자상함이 좋다.

도봉탐방지원센터에서 2.4㎞ 거리에 있는 도봉산 마당바위는 오르막길에 한 시간쯤 땀을 흘리고 나서 쉬어가기에 안성맞춤이다. 앞을 가리는 것 없이 한 눈에 들어오는 탁 트인 전망과 언제나 물로 씻은 듯이 깨끗한 반석은 천혜의 전망대 겸 노천휴게실이라고나 할까.

그런데 마당바위엔 한숨 돌리며 아름다운 경치를 즐기는 것 말고도 산꾼들과 만나는 반가움이 있는가 하면, 일상의 일로 가슴에 묻어두었던 이야기가 새록새록 살아나는 낭만이 있다. 그러기에 마당바위에는 언제나 사람들이 찾아드는 가운데 나그네를 맞고 보내던 옛날 주막과도 같이 정겹다.

국립공원도봉산은 기네스북에 오를 정도로 단일 면적에 가장 많은 등산객이 모여든다. 지금 입추의 여지없이 가득 메운 마당바위에 올라보니 누군가 '제일동천(第一洞天, 도봉산의 경치가 천하제일)은 동천즉선경(洞天卽仙境, 도봉산은 신선이 사는 경치 좋은 곳)이요, 동구시도원(洞口是桃源, 도봉산 입구는 무릉도원이로다)' 이라고 바위에 새긴 것이 그냥 한 말이 아니라 참말이다. 손에 잡힐 듯 가까운 우이암과 조금 멀리 보이는 백운대가 진한 감동으로 다가오고, 다사로운 봄볕에 졸고 있는 상계동과 미아리는 다정한 사람들만큼이나 나른하도록 서정적이다.

옛날의 원(院)이 노독(路毒)을 추스르는 쉼터였다면, 마당바위는 자연스레 누구나 모이고 교제를 하며 즐기도록 하나님이 내린 명소라고나 할까. 누구나 젊어서는 추억을 만들고, 나이 들면 추억을 반추하는 모양이다. 지금 나는 마당바위에서 끝없는 추억 속으로 빠져들고 있으니 말이다.

(뿌리, 2008. 여름)

도봉산기(道峰山記) 5

―묵언참선도량 천축사(天竺寺)―

오늘은 도봉서원, 도봉산장을 거쳐 천축사로 향한다. 도봉구 도봉 1동 549번지, 도봉산 선인봉 동쪽 기슭 깎아지른 벼랑에 자리 잡은 천축사는 도봉산에서 조망권이 가장 좋은 절집이다. 천축사는 도봉 10대 명소로 불릴 만큼 조용하고 경관이 뛰어날 뿐만 아니라 참선도량으로도 잘 알려져 있다.

잠깐이면 갈 것 같은데 도봉 매표소에서부터 2.4㎞의 돌길이 장난이 아니다. 그 옛날 지금보다 더 험한 길을 남편과 자식을 위해 불공드리러 갔던 어머니들에게는 찾아가는 것 자체가 수행이었으리라. 극락의 계단이라고나 할까. 돌계단 구석구석 그녀들의 정성이 남아 세월을 지키고 있다. 가쁜 숨을 몰아쉬며 비탈진 돌길을 한참 오르니 천축사를 가리키는 초라한 푯말이 비스듬히 서 있다.

가파른 돌계단을 오르니 앞을 막아서는 두 개의 돌기둥. 일주문이 없는 천축사의 산문(山門)인가보다. 한 발짝 올라서니 수많은 불상이

사바세계를 바라보며 내방객을 맞는다. 그런데 가까이 보니 동으로 제작한 불상 하나하나에 공양한 사람의 이름이 새겨져 있다. 이름을 쓰지 않았더라면 더 좋았을 걸. 불심보다는 민간의 기복(祈福)신앙 같은 것을 느끼게 한다. 이름을 쓰지 않아서 누군지 모르는 부처님 이라면 이름을 써도 누군지 모를 테니 말이다.

오른쪽으로 돌아들어 본당으로 가는데 선인봉이 머리 위에 있다. 그런데 본당엔 대웅전이 아닌 천축사 현판이 걸려 있다. 일주문이 없기 때문에 절집 '천축사' 현판이 갈 곳이 없어서일까.

천축사는 신라 문무왕 13년에 의상대사가 창건하고, 석간수 이름 을 따라서 옥천암이라고 하였다. 그리고 태조 이성계가 함흥에서 돌 아오는 길에 백일기도를 드리고 왕위에 오르매 그 후 절을 수축하고 이곳은 부처님이 항상 머무는 천축국과 같은 곳이라고 하여 천축사 라고 이름하였다. 그 후 명종대에 문정왕후가 화류용상(樺榴龍床)을 헌납하는 등 조정과 밀접한 관계를 계속 유지해온 절집이다.

천축사의 당우(堂宇) 중 무문관은 근대에 6년 묵언참선도량으로 유명하다. 입구에서 가장 먼 곳에 자리한 무문관은 현대식 건물 선 원(禪院)이다. 옛날 달마대사가 면벽참선(面壁參禪)한 것처럼 한 번 들 어가면 3~6년 문밖으로 나오지 못한 채 참선에 들고 공양도 창문을 통하여 주고받는다.

옥천수로 목을 축이고 마당바위를 지나 신선대를 향하는데, 돌계 단 옆 나무들이 바위를 비켜 구부러지고 비틀려 자랐다. 부처님이 나무를 보는 우리에게 화두를 던진다. 바위는 자연이요, 나무는 사람이니라. 사람이 자연의 이법을 어기고 욕심대로 한다면 살아갈 수 있을까. 살아가면서 막힌 것은 뚫고, 맺힌 것은 풀고, 장애물이 있으면 비켜가는 지혜로운 삶을 살라고 일러준다.

(뿌리, 2008. 여름)

도봉산기(道峰山記) 6

─망월사(望月寺)의 달─

김형은 망월사역을 나오며 절집 이름을 따서 쓰는 기차역은 보기 드문 일로 탁월한 선택이라고 칭송을 아끼지 않는다. 그런데 조금 걷다보니 도봉산을 관통하는 외곽순환고가도로가 괴물처럼 앞을 가로막는다. 다행히 도봉산 잘생긴 바위들이 상한 기분을 위로하듯 유혹하기에 눈요기를 하는 동안 어느새 산속으로 접어들고 있다. 등산은 떼를 지어 할 일이 아니다. 어디서 왔는지 남녀 혼성 20여 명이 시위라도 하듯 왁자지껄한 가운데, 산속의 깊은 맛은 사라지고 저잣거리처럼 난장판이다.

겨우 혼잡을 벗어나려는데 불굴의 산악인 엄홍길이 어린 시절 살던 집터에 초라한 안내판이 주춧돌도 없는 빈터를 지키고 있다. 이곳에 이사 와서 등산객들에게 닭고기를 팔며 어린 엄홍길을 키웠다는 어머니의 이야기를 들으며, 놀이터라곤 도봉산밖에 없던 엄홍길의 어린 시절을 떠올려 본다. 생존 인물인데 그의 앞에 서니 엄숙해지는 것은 웬일일까.

산을 향하여 조금 오르니 이정표가 기다리고 있다. 원효사를 거쳐 포대능선을 오를 것인지, 망월사를 거쳐 포대능선을 갈 것인지 묻는다. 우리는 이정표 앞에서 망월사코스로 접어든다. 입산도 하기 전에 후덥지근하게 빨리 찾아온 여름 날씨가 반갑지만은 않다.

이제 망월사 진입로. 망월사까지 300m의 가파른 고갯길이다. 돌계단 한 계단 한 계단을 가쁜 숨을 몰아쉬며 잠시 생각하니 기도는 절박하고 막다른 지경에 몰렸을 때 간절해지는 게 아닌가 싶다. 그래서 하늘 아래 첫 승지(勝地) 포대능선 기슭의 망월사는 천혜의 참선도량인지도 모른다.

명당을 가려서 옹색한 기슭에 절집을 지어서일까, 아니면 세상이 온통 부처님 것인데 굳이 법계(法界)를 따로 구분할 필요가 없어서일까. 가람배치가 여느 절집과는 달리 일주문이 없다. 그런데 낙가보전, 선원, 범종각, 영산전, 칠성각 등은 지형을 따라 계단식으로 조성한 절터에 독립하여 배치되고, 모든 계단이 사천문, 금강문 등 쪽문으로 연결되어 있다. 만일의 사태에 대비하여 화재의 위험도 줄이고, 참선도량으로 절대정숙을 위한 배려가 아니었을까.

그리고 현존하는 문화재로는 경기도유형문화재122호 망월사 혜거국사부도가 있고, 경기도문화재자료 제66호 망월사 천봉당태흘탑, 67호 망월사 천봉선사탑비가 천 년 고찰을 빛내고 있다.

망월사는 신라 29대 선덕여왕 8년 왕명에 의해 해호스님이 창건

하였다. 낙가보전 동쪽 토끼 바위가 남쪽 월봉을 바라본다고 해서 망월사라고 하였다. 달을 바라보는 절, 속설인 줄 알면서도 참 낭만적인 이름이라고 생각하며 높은 산사에서 휘영청 밝은 달을 바라보는 멋진 모습을 떠올려 본다. 그러나 신라 경순왕의 태자가 이곳에 은거하였다는 말에 나의 믿음은 수포로 돌아가고, 망월사의 달이 아니라 신라왕이 있는 서라벌의 달을 떠올리는 순간, 어처구니없게도 나만 철없이 낭만적이었다는 것을 비로소 깨닫는다. 그래도 망월사의 달은 정말 멋질 거라는 생각을 하며 절집을 나선다.

(뿌리, 2008. 여름)

행운의 법칙

　게임에 나 같은 문외한은 아마도 드물게다. 고스톱만 해도 그렇다. 바둑에서 만패불청(萬霸不聽) 같은 것이라고나 할까. 다른 사람의 패는 아랑곳하지 않고 내 손에 든 패를 보고, 하고 싶은 대로 잡아오기 때문에 내가 끼면 판이 깨진다. 그러므로 나는 어쩔 수 없이 프로를 위해서 관람객이 되어야 한다.

　고스톱을 관전해보면 승패에 대한 긴장감이 감도는 가운데 말로 상대방을 주눅 들게 하는 사람이 있는가 하면, 절묘하게 상대방의 패를 알아채서 루머를 퍼트리는 사람도 있다. 그러나 대개의 경우 승리는 묵묵부답 자리를 지키는 사람에게 돌아간다. 그럴 때면 이긴 편에서는 쾌재를 부르고, 진 편에서는 볼멘소리가 쏟아져 나온다. 이와 같이 게임에서 내가 잘해서 이기는 것이 아니라 상대편에서 이상한 패를 잡아서 행운이 나에게 돌아오는 것을 행운의 법칙이라고 한다.

　나는 행운의 법칙을 주문처럼 외우며 나에게도 행운이 돌아오기만을 바라는 것은 아닌지. 행복을 갈망한 나머지 행복은 어느 날 갑자기 행운처럼 다가오는 것이라고 착각하는 것은 아닌지. 설령 그렇다고 해도 나만 그런 것은 아니리라. 달라이라마는 삶의 목표는 행복에 있다고 했고, 헤르만 헤세는 인간은 행복하기 위해서 이 세상에 왔다고 했다. 행복을 위하여 공부를 하고, 행복을 위하여 사업을 하고, 오늘의 정신문화, 물질문명도 행복을 추구한 결과임을 감안하면 더더욱 그렇다.

그러면 승리의 삶을 위하여 진실로 노력을 기울였는가. 나의 무지를 지혜로, 나의 욕심을 나눔의 미덕으로, 미움을 사랑으로 바꾸어 남을 이해하고 가까이 다가가려고 노력하였는가. 한 번이라도 부모로서 아이들에게 평범한 인생이 아니라 꿈과 비전을 추구하는 위대한 인생을 살아야 한다고 타이른 적이 있는가. 이렇다 할 노력도 없이 우리 아이만은 다듬어진 돌처럼 야무지면서도 모나지 않고 부딪치지도 않는 원만한 사람이 되어야 한다고 고집하는 것은 아닌지.

큰 꿈과 높은 목표만이 행복을 보장하는가. 소박한 꿈을 이루는 것만으로는 만족하지 못하는 걸까. 문제는 행복을 자신의 안목이 아닌 남의 눈에 비친 모습에서 찾으려는 데 있다. 다시 태어날 수도, 무엇과도 바꿀 수 없는 소중한 한평생, 부끄럽지 않게 살기 위하여 우리는 마땅히 배우고, 깨닫고, 준비해야 하지 않을까.

지금까지 우리의 꿈이란 20대에 좋은 직업을 갖는 것이었다. 전통사회에서는 신분상승을 통하여 삶의 질을 향상시키는 것이 교육의

덕목이었다. 누구나 20대에 인생의 꿈을 이루는 것으로 여기고 꿈은 빨리 이루어질수록 훌륭하다고 칭송되었다. 그래서 약관 20세란 말도 있기는 하지만 평균 수명이 80세를 넘어서는 오늘날 인생의 3분의 1 지점에서 꿈이 끝나는 것은 문제가 있다. 이제라도 다가올 행복에의 꿈을 다시 디자인할 필요가 있다.

한편, 꿈을 실현함에 있어서 인생이라는 제한된 시간의 소중함을 생각한 나머지 시행착오를 두려워하는 사람이 많다. 그러나 꼭 그럴 일만은 아니다. 법정스님은 『홀로 사는 즐거움』에서 실수하는 사람은 실수하지 않는 사람보다 빨리 배우고, 깊게 배우고, 쉽게 적응한다고 했다. 가장 큰 실수는 실수하기를 두려워하는 것이니 실수를 두려워 말라고 했다.

우리는 잎을 건드리면 죽은 듯 움츠리는 미모사처럼 아주 작은 자극에도 쉽게 겁을 먹고 머뭇거리는 것은 아닌지. 과거에 겪은 조그만 실수로 인한 아픔, 실패에 대한 두려움으로 자신감을 상실하고 부정적인 생각, 피해의식과 좌절감으로 고통스러워하는 것은 아닌지. 스트레스 등 자신에 대한 불확실성이 만들어내는 불안에 전전긍긍하는 것은 아닌지 돌아볼 일이다.

나는 생각한다. 살아가는 동안 생활에 대한 걱정과 재물에 대한 유혹으로부터 자유로울 수는 없을까. 지혜로운 척, 세상일을 다 아는 체하는 교만의 유혹으로부터 벗어날 수는 없을까. 방만한 육체적 욕심에 이끌리지 않으며 위선적인 행동에 미혹되지 않고 정도를 따라 살아갈 수는 없을까. 분열과 범법을 경계하고, 간사하고 아첨하는 말로부터 나를 온전히 지킬 수는 없을까.

미래는 어떤 이에겐 꿈꾸는 것, 어떤 이에겐 만드는 것이라고 했다. 나는 애타게 행운을 기다리기보다는 마음을 다하고, 정성을 다하여 세상의 중심에서 행복을 만들어 가리라.

(참여문학, 2008. 여름)

카운터맨

거울 앞에 선 여자가 아름답다. 여자가 아름답다는 말은 외모가 아름답다는 말도 되지만 거울을 보며 표정관리를 하여 믿음직스럽고 자신감 넘치는 저돌적인 '알파걸(자신감 넘치고 능력 있는 저돌적인 여성상, 미국 하버드대 댄 킨들러 교수가 정의한 단어)'로 거듭난다는 말도 되리라.

거울이 없었던들 가정과 사회를 접수할 수 있는 수권 태세를 갖춘 오늘의 여권사회는 생각도 못할 일이다. 거울 앞에서 찌든 세월 대물림한 울분과 서러움을 삭히며 속으로는 울고, 겉으로는 웃으며 살아온 인고의 시간이 있었기에 두터운 신뢰 속에 능력 있는 알파걸로서 영광을 누린다.

그렇지만 남자는 어떠한가. 집에 있으면 자상하면서도 능란한 유머로 온 집안을 환하게 밝혀주는 멋진 아버지가 있는가 하면, 집에서 나간 후에야 비로소 온 집안에 생기가 도는, 엄하다 못해 폭군에 가까운 아버지도 있다. 사람을 이분법적으로 줄을 세우는 것이 조금은 그렇지만 사실인 걸 어찌하랴. '약한 자여, 그대 이름은 여자이니라.' 햄릿의 질타는 적중했다.

웃음은 가정의 효율성과 밀접한 관계가 있다. 가화만사성(家和萬事成)이 시공을 초월하여 설득력을 갖는 이유다. 그렇지만 인간은 태어나면서부터 양면성을 지니고 있는 걸 어찌하랴. 내가 좋아하는 사람을 만나면 두 손을 펴서 뜨거운 악수를 하고, 달갑지 않은 상대를 만나면 두 주먹을 불끈 쥐고 단호한 대응자세를 취한다. 우리의 인생살이도 두 손을 부드럽게 활짝 펴고 마음을 열 때도 있고, 단호하게 마음을 닫고 두 주먹을 불끈 쥘 때도 있다. 그러므로 마음은 부드럽게 열고, 단단하게 닫으라고 하지 않는가.

그런데 우리는 누가 시킨 것도 아닌데 너무나 많은 욕망의 늪에 빠져서 허우적거리며 살아간다. 욕망의 굴레를 벗어던지고 자유로울 수는 없을까. 나도 젊은 시절엔 온갖 욕망으로부터 자유롭고 싶은 때가 있었다. 그러면서도 욕망의 끈을 놓지 못하고 여태껏 살아왔다. 지금도 참다운 영혼의 자유를 갈망하는지도 모른다.

남은 인생의 유통기한이 살아온 날보다 짧음을 아쉬워하는 것은 아닐까. 생로병사의 순환법칙을 이해하고, 살아있는 것들의 소리가 나름대로의 아름다움과 즐거움을 안겨주는 것을 알고나 있는가. 이만큼이라도 편견 없이 진중하면서도 성품이 부드러워지고, 지혜로워지고, 인내할 줄 알고, 모든 것을 받아들이는 것이 하늘이 준 축복임을 생각해볼 일이다.

카운터맨이라는 앞날이 유망한 직종이 있다. 그 어떤 전산기기의 도움도 없이 모든 계산을 해내는 카운터맨이 하는 일은 다양하다. 대형매장 계산대에 직원이 부족할 때 계산기보다 빠르고 정확하게 계산을 해내는가 하면, 바둑시합이 벌어질 때 긴장감 넘치는 초읽기도 시계보다 정확하게 해낸다. 포커게임이나 고스톱게임은 물론 각종 운동경기를 할 때에도 카운터맨의 진가는 드러난다. 카운터맨은 모든 규칙을 알고, 언제나 모든 상황을 숫자로 파악한다. 예를 들면 가장 기분이 좋을 때에는 10점, 기분이 아주 나쁠 때에는 1점 이런 식이다.

카운터맨 연수과정에 '초콜릿 퍼센트 감별법'이란 흥미로운 것이 있다. 눈을 감고 초콜릿을 맛본 다음에 카카오의 함유량을 맞혀야 한다. 초콜릿을 입 안에 넣고 그윽하고 향기로운 맛을 느끼기보다는 숫자를 떠올려야 한다. 혀끝으로 초콜릿을 녹이면서 '이것은 70%일까, 80%일까, 아니면 99%일까'를 생각하는 것이다. 정확하게 모든 걸 카운트할 수 있다는 건 부러워할 능력이지만 초콜릿 맛을 제대로 느끼지도, 빠져들지도 못하는 아쉬움이 있다. 오로지 1%의 차이를 감별할 수 있는 카운터맨이 되기 위해 신경을 곤두세우고 완벽하게 초콜릿의 맛을 감별할 수 있을 때까지 힘든 훈련을 반복할 뿐이다.

나야말로 그윽하고 향기로운 내 인생의 깊은 맛을 소망하면서도 한편으로는 쓸데없는 성공의 퍼센트를 계산하며 꿈만 꾸는 꿈의 노예가 아닐까. 나는 70% 인생일까, 80% 인생일까, 아니면 99% 인생일까, 그 나머지도 채울 수 있는 것일까. 어쨌거나 이 세상을 향한 내 한평생을 카운트할 수 있으면 좋겠다.

(생각하는 사람들, 2008. 10)

비구니의 요람 회룡사

　의정부 호원동 411번지 회룡사(回龍寺)는 이름부터 예사롭지 않다. 회룡사는 무학대사가 조선 태조의 회군을 추억하여 지은 이름이다. 그리고 여느 절집처럼 속세에 빠져든 것도 아니고, 찾아가기 힘들 정도로 산속으로 숨어든 것도 아니다. '불가원 불가근(不可遠 不可近)' 속세와 적당한 거리를 두면서도 접근성이 좋다.

　비구니들의 요람 회룡사는 보기 드물게 아름다운 절집이다. 뒤로는 도봉산 잘생긴 바위 언저리에 꽃보다 아름다운 소나무를 병풍처럼 심어 두고, 앞으로는 회룡계곡 청정수가 콜로라도협곡보다 깊고, 아기자기한 계곡을 정겹게 흐른다. 아름다움은 단순함에 있다고 했던가, 가람배치가 단순하면서도 자로 잰 듯 동선이 편리하다.

　산문(山門)에 들다보니 다리를 건너기 전에 'No smoking, No swimming, No cooking'이 눈에 들어온다. 환경은 주어진 것이 아니라 만들어간다는 것을 보여주기라도 하듯 회룡사는 환경에 앞서가는 절집이다. 모든 절집들이 회룡사를 벤치마킹하면 좋으련만.

회룡사의 자랑거리는 단연 오층석탑이다. 신라 선덕여왕 6년 (1632) 회룡사를 창건한 의상대사의 사리탑으로, 경기도 유형문화재 제186호이다. 6·25 때 심하게 파손된 것을 1979년 복원하였다. 기록에 의하면 이 석탑은 15세기에 왕실의 발원에 의해 건립된 것으로, 조선시대 석탑 연구의 귀중한 자료이다. 또 경기도 문화재자료 제118호 신중도(神衆圖)는 가로 219.5㎝, 세로 176㎝나 되는 대작으로, 그림 속 신중들의 용모와 의상에는 19세기 후반 신중탱화(神衆幀畵)의 특징이 잘 나타나 있다. 그리고 찾는 사람이면 누구나 목을 축이는 감로수도 빼놓을 수 없는 자랑거리이다. 물을 저장하는 석조는 길이 244㎝, 폭 153㎝, 깊이 67㎝에 돌의 두께가 21㎝나 되는 거대한 장방형으로 관악산 삼막사 석조보다 크다. 만든 솜씨도 뛰어나서 석조 연구의 준거가 되며 경기도 문화재자료 제117호이다.

세상 사람들은 하는 일이 뜻대로 안 되고 답답할 때 실타래처럼 뒤엉킨 마음을 달래려고 산중의 절집을 찾아들지만 스님들은 세상이 그립고 궁금할 때 절집을 벗어나 세상을 찾는가 보다. 독경소리 멈춘 한적한 절집엔 스님은 어디로 가고 나이 든 보살이 무언으로 손님을 맞는다. 뜰을 거닐다 보니 절집 마당에 다소곳한 꽃이며 나무며 돌 하나에도 비구니들의 소꿉장난 같은 다사로운 삶이 묻어나는데, 훤칠한 키에 벽안(碧眼)의 외국인이 신기한 듯 디카로 절집 구석구석을 촬영하느라 여념이 없다. 어쩌면 홍안의 비구니가 참선 중에 세상이 궁금한 나머지 문틈으로 낯선 내방객을 훔쳐보는 것은 아닐까. 나의 병적인 궁금증이 도지기 시작한다.

어떤 이는 스님들의 삶을 일러 말한다. 마음을 비우고 홀로 사는 것이야말로 세상사에 때 묻지 않고, 자유로울 수 있는 최선의 길이라고. 무소유를 최고 덕목으로 삼는, 비우는 삶을 지칭한 말이리라. 그런데 비운다는 말이 혼란스럽게 느껴진다. 무소유를 설법하는 스님들이야 처음부터 작심하고 입산한 분들이니 그분들의 무소유를 나같이 평범한 사람이야 알 도리가 없지만 과연 스님들은 처음부터 마음을 비우고 입산하였을까. 애당초 마음을 비웠다면 굳이 입산하지 않아도 될 터인데 머리를 깎고 입산한 이유를 모르겠다.

어쨌거나 절집은 불제자에게는 부처님의 세계로 들기 위하여 몸과 마음을 갈고 닦는 도량이지만, 여느 사람들에게는 휴식을 취하며 명상에 들기도 하고, 일상에서의 무거운 짐을 잠시나마 벗어놓고 재충전의 기회로 삼을 수 있는 새로운 만남의 장소이기도 하다. 그래서일까. 기독교인이 아니라도 파리의 노트르담 성당을 찾아가고, 중동지방에 흩어져 있는 기독교 성지를 찾아가듯이 불제자가 아니라도 절집을 찾아 부처님 앞에서 옷깃을 여미는가 보다.

사실 서양의 기독교 문화유적이 오늘날 지구촌의 으뜸 관광 상품인 것처럼 우리나라의 경우 자랑스럽고 훌륭한 문화재가 사찰 말고 어디에 또 있는가. 그러기에 경건한 마음으로 부처님의 말씀을 찾아 들다 보면 절집을 찾는 사람들이 모두 부처님을 닮아가지 않을까.

(서울문학, 2008. 가을)

갤리선의 노예들

70년대 후반만 해도 동해안이든 서해안이든 작은 포구의 어부들은 무동력선으로 노를 저으며 가까운 바다에서 줄낚시로 고기를 잡았다. 조그만 고기 한두 마리, 많아야 여남은 마리를 잡아 난전에 팔아서 용돈을 보태기도 하지만 가족끼리 별식으로 먹는 게 고작이었다. 잡은 고기가 많고 적음을 시샘하지도 않고, 고기가 잡히지 않는다고 걱정하지도 않았다. 어쩌면 그들은 무슨 놀이를 하듯 고기가 잡히면 잡히는 대로 거두고, 잡히지 않으면 잡히지 않는 대로 불평 같은 것은 모르고 살았다. 가난하여 가난을 실감하지 못한 것은 아닐까. 그들에게는 가난이라는 개념조차 없었던 것 같다.

사실 옛날 사람들에게 있어 수렵이나 어로는 놀이이자 일이었다. 생산성은 떨어지지만 부익부 빈익빈 같은 상대적 박탈감도 없고, 소외감도 없었다. 소득 수준이 낮은 방글라데시 국민의 행복지수가 세계 어느 선진국보다 높다는 연구결과가 조금도 이상할 것이 없는 이유다.

그런데 산업사회가 되면서 의식의 패러다임이 바뀌었다. 생산성은 산업사회에서 생존의 개념이다. 산업사회에서는 능률이 밥 먹여 준다. 모든 분야에서 아마추어는 안 된다. 프로가 아니면 도태된다. 그런 의식이 사회를 지배하는 때문일까. 요즈음은 낚시꾼들도 낚시를 즐기는 것이 아니라 생계를 책임지는 전업 어부보다도 치열하다. 지난번 동해안에 갔을 때 일이다. 영화에서나 보는 것처럼 선장의 지시에 따라 동시에 줄을 내리고 올리는 갤리선의 노예처럼 낚시를 한다. 세상사보다는 즐거워야 할 모처럼의 레저 낚시가 시간을 다투고, 득실을 따질 정도로 각박해졌다.

이젠 배낚시를 바다의 풍광을 음미하며 즐기는 놀이쯤으로 느긋하게 생각한다면 그것은 어림 반 푼어치도 없는 소리다. 낚시꾼들은 낚싯배에 GPS와 어군탐지기까지 장착하고 30노트 이상의 빠른 속도로 4~5시간 공해상으로 나가서 최첨단 전동릴을 사용하여 고기를 낚아 올린다. 이쯤 되면 낚시로 여가를 즐기는 것이 아니라 생존권이 달린 전투 상황이라고나 할까.

음주문화가 또한 시대상을 가장 잘 반영한다. 국문학사상 최초의 가사작품이라고도 하는 정철의 〈장진주사〉에 보면,

'한 잔(盞) 먹새근여, 또 한 잔 먹새근여, 곳 것거 산(算)노코 무진무진 먹새근여.

이 몸 주근 후면 지게 우희 거적 더퍼 주리혀 매여가나 유소보장(流蘇寶帳)의 만인의 우러네나, 어욱새 속새 덥가나무 백양수페 가기

곳가면, 누른 해, 흰 달, 가는 비, 굴근 눈, 쇼쇼리 바람 불제, 뉘 한
잔 먹자할고.

하물며 무덤 우희 잔나비 파람 불 제 뉘우친들 어떠리.'
라고 하였다.

너무나 낭만적이다.

그런데 오늘날 이러다가는 직장에서 왕따가 되고 사회에서 낙오
자가 되기 십상이다. 그래서 나온 음주법이 폭탄주다. 폭탄주는 그
이후의 시간이 보상으로 기다리고 있다. 빨리 집중적으로 마시고,
빨리 취하고, 효율성 그 자체다. 다음 날 일찍 출근하려면 이른바 폭
탄주가 안성맞춤이다.

바야흐로 현대는 사회구조의 변화와 의식의 변화가 동시에 이루
어지고 있다. 산업사회의 무한경쟁 못지않게 창의성과 감성이 지배
하는 사회가 오늘의 현대사회다. 토요일 휴무는 말할 것도 없고, 팀
장을 중심으로 산행도 하고 운동도 하고, 이건 온통 노는 것으로 시
작해서 노는 것으로 끝난다. 과거 개발도상의 산업사회에서는 생각
도 못했던 일이다. 이전의 산업사회에 길들여진 사람이 보면 노는
게지 일하는 게 아니다. 그러나 재충전의 기회를 통하여 생산성의
양과 질을 높인다는 것이 현대인들의 답변이다.

그러니 감성이나 창의성이 무한의 노력 그 이상의 부가가치를 창
출하는 시대가 된 것이다. 이를테면 구글 같은 회사가 대표적인데
일하면서 스파도 하고, 맥주도 마시고, 당구도 치고, 그러면서 새로

운 아이디어로 이익을 창출한다. 그 옛날 생산성을 최우선시하는 산업 역군들보다 인간의 본성을 존중하고 본성이 시키는 바를 따라 살아가는 가운데 그 틈새를 파고들어 부를 극대화 하는 것이다.

생산성과 작업의 효율성을 극대화하는 데 열중했던 지난날은 멀어져 간 추억 속에 묻어두고, 인간존중의 현실을 수용할 능력도 없이 속수무책으로 살아가는 6070세대들. 차라리 갤리선의 노예로라도 남을 수만 있다면 그래도 좋으련만. 훈장 하나 없이 뒷전으로 밀려난, 일밖에 모르는 6070 산업 전사들은 도대체 어떻게 살아가야 한다는 말인가.

(참여문학, 2008. 가을)

괴짜들의 천국

집보다 더 편하고 좋은 직장이 있을까. 직장이 좋아서 직원들이 퇴근을 하지 않고 눌어붙는 직장이 있다면 믿을까. 캘리포니아 마운틴 뷰에 가면 그런 회사가 있다. 세계 검색시장 60% 이상을 석권하고(2007.7), 입사지원자가 하루 평균 3천 명을 육박하는 구글 본사가 바로 그런 회사이다. 혹시 그건 회사가 교묘하게 직원들을 혹사시키는 것이 아니냐고 반문할 수도 있다. 그러나 회사가 교묘하게 직원들을 혹사시키는 것이 아니라 직원들이 혹사당하는 것을 기꺼이 즐기려 하고 있으니 아이러니가 아닐 수 없다. 또 이러한 구글의 경영 방식을 돈만 있으면 누구는 못하느냐고 비아냥거리며 끌어내리는 사람도 있으리라. 그러나 그건 전혀 그렇지 않다. 창업 이후 꾸준히 계속되어온 일이기 때문이다.

그러면 무엇이 직원들로 하여금 혹사당하는 것을 즐기도록 하는 걸까. 구글 본사에는 최고급 무료 카페테리아가 11곳이나 있다. 직원들은 원할 때 언제나 카페테리아에서 호텔 요리사가 만든 최고급 요리를 마음껏 즐길 수 있다. 그리고 회사방침으로 근무 시간 중 20%는 업무와 관계없이 자기가 즐기는 프로젝트를 수행하도록 권장하고 있다. 회사에서 세탁, 세차, 스포츠마사지 등을 자유롭게 할 수 있고, 5명의 상근 의사가 있어 필요하면 언제나 무료검진도 가능하다. 와이브로(무선인터넷)를 갖춘 셔틀버스가 있어 출퇴근도 편리하다. 또 여직원에겐 출산휴가 18주가 주어지고, 아내 출산 시 남편에겐 유급휴가 7주가 주어진다. 산모에게는 출산 후 매식경비를 500달러 한도 내에서 무상 지원한다. 뿐만 아니라 본사 건물엔 친환경 특수 공기정화시스템까지 설치되어 있다. 천국에서나 생각할 수 있는 직장이야기 같지만 현실이다. 그러니 직원들이 자기 집보다 편리하고 좋은 회사에서 퇴근하지 않으려고 하는 것도 무리가 아니다.

사정을 모르는 대부분의 사람들은 "그러면 자금을 직원복지에 다 쏟아붓고 사업 이윤은커녕 만성적자는 무엇으로 메우느냐"고 염려 아닌 염려가 오갈 수 있다. 그런데 따지고 보면 집보다 더 편리한 직장에서 직원들은 자기가 맡은 바 임무에 최선을 다하여 회사에 보답하기 때문에 오히려 득이다.

그리고 구글 직원들은 대부분 자신들이 지상에서 가장 멋진 사람들이라고 자부한다. 그들이 추구하는 것은 잘 놀고, 열심히 일하는 것이다. 그들은 자신들의 분야에 아낌없이 열정을 쏟아붓는 A형 인간들이다. A형 인간의 공통적 특징은 하나같이 자신의 일에 대하여 자부심을 가지고 있으며 매우 활기차고 도전적이다. 그들에게 담당

업무가 무엇이냐고 물으면 광고, 프로그래머 이런 식으로 대답하지 않고, "세계의 정보를 체계적으로 분류하여 누구나 열람하고 활용할 수 있도록 하는 과업(창업이념)을 수행 중"이라고 말한다. 그야말로 긍지 높은 괴짜 구글맨들이라고나 할까.

그러면 이러한 긍지와 자부심 그리고 독창성은 어디에서 온 것일까. 엄격한 조직문화 속에서 세뇌 당한 것은 아닐까 생각할 수도 있으나 그게 아니다. 'Don't Be Evil'을 기업모토로 삼고 구글을 창업한 세르게이 브린과 래리 페이지는 월급쟁이 생활을 전혀 하지 않았기 때문에 틀에 갇혀 눈치 보는 보편적 직장생활을 잘 모른다. 직장상사에게 좌고우면(左顧右眄)하지 않는 그런 자유분방함이 창의성과 독창성을 추구하는 재미있고 자유로운 구글의 분위기를 만드는 원천이 되었다.

어떻게 보면 구글은 직장이라기보다 매우 친숙한 분위기의 대학이라고나 할까. 그래서 놀 땐 신나게 놀고, 일할 땐 정열적으로 열심히 일하는 분위기이다. 그런 분위기 속에서 싹튼 직원들의 자부심과 긍지, 모험심, 열정이 오늘날 구글을 있게 한 원동력이다. 지금 이 시간에도 구글은 창업자가 꿈꾸었던 창업이념과 열정의 유전자를 전수하는 데 힘을 기울이고 있다. 최고의 인재들이 자유분방하게 일하는 가운데 열정을 가지고 창의성을 추구하는 구글이 또 어떤 독창적인 것을 내놓으며 세상을 놀라게 할지는 아무도 예측할 수 없다.

해마다 열병처럼 노사분규에 시달리는 우리 기업들은 자신들의

욕구만을 앞세운다고 노동자들을 탓하기에 앞서 기업 스스로 몰라
보게 변한 현실을 돌아봐야 할 일이다. 원망이나 동정을 하기엔 그
어느 쪽도 마음에 안 드는 우리의 기업들을 보면서 이런저런 생각을
해본다.

(참여문학, 2008. 겨울)

그림자

느끼는 생활이고 싶다

식사하는 걸 보면 두 가지 스타일이 있다. 마치 허기진 사람처럼
허겁지겁 먹는 머슴 스타일이 있고, 자리를 함께한 사람과 상큼한
대화로 분위기를 살리며 식도락을 즐기는 미식가 스타일이 있다. 주
린 배를 채우듯 빨리 먹는 사람은 복스럽게 보이기는 하지만 어딘가
측은해 보이고, 바쁜 것 없이 천천히 먹는 사람은 조금은 교양 있어
보이지만 답답하게 느껴지기도 한다. 대부분 그렇듯이 어려서부터
밥상머리에서 시간에 쫓기고 어른들 눈치 보느라 대화 없이 식사를
한 습관 탓일까. 내 눈에는 먹고 마시는 걸 앞에 놓고 너스레를 떠는
것도 곱지 않고, 지나칠 정도로 사양하거나 젓가락을 들고 깨죽거리
는 것도 마음에 안 든다.

그러나 한편으로 생각하면 느린 것은 탓할 일이 아니다. 일부러 느
리게 먹자는 것이 아니라 자기 앞에 놓인 음식 하나를 먹더라도 색깔
과 맛과 향기를 느끼면서 먹겠다는 걸 마다할 이유가 없다. 그런데
미각이 남달리 발달한 사람이야 미식가의 멋을 부려볼 만도 하지만

나처럼 미각이 둔감한 사람은 거리가 먼 이야기라고나 할까. 그러니 새삼스럽게 미식가가 되겠다는 것이 아니라 나름대로 밥 한 그릇을 먹더라도 색깔도 감상하고, 맛도 음미하고, 향기도 느끼면서 먹고 싶다. 그리고 먹는 가운데 함께 자리한 사람과 짧은 시간일지라도 즐겁고 의미 있게 보내고 싶다. 허기를 채우는 것이 목적이라면 입맛에 따라 많이 먹으면 될 일이지만 먹는 즐거움도 같이 누려보고 싶다.

우리의 인생살이도 미식가의 식도락처럼 꾸려갈 수는 없을까. 이정표를 향해 뒤도 돌아보지 않고 앞만 보며 정신없이 달려가는 사람이기보다는 남을 배려하며 목표를 향해 가는 과정도 소중하게 생각하면 얼마나 좋을까. 한 가지 뜻하는 바를 향해 다른 것을 전부 희생하는 것이 아니라 목표를 향하여 걸어가는 시간도, 가는 길에 만나는 온갖 것들까지도 소중하게 여기며 함께하는 것이 보다 바람직하지 않을까. 어차피 인생의 목표는 보증수표 없이 한평생을 다 바쳐서 이루는 것이라면 목표를 향해 인생을 바칠 것이 아니라 인생을 즐기는 가운데 행복을 건져 올리는 지혜로움이 필요하지 않을까. 지금까지 뒤돌아볼 시간이 없었다면 이쯤에서 다시 생각해 보는 것도 괜찮을 것 같다.

현대사회는 지적으로 우수한 사람보다 정서적으로 세련되고 튀는 사람, 지난날보다 한 차원 높은 삶을 소망하며 한 땀 한 땀 인생을 엮어가는 사람을 요구한다. 보고, 듣고, 만지고, 느끼고, 정서적으로 세련된 사람이 일을 성공적으로 해낼 수 있기 때문이리라. 사실 감각이 살아있는 사람은 같은 일을 해도 창의적으로 수행하며 인생을 풍요롭게 만들어 간다. 내 인생이 어떠한가는 훗날 다른 사람이 평가할 일이다. 오늘날 내 삶이 즐거운 가운데 정신적으로 풍요롭고 다채로울 수 있다면 그것이 아름다운 인생이 아닐까. 그러므로 마음을 열고 모든 감각을 동원하여 사람들 틈에서 기꺼이 느끼며 살아가야 하지 않을까.

우리의 한평생은 일을 통하여 행복을 추구하는 과정이라고 할 수 있다. 그렇다면 일을 놀이처럼 즐길 수는 없을까. 그런데 놀고 싶어도 노는 방법을 모르고, 느끼고 살아야겠는데 느끼기엔 감각이 너무나 무디다. 열심히 일하는 것은 알면서도 창의력이 샘솟는 휴식은 생각도 못했던 우리의 지난날이다. 먹을 것도 입을 것도 풍족하지 못하게 살아온 6070세대는 재테크에 목숨 걸고 바쁘게만 살아왔으니 너나없이 휴테크엔 문외한일 수밖에 없다.

그런데 김정운의 『노는 만큼 성공한다』를 보면 직무에 대한 만족, 업무에의 집중, 삶의 만족도는 일과 놀이의 균형을 어떻게 찾느냐에 따라 차이가 난다고 했다. 인생의 대부분을 직장에서 보내는 직장인들에게 실감이 나지 않을 수도 있다. 그러나 일을 놀이처럼 즐기는 거기에 해답이 있는 걸 어찌하랴. 실제로 미국에서도 일 잘하는 한국인이 40대면 예외 없이 퇴출당하는 것을 보지 않는가. 열심히 일에만 몰두하는 일벌레보다는 동료들과 더불어 골프도 치고 커피도 마시며 인간관계가 원만한 사람이 승진도 빠르고 직장에서 장수하는 것을 얼마든지 볼 수 있다.

시대의 반영일까. 다행스럽게도 휴테크를 추구하는 현장이 있다. 구글은 여가시간을 효율적으로 활용하는 대표적인 사례라고 할 수 있다. 일하면서 짬을 내 스파도 하고, 맥주도 마시고, 당구도 치면서 새로운 아이디어를 창출하여 부가가치를 높인다. 유한킴벌리도 사원들이 평생학습프로그램을 통하여 잘 놀며 화합을 다지는 가운데 생산성을 높이는 조직문화를 정착시켜 직무만족도가 높고, 조직에 활력과 창의력이 넘치는 일터를 만들어 가고 있다.

이러한 흐름에 동조라도 하듯 어떤 대기업에서는 신입사원을 채용할 때 잘 노는 사람인지의 여부를 판단한다. 글로벌 시대에는 보다 일을 많이 하여 생산성을 높이는 것도 중요하지만 여가를 잘 활용하고, 톡톡 튀는 창의력을 발휘하여 새로운 이익을 만들어내는 지혜가 필요하기 때문이 아닐까.

최근엔 'Time is money'보다는 'Time is life'란 말을 쉬 들을 수 있다. 서점에 가면 재테크와 관련된 신간도 많지만 요즘 들어 그에 못지않게 휴테크에 관련된 서적들도 쏟아져 나온다. 휴테크를 통하여 짧은 인생에 보다 많은 가치를 제공할 수 있기 때문이리라. 무디어진 감각이지만 곤두세우고 더 생각하고 느끼며 살아야겠다. '왜, 잘 놀면서 더 많은 성공을 거둘 수 없었을까' 하는 후회가 없도록 지혜롭게 휴테크를 통하여 마음껏 느끼는 생활이고 싶다.

(한맥문학, 2009. 1)

배려하는 마음

간디가 기차여행을 할 때 기차를 타다가 신발 한 짝이 플랫폼에 떨어졌다. 그런데 주우러 갈 사이도 없이 기차는 움직이기 시작했다. 간디는 재빨리 나머지 신발을 벗어 다른 한 짝이 떨어진 플랫폼으로 던졌다. 옆에 있던 사람들이 갑작스런 일로 놀라 왜 그러냐고 묻자 "신발이 한 짝으로는 쓸모가 없지만 저렇게 두 짝이 되면 누군가가 신을 수 있습니다. 가난한 사람이 주우면 더 좋은 일이지요"라고 했다. 나머지 한 쪽을 던진 것은 그냥 버린 것이 아니다. 어느 한쪽만 있으면 쓸모가 없는 나머지 신발 한 짝을 누군가에게 줌으로써 쓸모 있게 가치를 창출한 것이다.

『장자(莊子)』에 나오는 무용의 용도를 떠올리게 한다. 『장자』에 보면 장석이라는 유명한 목수의 쓸모없는 상수리나무 이야기가 나온다. '개똥도 약에 쓰려면 없다'고 당장은 전혀 쓸모없던 것이 살다 보면 '아, 그것이 있었으면 좋겠구나' 할 때가 있다. 곧 유용의 용도만 알았지, 무용의 용도는 잊고 살 때가 많다. 그런데 간디가 무엇을 생각할 사이도 없이 잠깐 사이에 거의 본능적으로 나머지 신발 한 짝마저 던진 것은 평소에 그러한 삶을 살아왔다는 증거가 아닐까. 도는 도로 통한다는 말을 실감한다. 간디는 장자의 무용의 용도를 몸소 터득, 실천하고 있으니 말이다.

비폭력 무저항 운동으로 잘 알려진 간디는 이와 같이 스스로 터득한 장자의 도(道)를 타인에 대한 배려로 승화시키고 있다. 이러한 배려가 아니었다면 오늘날 간디는 생각조차 할 수 없이 까마득하게 잊혀졌을 것이다. 그저 그런 정치가가 아니라 성인의 반열에 오를 수 있었던 것은 그에게 평소 자기중심이 아니라 남을 배려하는 마음이 있었기 때문이리라.

인간의 내면에는 자기중심적으로 보는 이기적인 면도 있다. 내가 아쉬울 것이 없으면 남의 생각을 들을 필요도 없고, 알 필요도 없이 지나치는 속성이 있다. 그리고 내가 불행한 것보다는 상대방이 행복한 것이 더 참기 어렵고, 내가 가난한 것보다는 상대방이 잘사는 것이 더 못마땅하다. 오죽하면 사촌이 땅을 사면 배가 아프다고 할까. 상대적인 박탈감으로 마음의 문을 꽁꽁 걸어 잠그고 살다보니 남의 어려움은 아랑곳 않고 내 입장만 생각한다. 이와 같이 자기중심적일수록 남의 입장은 가볍게 넘기는 반비례의 법칙이 작용한다.

그래도 인간이 인간다운 것은 마음속으로 우주까지 뜨겁게 껴안을 수 있는 배려가 있기 때문이다. 그러기에 육체적으로는 내 몸이 허용하는 시간과 공간 속에 매여 있지만, 정신적으로는 시공을 초월하여 나와 남, 선과 악, 과거와 미래까지 마음속에 담을 수 있다. 나를 인정하고 수용하는 것으로부터 인간다움이 시작된다. 그리고 나를 출발점으로 가족과 이웃과 조국과 세계를 나의 내면에 수용할 수 있다. 이보다 더 값진 일이 어디에 또 있겠는가.

따지고 보면 배려는 버림이 아니라 나눔을 통하여 새로운 가치를 만들어내는 원동력이다. 배려는 대인관계에 있어 나의 작은 이익과 손해에 일희일비하는 것이 아니라 너와 내가 함께 살아남기 위한 상생의 생존전략이다. 성인들의 배려야 범부의 일과 다를 테지만 속내를 보면 배려는 남을 위한 것이 아니라 결국 나를 위한 것이다. '가는 정이 있어야 오는 정이 있다'는 말도 있지 않는가. 살다 보면 베푼 만큼 돌아온다는 말이 실감날 때가 얼마든지 있다. 선업(善業)을 잘 쌓으면 선과(善果)를 얻게 된다는 불교의 가르침도 그 말이 아닌가. 나만이 아니라 우리라는 관점에서 당장이 아니라 기약 없는 호혜성을 원칙으로 삼을 때 너와 나의 관계가 정상화될 수 있고 미래는 보장될 수 있다. 그러기에 미래의 성장과 발전을 보장 받지 못하는 배려란 없으며 생각할 필요조차 없다.

그리고 우리가 말하는 배려는 나눔은 될지언정 버림은 아니다. 버림은 나의 존재나 소유지분을 송두리째 포기하는 일인데, 배려는 나의 소유지분이 기억 속에 적립되어 언제나 존재하는 것이다. 그러니 배려는 제로섬 게임이 아니라 모두가 더 잘 살 수 있는 윈-윈 게임이다. 하나의 촛불로 수천 개의 촛불을 지펴도 그 양초의 수명은 단축

되지 않는다. 배려는 나누어주는 것만으로 줄어들지는 않는다. 그래서 『장자』에서도 사회나 정치에 효과적으로 참여하기 위해서는 마음을 비우고 도와 하나가 되는 경지에 이르라고 배려를 강조하고 있다. 배려는 말로 하는 웅변이 아니라 마음을 나누는 지난한 몸짓이다.

　세상 모든 사람들이 배려를 인생의 교훈으로 삼고 다른 사람에게 기쁨을 주는 산소 같은 사람이 될 수만 있다면 얼마나 좋을까.

(문예비전, 2009. 3~4)

연주대에 올라

서울 지하철 2호선 사당역 6번 출구를 나와 남현동 시장골목으로 접어든 지 10여 분 지났을까. 어느새 관악산 자락이다. 삼삼오오 늘어선 능선을 따라 마당바위에서 숨을 돌리고 한참을 오르니 이정표가 있다. 좌회전하면 연주암, 직진하면 연주대. 연주암으로 갈 것인지, 연주대로 갈 것인지 고행은 찾아서 하는 거니까 좋을 대로 하란다. 연주대를 향하여 유격훈련이라도 하듯 로프를 잡고 매달리기를 30분, 629m의 관악산 정상이다. 잘생긴 북한산이 시야에 들어오고, 삼성산도 가까이 반겨준다.

연주대는 말이 부족할 정도로 빼어난 절경이다. 들뜬 마음으로 숨 가쁘게 치달은 때문일까, 아름다운 경관에 감동이 큰 때문일까. 그냥 좋다는 생각뿐 말문이 막힌다. 이런 걸 무아지경이라고 하는가. 그러나 성급하게 눈요기를 즐기는 걸 보면 나는 아직 자연을 느끼기에 그릇이 부족한 것은 아닐까. 하지만 망국의 한을 품은 고려 유신(遺臣)도, 양녕대군이나 효령대군도 안타까운 그리움을 잊고 잠시나

마 아름다운 풍광에 빠져들었을지도 모르거늘 나 같은 범부야 더 말해 무엇할까.

계단을 돌아드니 현기증이 날 정도로 깎아지른 벼랑 위에 곡예를 하듯 제비집처럼 아슬아슬한 연주대. 석가모니와 나한들을 모시는 세 평 남짓한 규모의 맞배지붕 연주대(응진전)엔 2009학년도 수능고득점 기원기도로 입추의 여지가 없다.

의상대사(652~702)는 문무왕 17년(677) 관악산 연주봉 절벽 위에 의상대(의상의 수도처, 연주대)를 세우고 그 아래 골짜기에 관악사(지금 절터만 있음)를 창건하였다. 일설에 의하면 조선이 개국하자 관악산에 은신한 고려 유신들이 이곳에서 망국 고려를 연모하므로 연주대(戀珠臺)라고 했다는 설과, 태종(太宗)이 셋째 충녕대군을 태자로 책봉하려 하자 양녕과 효령이 관악산에 입산수도하면서 의상대에 올라 임금을 그리워하므로 연주대라고 하고, 지금의 연주암 위치로 옮긴 관악사를 연주대 이름을 따서 연주암이라고 했다는 설이 있다.

연주대를 뒤로 하고 돌계단을 내려오며 지난날 우리의 어머니들이 남편과 자식을 위해 바리바리 머리에 이고, 손에 들고 힘들게 돌계단을 오르던 공양길 모습이며, 애써 눈물을 참으며 연군의 정으로 돌계단을 오르던 양녕과 효령을 생각한다. 그런데 지금 나는 산꾼을 따라나섰다가 신성한 도량 뒷문으로 들어가는 무례를 범하였으니 어쩐단 말인가. 대부분의 절집을 가파른 돌계단 벼랑 위에 지은 이유를 알만도 하다. 돌계단은 오르는 것만으로도 수양이 될 터이니 말이다. 다음엔 과천에서부터 계단을 따라 참회하며 연주암을 찾고, 연주대를 찾으리라.

　나한도량으로 알려진 연주암에 현존하는 절집으로는 대웅전과 그 뒤편에 금륜보전이 있고, 천수관음전, 효령각, 연주대 등이 있다. 전면 세 칸, 측면 두 칸의 금륜보전은 현재의 절집 중 제일 오래된 건물로 1929년에 신축한 것이고, 대웅전을 비롯하여 그 외의 것은 1970년대 이후에 중수한 것이다. 그리고 대웅전 앞마당 한가운데 정연하게 안정감을 주는 삼층석탑은 양녕과 효령이 이곳에서 수도할 때 조성한 것이라고 하는데 고려시대의 전형적인 석탑양식을 계승하고 있다. 그리고 효령각에 있는 효령대군의 초상화를 비롯하여 연주암에 남아 있는 문화재들은 주로 근세 이후의 것들이다. 비단에 그린 16나한 탱화는 연주대에 봉안되어 있고, 고려시대 것으로 추정되는 약사여래 석상도 연주대 옆 암벽 감실에 봉안되어 있는데, 이 석상은 지금껏 기복신앙의 대상이 되고 있다.

　비 내리는 연주암은 평일이지만 산꾼들로 북적인다. 천수관음전 지하에 길게 줄을 선 사람들은 점심 공양을 한단다. 보시는 보살의 실천 덕목으로 다른 이에게 아무런 조건 없이 베푸는 것이라는데 조건 없이 준다니 정성보다는 젯밥 생각이나 하는 건 아닌지. 베풂이 헛되지 않게 공양을 드는 입술마다 아름다움이 넘쳐흘러 저마다 이웃사랑을 실천하면 좋으련만. 식곤증 때문일까, 갑작스런 비 때문일까. 요사채 마루에 빼곡히 앉은 사람들은 이야기도 접은 채 벽에 기

대어 부처님이 되어 간다. 빗물이 낮은 곳으로 흘러 수평을 이루듯
우리의 사랑도 낮은 곳으로 흘러 사랑으로 하나 되면 얼마나 좋을
까.

(서울문학, 2009. 봄)

잃어버린 조각

우리 주위에 보면 똑 부러지게 잘 노는 사람이 똑 부러지게 일도
잘한다. 일과 놀이가 생활 속에 공존하는 사람이 있다. 예나 이제나
자기 시간을 효율적으로 활용하는 지혜를 가지고 자신들의 분야에
아낌없이 열정을 쏟아붓는 사람들이 능력 있는 사람이라고 인정받
는다. 그런 사람들을 흔히 말하기를 A형 인간이라고도 한다. 그들의
공통점은 누구라고 할 것 없이 자신의 일에 대하여 자부심을 가지고
있으며 언제나 매우 활기차고 도전적이다. 그런데 옥에 티라고나 할
까. A형 인간은 겉으로 보이는 것처럼 장점만 있는 것이 아니다. 그
들은 허점이 생기면 이를 용납하기는커녕 지나치게 완벽을 추구하
여 일을 어렵게 만드는 몹쓸 고집도 있다.

쉘 실버스타인이 쓴 동화 『잃어버린 조각』을 보면 다음과 같은 이
야기가 있다.

"한 귀퉁이가 떨어져 나간 온전치 못한 동그라미가 너무 슬픈 나
머지 잃어버린 조각을 찾아 길을 나선다. 동그라미는 길을 가며 노

래를 부른다. '나는 잃어버린 조각을 찾고 있어요, 잃어버린 내 조각은 어디 있나요.' 때로는 몰아치는 눈비도 맞고 혹은 내리쬐는 햇볕에 그을리며 이리저리 헤매기도 한다. 그런데 떨어져 나간 모서리 때문에 빨리 구를 수가 없다. 그래서 어렵사리 천천히 구르다가 힘들면 멈추어 서서 풀벌레와 대화도 나누고, 길가에 핀 아름다운 들꽃 향기도 맡는다. 어떤 때에는 말똥구리를 만나 함께 구르기도 하고, 나비가 날아와 머리 위에 앉기도 한다. 이렇게 오랜 여행 끝에 마침내 잃어버린 것과 똑같은 조각을 만난다. 잃어버린 조각을 찾아 온전하게 된 동그라미는 지금까지보다 몇 배 더 빠르게 굴러갈 수 있다. 그런데 데굴데굴 빨리 구르다보니 풀벌레와 얘기하고 싶어도 멈출 수가 없고, 아름다운 들꽃 향기도 맡을 수 없다. 너무 빠르기 때문에 숨이 차서 노래도 부를 수 없고, 나비도 미끄러져 앉을 수 없다. 동그라미는 곰곰이 생각한 끝에 가다가 구르기를 멈추고, 찾았던 조각을 살짝 도로 내려놓는다. 그리고 조각이 떨어져 나간 몸으로 천천히 굴러가며 다시 '나는 잃어버린 조각을 찾고 있어요, 잃어버린 내 조각은 어디 있나요' 노래를 부른다. 그때 마침 노랫소리를 들은 나비 한 마리가 반가운 듯 날갯짓을 하며 동그라미 위로 내려앉는다."

쉘 실버스타인의 『잃어버린 조각』은 우리에게 상큼한 메시지를 던져주고 있다.

완벽함은 좋은 것만이 아니라 오히려 불편할 수도 있음을 말해주고 있다. 우리의 인생살이도 조각이 떨어져 나가 힘들게 구르는 동그라미처럼 조금은 부족하고 불안하게 천천히 구르며, 가끔은 사람들 틈에서 땀에 찌든 사람의 냄새도 맡고, 기쁨과 슬픔으로 뒤범벅이 된 하루하루를 함께하며 살아가는 것이 더 의미 있고 행복할 수 있다는 말이리라. 어쨌거나 남보다 잘나서 무리 속에서 홀로 떨어져 나와 외톨이로 유별나게 살아가는 것은 절대로 멋지고 훌륭한 것이라고 할 수 없다고나 할까.

결국 어떤 일이건 완벽만이 능사는 아니다. 꼼꼼히 챙길 것과 대충대충 넘길 것을 분별하는 지혜가 필요하지 않을까. 의욕이 넘쳐 '하면 된다'고 탱크처럼 저돌적으로 밀어붙이는 것이야 그럴 수 있다고 하지만, 대수롭지 않은 일에 매달려 필요 이상으로 시간과 정신 소모를 하는 것이 문제다. 때로는 여우처럼 얄미울 정도로 안 해도 될 일은 뒤로 미루고, 하고 싶은, 꼭 필요한 일만 가려서 먼저 하는 사람이 유능한 사람으로 자기 능력을 인정받는다. 또 그렇게 하는 것이 일의 능률도 오르고, 남을 배려하며 무리 가운데서 칭송의 대상으로 더불어 살아가는 지혜이리라.

우리가 입는 옷에도 유행을 타지 않고, 몸에 맞고, 편하여 누구나 좋아하는 명품이 있다. 그러나 아무리 몸에 꼭 맞는 명품이라도 때로는 헐렁한 길거리표만도 못하게 여유롭지 못하고 불편한 옷이 있는 것처럼 지나친 완벽주의는 다른 사람을 숨 막히고 불편하게 할 수 있다. 세상은 혼자 사는 것이 아니라 더불어 사는 것, 다른 사람이 어떻게 생각하느냐를 염두에 둘 일이다. 나를 찾아 다가왔다가도 불편하면 떠나버리는 게 인정인 걸 어찌하랴. 약간은 헐렁한 옷이 입기에 편하듯 대인관계도 약간은 어수룩하고 헐렁한 구석이 있을 때 사람들은 그 틈을 비집고 나에게 다가오지 않을까.

(뿌리, 2009. 봄)

역할모델이 없다

미국발 오바마 신뉴딜 소식은 우리의 코스피지수를 단숨에 1,100선으로 끌어올렸다. 미국에서 시작된 금융위기로 지구촌이 술렁대는 즈음에 그나마도 고마운 소식이 아닐 수 없다. 뉴딜 정책 하면 세계 대공황을 미국 경제부흥의 기회로 잡은 프랭클린 루스벨트 대통령을 떠올리게 된다. 그리고 루스벨트의 빛나는 업적 뒤에는 루이 하우가 있었다는 사실을 빼놓을 수 없다. 루이 하우는 실질적으로 뉴딜 정책을 입안한 업적뿐만 아니라 소아마비에 걸려 정치적으로 사망선고를 받은 루스벨트를 7년 동안 간병하여 대통령으로 화려하게 등극시킨 킹 메이커이다.

셰익스피어는 "인간의 결점은 창조주가 신과 인간을 구분하기 위하여 남긴 흔적이다"라고 했다. 신의 존재 이유이며, 인간이 신이 될 수 없는 이유이기도 하다. 인간이 갖는 원초적 한계를 극복하기 위해서일까. 위대한 리더는 능력도 능력이지만 하나같이 에이스 참모를 가려내는 훌륭한 감별사였다. 리더의 뒤에는 항상 그림자처럼 그를 보필한 에이스 참모가 있음으로 해서 빛나는 업적을 자랑스럽게 남길 수 있었다. 어디 루이 하우뿐이겠는가. 진나라 이후 중국 대륙을 통일한 유방은 건달 중의 상건달이었지만 그에게는 조직적이고 치밀한 샌님 장량이 버팀목으로 지켜주고 있었다. 또한 예수에게 베드로가 없고, 붓다에게 가섭이나 아난이 없었다면 기독교와 불교는 탄생할 수조차 없었을 것이다.

그러나 인간의 부족함을 채워준 업적에도 불구하고 참모는 언제나 리더를 보필하는 자리라는 꼬리표가 붙는다. 참모가 리더를 능가하면 역모라고 지탄받고 철퇴를 맞는다. 리더는 항상 참모 위에 군림해야 하고, 모든 면에서 참모보다 탁월해야 말발이 서고, 조직의 질서를 유지할 수 있다. 그래서 예로부터 '수준 낮은 리더는 자신의 능력을 다하고, 평범한 리더는 타인의 힘을 잘 활용하고, 뛰어난 리더는 타인의 지혜를 다 끌어낸다'고 하였다.

리더는 몇 가지 유형으로 분류할 수 있다. 폭넓은 지성과 매너로 호감을 사는 선비형, 톡톡 튀는 재치와 유머로 현장을 즐겁게 유도하는 개그맨형, 여류에 대한 배려가 특별한 카사노바형. 언제 어디서든 매사에 치다꺼리를 마다하지 않는 머슴형 등 부드럽게 조직을 선도하는 리더가 있다. 그런가 하면 남다른 투지력과 명성으로 현장을 장악하는 카리스마형, 위압적 행동과 폭언으로 부하들을 주눅 들게 하는 조폭형, 며칠 밤을 새워서라도 끈질기게 자신의 뜻을 관철하는 완벽추구형과 같이 의욕을 앞세우는 리더도 있고, 이것도 저것

도 아니어서 잘되면 내덕이고 잘못되면 남의 탓으로 돌리는 네탓이
오형도 있다.

역사를 거슬러 올라가 보면 인류는 개인적으로는 입신을 위하여,
사회적으로는 집단의 발전을 위하여 언제나 유능한 리더를 갈망하
였다. 그래서 지난날의 교육은 리더 양성을 위한 치인교육(治人敎育)
임은 말할 것도 없다. 현대교육이 교양 있는 생활인을 위한 교육이
라지만 앞으로도 영원한 사회발전을 위하여 리더 양성은 인간의 절
체절명의 관심사요, 과제라고 할 수 있으리라.

그런데 심오한 지식이나 고매한 도덕성만으로는 훌륭한 리더가
될 수 없다. 카리스마도 있어야 하고, 제 식구를 품을 줄 아는 따뜻
한 가슴도 있어야 하고, 능력도 있어야 한다. 그렇다고 돈만 있으면
되는 것도 아니다. 참모와 생산적인 긴장관계를 유지하고, 주변의
다양한 목소리를 듣고 이를 인정할 때 훌륭한 리더로 자리매김할 수
있다. 그러한 리더의 기질은 타고 나는 것이 아니라 90%는 에이스
참모에 의해 만들어진다.

그러면 리더를 받쳐줄 진정한 참모는 어떻게 해야 할까. 지도자가
가고자 하는 길의 동반자가 참모다. 참모는 리더의 훌륭한 친구이자
경쟁자로 언제나 리더를 그림자처럼 따라다녀야 한다. 참모 마인드
없이 그냥 리더 가까이에 있으면 살가운 측근이든가 부하일 뿐이다.
시키는 일이나 하고, 심부름이나 하는 예스맨(yes-man)은 부하일 뿐
결코 참모란 이름의 주인공이 될 수 없다. 에이스 참모는 한발 앞서

예측하고, 상황을 예리하게 판단한다. 의욕적이고 창조적인 참모만
이 리더와 독립된 파트너로서, 미래의 리더로서 성장할 수 있다. 그
렇지만 너무 세련되고 강한 참모는 빨리 리더가 되든지, 일찍 아내
가 있는 집으로 가든지 둘 중 하나다.

그러므로 훌륭한 리더와 참모는 나아갈 때와 돌아설 때를 알고,
모든 일이 될 듯하면서도 안 되는 것이 인간사임을 잘 헤아려 참고
기다릴 줄 알아야 한다. 누구나 참모 마인드는 다 갖고 있지만 참모
프라이드로 발전시키기는 힘든 일이다. 내 안에 잠자고 있는 참모
마인드를 일깨워야 한다. 예스맨이 아니라 신뢰와 전문성 그리고 공
감대를 형성하며 윈윈전략을 추구해야 한다. 위대한 참모는 자리와
권력을 탐하지 않으며 리더와 더불어 있고, 추종이 아니라 순리를
알고 일의 가닥을 잡아 선도한다. 그러므로 언제나 에이스 참모가
있는 곳에 진정한 리더가 존재할 수 있다.

그런데 오늘날 우리 사회를 보면 리더가 사라진 것이 아닌가 싶
다. 우리 사회에는 눈을 씻고 보아도 사표가 될 만한 역할모델이 없
다. 보수와 진보, 메이저와 마이너, 오프라인과 온라인이 온통 모두
가 죽는 줄도 모르고 죽기 살기로 서로 헐뜯고 있으니 말이다. 모든
사물에는 본말(本末)이 있거늘 리더의 역할모델도 없고 가치사슬의
근본이 부실하니 온전할 것이 없다. 역할모델이 없는 사회는 보고
배울 것이 없으므로 미래가 없다. 미래가 없으니 기대를 하고 모여
들었던 촉망되는 미래의 리더들이 떠나고, 사회적으로 존경할만한

역할모델이 없으니 마침내 사회는 각종 비리로 신음한다.

몸도 마음도 추운 겨울, 진정한 역할모델이 그립다.

(뿌리, 2009. 봄)

믿음

    누군가를 믿고 사랑하며, 어느 누구에게 미더운 사람이 될 수 있다는 것은 그야말로 행복한 일이 아닐 수 없다. 성경에 보면 사랑이란 말이 팔백 번 이상 나오고, 절집에서 스님과 마주할 때 자비를 빼면 설법이 안 된다. 그런데 서로 사랑이 가능한 것도, 원만한 관계가 지속되는 것도 서로 믿을 수 있으므로 가능하다. 그러나 보고 있어도 보고 싶다고 안달하다가도 믿음이 사라지는 순간 좋던 감정은 봄눈 녹듯 흔적도 없이 사라진다. 나를 사랑의 포로로 만들고, 나를 송두리째 맡기게 하는 믿음은 어디에서 오는 것일까.

    줄타기를 잘하는 곡예사가 있었다. 하루는 보기만 해도 현기증 나는 폭포 위를 줄을 타고 건너는 묘기를 선보였다. 곡예를 보기 위하여 사람들이 많이 모여들었다. 줄에서 떨어지면 죽을 수밖에 없으므로 사람들은 도저히 건널 수 없을 거라고 생각하며 곡예사를 믿지 않았다. 그러나 곡예사는 여러 사람 앞에서 건널 수 있다고 큰소리쳤다. 마침내 시간이 되어 곡예사는 줄을 타고, 사람들은 손에 땀을

쥐었다. 긴장의 순간이었다. 긴 장대를 이용해 무게중심을 잡고 한 발짝, 두 발짝…… 보는 사람들의 가슴을 조이는 묘기는 이어졌다. 한 발짝, 또 한 발짝, 마지막 발을 땅에 딛는 순간 우레와 같은 박수가 쏟아졌다. 이제 곡예사는 여기에서 끝나지 않고 한 사람 무동(舞童)을 태우고 건널 수 있다고 하였다. 그러나 무동 탈 사람은 아무도 없었다. 이때 한 소년이 무동을 타겠다고 자청하였다. 무동을 태운 곡예사는 마침내 무사히 줄을 타고 건넜다. 그 소년은 바로 곡예사의 아들이었다. 다른 사람은 믿어주지 않았지만 아들은 그 아버지를 믿었던 것이다.

가족이 바로 이런 것이 아닐까. 가족은 부모자식으로 맺어진 단순한 혈연관계가 아니다. 세상 사람들이 나를 업신여기고 외면할지라도 나를 믿어주고, 애지중지하며 내 편이 되어 나에게 희망과 용기를 주고, 내가 누군가에게 버림받아 서러울 때에도 내가 믿고 위안을 찾을 수 있는 편안하고 소중한 안식처이다. 어디 믿음뿐이랴. 내가 힘들 때에도 따뜻한 시선으로 나를 지켜봐주고, 나를 믿어주는 가족이 있으므로 실망과 좌절을 딛고 일어나 꿋꿋하게 살아갈 수 있다. 또 내가 지켜주고 싶은 가족이 있음으로 해서 책임감을 갖고 언제나 힘든 나를 추스를 수 있다.

어린 시절 한 해가 저무는 섣달그믐이 되면 어머니께서는 꽁꽁 얼어붙는 새벽 칼바람을 무릅쓰고 우물에서 정성스레 정화수를 길어오셨다. 그리고 첫닭이 울기 전, 소반에 받친 정화수를 장독대 앞에 놓고 간절히 기도하셨다. 기억은 못하지만 어머니의 기도는 그냥 정성스럽다는 말로는 표현이 부족할 정도로 간절하셨다. 누가 미신이라고 가벼이 보며 기복신앙이라고 함부로 말할 수 있을까. 기도야말로 삼업(三業)을 씻어주고, 아들딸을 지켜준다고 믿으셨던 어머니. 다른 무엇보다도 자식이 소중하셨던 어머니로부터 유전된 것일까. 지금도 내 가슴속에는 어머니의 그 간절하고 숭고한 믿음이 호신부로 살아 있어 어려운 고비마다 나를 지켜준다.

여러 형제들 틈에서 자라면 누가 특별히 일러주지 않아도 먹을 것과 입을 것을 가지고, 밥상머리에서 잠자리에서, 형제간에 경쟁도 하고 양보하는 것도 배우면서 철이 들어간다. 그런데 형은 동생에게 조건 없이 헌신적인 사랑을 하는 반면, 동생은 형에게 도전적이고 저항적이라고 한다. 그래서 내리사랑은 있어도 치사랑은 없다고 하고, 형만 한 아우 없다고도 하는가 보다. 그리고 동물의 세계를 보아도 알 수 있듯 자식 사랑은 본능에 의한 것이 아닐까. 자신의 목숨을 먼저 생각하는 본능의 한계를 넘어 당신의 목숨보다 자식이 소중했던 어머니. 이 나이가 되어서도 어머니 생각을 하면 가슴이 미어진다. 모두들 효도는 교육에 의해서 가능하다는데 눈으로 보고 평생을 배웠어도 이렇다 할 효도 한 번 못했으니 이리 아리고 슬픈 마음 어찌 말로 다할까.

아픈 만큼 성숙한다고 했던가. 심한 열병에 시달려 본 사람은 가족의 알뜰한 사랑과 믿음을 체험하였으리라. 나는 어린 시절 유난히도 잔병치레를 많이 했다. 견디기 힘든 열병으로 앓아누웠을 때 지극정성으로 간병하시던 어머니. 어머니는 이 못난 아들 말고는 믿음도 사랑도 그 어떠한 것도 생각할 수 없다는 것을 몸으로 보여주셨다. 이렇게 가족은 부모형제가 사랑으로 어우러져 믿음을 대물림하는 요람이라고나 할까. 가족간의 믿음은 기쁠 때나 슬플 때나 한결같이 조건부가 아니라 무조건적인 신앙과도 같은 것이 아닐까.

신앙은 무조건적인 것으로 교리를 믿고 받드는 태도가 기본이다. 그리스도 신학의 경우 믿음은 하느님이 예수 그리스도를 통해서 보인 계시에 대한 인간의 반응이다. 그리고 그리스도를 믿는다는 것은 그분을 본받아 그분과 같이 이웃을 형제처럼 보살피고 사랑하는 것이라고 가르친다. 그리스도는 악과 고통을 없애려고 오신 것이 아니라 우리와 함께 나누려고 오신 것이라고 할 때에도, 살아계신 예수를 믿고 그분을 순종하면 그뿐, 학술상 이론이나 원칙을 갖고 시시비비를 가리고 캐묻거나 할 일이 아니다. 흔히 아는 것은 많은데 믿음이 부족하다고 말하는 것도 믿음보다는 쓸데없는 이론이나 원칙이 앞서는 사람을 꼬집는 말이리라.

가족간의 믿음도 그런 것이 아닐까. 시시비비를 가릴 원칙이 있는 것이 아니고 그냥 믿는 것. 그리고 조건 없이 믿음을 주는 것이라고나 할까. 나는 과연 누구에게 믿음의 대상으로 남을 수 있는가. 그리고 내가 무엇보다 소중하게 여기는 나의 믿음은 누구를 향한 것인가.

(뿌리, 2009. 봄)

그림자

아델베르트 폰 샤미소가 쓴 『그림자 없는 사나이』란 동화가 있다. 이 작품의 본래 제목은 '페터 슐레밀의 이상한 이야기'이다. 샤미소는 이 작품을 끝마치고 무려 3년 동안 세계일주를 했을 정도로 매우 유명한 여행가이다. 여행가로서 유명세의 후광일까. 세상에 잘 알려진 그의 동화 『그림자 없는 사나이』가 우리에게 주는 메시지는 오래오래 긴 여운으로 남는다.

"가난한 슐레밀이 도움을 청하기 위하여 존 시를 찾아간다. 그는 존 시 집에서 회색 양복을 입은 사나이가 황금주머니를 가지고 펼치는 환상적인 마술에 빠져들고 만다. 회색 양복을 입은 사나이는 매료된 슐레밀에게 아무리 써도 없어지지 않는 행운의 황금주머니와 슐레밀의 아름다운 그림자를 맞교환하자고 제의한다. 슐레밀은 그 순간 돈에 눈이 멀어 하나밖에 없는 자기의 그림자와 황금주머니를 맞바꾸어 부와 명예를 거머쥔다.

그러나 엉뚱하게도 시련이 시작된다. 돈을 탐내어 그림자와 황금

주머니를 바꾼 것을 아는 사람들은 그를 안타까워하면서도 한편으로는 경멸한다. 이에 슐레밀은 많은 돈으로 그림자 없는 자신의 약점을 감추려고 하지만 연모하던 아름다운 여인에게 버림받고, 끝내는 그를 믿고 따르던 하인조차도 멀어져 간다. 그때 다시 나타난 회색 양복의 사나이는 슐레밀에게 또 다른 제안을 한다. 슐레밀이 죽은 후에 영혼을 자신에게 주겠다는 약속만 하면 지금 당장 자신이 가지고 있는 슐레밀의 그림자를 돌려주겠다고 한다. 잠시 잘못된 생각으로 그림자는 팔았지만, 영혼만은 줄 수 없다고 생각한 슐레밀은 회색 양복을 입은 사나이의 유혹을 뿌리치고, 쓸쓸히 방랑길에 오른다."

오로지 돈을 위해서 자신의 그림자를 팔아버린 슐레밀은 단지 그림자뿐만 아니라 자신의 존재와 지금까지의 삶 자체를 팔아넘긴 것이다. 그 결과 그에게 돌아온 것은 견디기 어려운 냉대와 돌이킬 수 없는 가혹한 시련뿐이다. 사랑하는 사람은 물론 그에게 순종하던 하인에게까지 버림받은 슐레밀은 오랜 방황 끝에 자신의 탐욕과 그로 인한 잘못을 크게 뉘우치고 참다운 삶의 소중함을 깨닫는다. 그리고 그는 말한다. "내가 죽고 나면 이 이야기가 많은 사람에게 유용한 가르침을 줄 것이다. 자신을 사랑한다면, 부디 그림자를 소중히 여기라고. 돈은 그 다음이다"라고.

샤미소가 이 글을 쓴 18세기 후반은 영국에서 시작된 산업혁명이 유럽과 아메리카 대륙으로 빠르게 확산되던 시기였다. 그리고 산업

혁명에 편승한 인간성 상실의 거센 바람이 요원의 불길처럼 번져가는 시기였다. 통화량은 넘쳐나는데 자금이 고갈되고, 물자는 풍부한데 가난을 면치 못하는 이해할 수 없는 병리 현상을 낳은 고난의 시기였다.

그런데 시대의 반영이랄까, 샤미소의 공적이랄까, 그 와중에도 재미있는 일은 샤미소가 이 이야기를 쓸 무렵에 유럽에서는 그림자가 유행하였다는 점이다. 당시에 출간한 책표지는 물론 거리의 간판까지 그림이 있는 곳엔 그림자가 그려졌다.

어쩌면 그림자는 그 사람의 삶 자체라고나 할까. 그 사람이 겪은 고통의 흔적일 수도 있고, 공들여 이룩한 기쁨과 영광의 훈장일 수도 있다. 그러므로 그림자의 상실은 자아의 정체성 상실이며 동시에 사회적 입지의 상실이라고 할 수 있으리라. 동서고금 할 것 없이 이 세상 모든 사람은 저마다 외모가 다르고, 취향이 다르듯이 저마다의 그림자도 다르다. 그리고 그림자는 이력서처럼 그 사람을 따라다니는 것, 역설적으로 말하면 그림자를 통해서만 실체가 온전한 실체로서 무엇 하나 더함도 빠짐도 없이 사실대로 드러나기 마련이다.

우리의 한평생에도 아름다운 삶과 추한 삶이 있듯이 아름다운 그림자와 추한 그림자가 있으리라. 그 어느 쪽이든 지난 삶의 흔적이기에 지워지지도 않고, 지울 수도 없는 것이다. 그러나 고위직 인사 청문회에 보면 자신의 부끄러운 그림자를 팔아넘기려다가 도리어 패가망신하는 한국형 슐레밀들이 얼마나 많은가. 우리 모두 부끄럽지 않은 후일을 위하여 정성을 다해 한평생을 연출해야 하지 않을까. 저마다 하는 일이 돌이킬 수 없는 추한 연출은 아닌지 한 번쯤은 아름다운 그림자를 생각해볼 일이다.

(뿌리, 2009. 봄)

커피를 마시며

　우리가 즐기는 커피믹스는 커피 하나, 크림 둘, 설탕 세 스푼이라는 표준커피를 믹스로 만든 것이다. 이것은 단순하게 새로운 커피가 아니라 '편리'라는 이름으로 포장된 커피 판매 전략의 산물이다. 광고 효과가 큰 것일까. 낚시를 하다가, 등산을 하다가 뜨거운 물만 있으면 한잔할 수 있다는 '편리함' 때문일까. 커피믹스는 전 국민적 사랑을 받고 있다.

　커피는 공식적인 기록이나 증거가 없기 때문에 그 기원과 전래는 사실과 허구가 뒤엉킨 이야기로 전해질 뿐이다. 커피가 음료로 사용되기 시작한 것은 A.D 1100년경부터라는 것이 일반적인 견해이다. 처음에는 식용으로 쓰이다가 다음에 의약품으로 그리고 오늘날에 와서 음료로 사용되기 시작했다.

　원두는 동아프리카로부터 아랍과 유럽을 거쳐 남미에서 대량 재배되기 시작하였다. 아랍권에 커피 원두를 처음으로 전한 사람은 다바니이다. 그는 커피 열매가 의약용으로 쓰이던 에티오피아에서 커피를 들여왔다. 그리고 커피를 먹기 시작한 사람들은 이슬람교의 신비주의자들인 수피교도들이었다. 그들은 커피를 음료로 마신 것이 아니라 장시간 기도하는 중에 졸음을 막기 위한 각성제로 복용하였다.

지구촌에서는 매년 700만 톤의 커피를 생산하며, 하루 25억 잔의 커피를 마신다. 커피는 생산국 1위인 브라질을 비롯하여 90여 개 국가에서 생산하며, 커피 소비국 1위인 미국에 이어 우리나라도 소비 11위에 오른 일이 있다. 최근 통계를 보면 연간 커피 유통량은 무려 6백억 달러나 되며 그 시장 규모는 석유 다음으로 꼽힌다. 그런데 아이러니하게도 이윤의 99%는 거대한 커피회사, 소매업자, 중간거래상이 차지하고, 나머지 1%가 전 세계 커피 재배종사자 2천만 명의 몫이다. 100ml 커피 한 잔을 만들기 위하여 필요한 커피콩은 100개, 커피콩 100개의 현지 가격은 우리 돈 10원이다. 우리가 따뜻하고 부드러운 커피를 맛보며 커피향에 취해 있을 때, 커피콩 100개를 모아 10원을 벌려고 땀을 흘리는 농부도 있다. '내가 돈을 써서 편하면 누군가는 힘들다'는 가장 평범한 진리 아닌 진리가 여기에도 마찬가지로 적용된다고나 할까.

그리고 그에 못지않게 커피를 마시는 데 중요한 요소가 있다면 커피를 좋은 분위기에서 마시는 것이리라. 음식은 만드는 사람의 정성도 중요하지만 그것보다 중요한 것은 만든 사람의 정성을 어떻게 느끼느냐가 중요하지 않을까. 그래서 우리 조상들은 '마음으로 음식을 먹으라'고 하였다. 커피가 우리의 전통식품은 아니라고 하더라도 많은 사람들에게 사랑을 받는 음료임은 틀림없다. 맹목적인 사랑보다는 문화적 배경까지 온전히 이해하고 체험할 수 있다면 얼마나 좋을까.

우리가 즐기는 커피의 맛과 향은 원두를 어떻게 볶느냐에 따라 좌우된다. 커피 원두는 너무 오래 볶으면 탄 맛이 나고, 그렇다고 또 충분히 볶지 않으면 신맛이 난다. 탄 맛과 신맛을 달래가며 고소하고 향긋하면서도 그윽하여 우리를 빠져들게 하는 그 맛의 비결은 어느 정도의 시간과 온도에서 원두를 볶느냐에 달려 있다.

우리 사람이야말로 원두 같은 존재가 아닐까. 저마다 타고난 영혼은 나름대로 그윽한 향기를 품고 있지만, 세상 사람들 사이에 살아가면서 아름다움을 드러내기 위해 어느 정도 노력을 기울이느냐에 따라 전혀 다른 사람으로 거듭날 수 있으니 말이다. 그러나 볶는 과정은 마치 도공이 손수 빚은 도자기를 몇 천도의 불가마에 구워내듯이 고통일 수밖에 없다. 예수와 석가가 도를 찾아 설산에서, 광야에서 고행을 했듯이 그것은 고도의 절제와 수련이 필요한 피를 말리는 작업이리라.

원두든 사람이든 정말 잘 볶아야 한다. 그래야 본래의 그윽한 향을 낼 수 있고, 사회 속에서 멋진 인간으로 거듭날 수 있다. 인간의 인간다운 향기는 어떠한 것일까. 사람들 숲에 살아가는 인간의 향기는 어울림에 있지 않을까. 인간은 어울리면서 자기만의 향을 발산할 때 빛나는 존재가 될 수 있을 테니 말이다.

신라의 설총은 차의 효능을 다주이청신(茶酒以淸神)이라 하였고, 조선조 원천석은 차의 효능을 신공(神功)이라 하였다. 그리고 조선조 이목은 차의 효능으로 5공 6덕을 들었으니, 6덕이란 차는 덕이 있어 '사람으로 하여금 오래 살게 하고(使人壽修), 사람으로 하여금 병을 낫게 하고(使人病已), 사람으로 하여금 기운을 맑게 하고(使人氣淸), 사람으로 하여금 마음을 편안하게 하고(使人心逸), 사람으로 하여금 신선과 같게 하고(使人仙), 사람으로 하여금 예의 바르게 한다(使人禮)'라고 한 말이다.

차나 커피나 오십보백보 이름이 다를 뿐이니, 같은 커피를 즐기더라도 알고 즐긴다면 현자가 말한 6덕을 누리는 영광을 차지할 수 있지 않을까.

(뿌리, 2009. 봄)

오직, 당신뿐

한가한 보도나 시골길에서 남녀가 손을 잡고 나란히 걷는 모습은 참으로 보기 좋다. 그때 남자는 키가 조금 크고, 여자는 조금 작고, 남자는 조금 천천히, 여자는 사뿐사뿐 남자에 매달리듯 둘이 걸어가는 모습은 한 폭의 그림 같다고나 할까.

나는 어느 날 아침 지하철에서 본 연인인 듯한 젊은 커플을 지금도 잊을 수 없다. 어깨는 닿을 듯 말 듯 손을 꼬옥 잡고, 마치 행복한 순간을 놓치지 않으려는 듯 가끔 말없이 서로 얼굴을 쳐다보던 그 모습은 내 기억에서 지워지지 않는다.

일반적으로 사람들이 원하는 연인의 모습은 어떤 것일까. 같은 값이면 다홍치마라고 잘생긴 상대를 마다할 사람은 없다. 그런데 요즈음은 그냥 보편적 미를 갖춘 잘생긴 사람보다는 관능적이고 개성미 넘치는 섹시한 사람을 좋아한다. 거기에다가 성격 좋고, 능력 있는 사람이면 더 좋단다.

그런데 간혹 우리 주위엔 '저 사람은 왜 만났을까?' 한쪽으로 기울어도 한참 기운 것 같은데 좀처럼 이해가 안 되는 커플도 있다. 무엇 하나 서로 어울리지 않을 것 같은데 정작 당사자는 눈에 무엇이 씌었는지 정신없이 빠져 산다. 성격이 좋아서일까, 아니면 능력이 있어서일까. 남의 이목보다는 당사자의 취향에 따라 만나기도 하고 헤어지기도 하는 것이 만남과 이별의 일인가 보다.

우리 속담에 '늦게 배운 도둑이 날 새는 줄 모른다'고 했던가. 허구한 세월 외롭게 살아온 싱글들이 사랑에 빠지면 이건 염치도 없고, 체면도 모른다. 그도 그럴 것이 지금까지 어느 누구의 환심도 사지 못했던 자신에게 관심을 갖고 눈길을 주니 꿈에도 잊지 못할 일이다. 누구는 팔뚝이 두껍다고, 누구는 뱃살이 징그럽다고 거들떠보지도 않던 나를 두 팔 벌려 따뜻한 가슴으로 안아 주고, 두툼한 입술로 감미로운 입맞춤을 해 주니 이 얼마나 감격스러운 일인가. 그리고 나와 같이 있어 주는 것만으로도 감동 그 자체인데 조금만 노력을 한다면 나의 단꿈은 오래오래 간직할 수 있을 테니 지금 이 순간이 눈물겹도록 행복하지 않은가. 감사하고 감사할 뿐이다. 이젠 그립거나 아쉬울 게 없다. 이 세상에 내로라하는 꽃남, 꽃녀를 트럭으로 대령한다 해도 전혀 고마울 게 없다.

부부 싸움은 칼로 물 베기라는 말이 있다. 아무리 격한 감정으로 다투었을지라도 하룻밤 자고 나면 언제 그랬냐는 듯이 멀쩡한 것이 부부 사이다. 헝클어진 감정을 누그러뜨리고 하나가 되는 지혜는 어디서 나오는 걸까. 신혼부부는 사랑의 울타리 속에서 살다가 권태기

가 올 무렵 아이가 태어나면 가족이라는 새로운 울타리 속에 안착한
다. 새 생명 탄생이 기다려지는 이유 중의 하나다. 그러니 부부 사이
가 진정 하나일 수 있는 것은 말하기는 조금 그런 아주 간단한 이유
때문이 아닐까.

뭐니 뭐니 해도 부부가 부부다운 것은 언제나 아무 조건 없이 잠
자리를 같이 하는 것이다. 부부는 유일하게 이 세상에서 잠자리하는
것이 허용된 관계다. 그렇다고 해 주는 것이 전부는 아니다. 나와 함
께 살 비비며 나를 사랑해 주고 언제나 내 편에 서 주는 사람이 부부
다. 이 얼마나 고마운 사람인가. 저 유명한 양귀비나 카사노바가 있
다 해도 그건 남의 사람이니 소용없다. 그 사람들은 나와 잠자리를
하지도 않을 뿐더러, 그 사람들과 연을 맺을 일도 없다.

싱글들이여, 혹시 당신은 평생 한 사람과 잠자리를 같이하는 것이
따분하다고 생각하는 것은 아닌지, 아니면 한 사람마저도 부담스럽
다고 생각하는 것은 아닌지, 돌려 생각해 보라. 당신보다 날고뛰는
사람도 잔머리 굴리다가 평생을 독수공방하는 사람이 한둘이 아니
라는 것을 알고나 있는가. 생각해보면 시도 때도 없이 사랑한다 말
해 주고, 언제나 최고라고 치켜세워 주고, 고독을 달래 주는 사람이
부부 말고 또 없지 않은가.

넘치는 건강미에 섹시하고, 성격 좋고, 능력 있는 사람은 누구나
군침 흘리는 명품이다. 하지만 내 것이 아닌 이상 아무리 섹시하고,
성격 좋고, 능력 있더라도 그것은 그림의 떡이다. 남들이 뭐래도 내

겐 가장 소중한 사람, 날 애지중지 아껴 주는 사람 그리고 스스럼없이 나와 잠자리를 같이하는 사람, 그 사람이 고마울 뿐이다.

"오직, 당신뿐이야."

(산림문학, 2009. 봄)

나무를 안아주자(Tree Hug)

나는 산을 좋아한다. 산은 내 몸과 마음을 추스르는 도량이라고나 할까. 그리고 마주치는 나무와 새들은 나에게 인생의 비밀을 일깨워주는 좋은 이웃들이다. 흔히 꿈은 꿈일 뿐이라고 말하지만 꿈을 꾸는 그 자체가 행복이요, 희망이 아닐까. 산은 나를 꿈만 꾸는 꿈의 노예가 아니라 꿈을 실현하라고 일러준다. 그리고 겸손을 가르치고, 호연지기를 가르치고, 사람다운 사람이기를 가르친다.

나의 산행이라고 해봐야 마이너 수준을 벗어나지 못하지만 나름대로 겸손한 마음으로 산을 대하고, 걸을 땐 앞사람을 추월하지 않는 것이 특징이라면 특징이다. 산을 오르내릴 때 낯선 것들을 만나면 호기심이 발동하여 구경도 하고, 걷다가 숨이 차고 힘들면 잠시 쉬다가, 또 다음을 향하여 사부작사부작 걷는 것이 나의 산행이다. 나의 산행은 경주마처럼 앞만 보고 달리는 것도 아니고, 정상에 올라서도 오만한 정복감일랑 처음부터 없다. 그러니 일단 산에 들면 내겐 동행이 있든 없든 마실 물만 있으면 하루 종일 걸어도 무료하지도 않고, 지치는 일도 없다.

숲 속으로 난 산길을 걷노라면 도심의 아스팔트와는 전혀 다른 분위기를 느낀다. 산길은 그 자체가 인생의 축소판이다. 산길은 단순하게 목적지를 향하여 이어진 길이 아니라 삶의 비밀을 가르쳐 주는 지혜의 길이며, 이정표를 향하여 달리는 찻길이나 마라톤 코스와는 달리 저마다 일상을 둘러보고 묵상하는 구도(求道)의 길이라고 할 수 있다. 그러니 적어도 걷는 순간만큼은 현실을 떠나 마음의 평정을 찾고, 지금까지 보지 못했던 나무와 들꽃과 새소리가 내 마음을 찾아든다. 그때 산이 내게 주는 위로와 평화는 보통 때보다 곱절 더하다.

산길은 길섶에 핀 이름 모를 잡초, 그리고 나뭇가지 사이를 분주하게 오가는 산새소리를 만끽하며 내 마음 깊은 곳으로부터 우러나는 흥거움을 구가하고 즐기는 것이 제격이다. 그러는 가운데 타박타박 옮기는 발자국마다 나를 발견하고, 생명을 가진 모든 것들과의 대화를 통하여 물아일체가 되는 과정이라고 할만하다. 그런데 현대인은 옛사람의 멋스런 걸음을 잃어버렸다. 소요음영(逍遙吟詠)하며 자신을 성찰하는 멋도, 대자연의 신비에 귀를 기울이는 겸손도 없다.

요즈음 산을 오르다 보면 산속에 버려진 쓰레기를 줍는 고마운 손길들이 있어 호사스런 나의 산행이 죄스러울 때가 더러 있다. 그럴 때면 평생 자연을 훼손하고 환경을 파괴하는 사람들과 맞서 싸운 자연보호의 아버지 존 뮤어(1838~1914)를 생각한다. 존 뮤어는 세계 최초로 자연 보존 지역을 만들고, 지구촌에서 가장 오래되고, 국제적으로도 막강한 영향력을 행사하는 환경운동단체 '시에라 클럽'을 설립하였다.

도대체 자연은 인간에게 무엇이란 말인가. 미국 환경 운동가 알도 레오폴드(1887~1947)는 "자연은 사람이 마음대로 처분할 수 있는 대상이 아니라 보호할 대상이다"라고 했고, 로댕은 "자연을 너희들의 유일한 신으로 섬기고 신뢰하라"고 했다. 또 루소는 "자연은 절대로 우리를 기만하지 않는다"고 했고, 단테는 "자연은 신의 예술"이라고 극찬을 아끼지 않았다. 하지만 인간은 자연과의 조화라는 비전을 포기하고 신성한 신의 예술을 파괴하기를 서슴지 않는다.

그러나 다행스럽게 가뭄에 단비 격으로 캐주얼 브랜드 '애스크(ASK)'가 '트리 허그(Tree Hug)' 캠페인을 벌인다는 상큼한 소식이다. 트리 허그는 〈자연을 사랑으로 안아주자〉는 메시지를 담은 그린 캠페인의 일환으로, 지구 온난화와 같은 환경문제의 심각성을 알리고, 자연을 되살리기 위한 환경 도네이션 캠페인이라고 한다. 우리 모두 환영할 일이다.

나는 몇 년 전 명동 입구에서 두 팔을 벌려 지나는 사람들을 안아주던 여학생의 프리허그를 생각한다. 포옹은 그 자체가 행복이요, 희망이 아닐까. 사람들은 말보다 강렬한 포옹으로 사랑을 시작하고, 포옹으로 사랑을 완성한다고 말한다. 그날 그 여학생의 프리허그로 많은 사람들이 생활의 의욕을 회복하고, 웃음을 찾았으리라. 이제 우리도 삶의 활력을 찾아 '트리 허그'를 실천할 때가 아닐까. 사랑으로 나무를 안아주고, 나무로부터 지혜로운 인생의 길을 찾아 나서자.

우울한 이웃을 즐겁게 하려면, 보기만 해도 기분 좋은 나무를 안아주고 / 넉넉한 인품으로 훈훈한 사회를 만들려면, 그윽한 향기 넘치는 나무를 안아주고 / 유연하고 융통성 있는 삶을 원하면, 폭풍한설에도 부러지지 않는 나무를 안아주고 / 고고한 삶으로 아름다운 이름을 남기려면, 세속에 물들지 않는 나무를 안아주자.

사랑으로 나무를 안아주면, 나무가 대답하리라.

(산림문학, 2009. 봄)

나의 땅딸보

    은행나무는 씨를 심고 20년 이상이 되어야 열매를 맺기 시작한다. 그러므로 자식을 낳아 키워서 혼인시켜 손자를 볼 때쯤에 겨우 열매를 얻을 수 있다고 하여 공손수(公孫樹)라고도 한다.

    옛날부터 중국과 일본에서는 은행나무를 절집 뜰에 심었다. 그러나 한국에서는 언제부터 심었는지 확실하지 않다. 경기도 양평 용문사에 있는 나이 1,100년 넘은 은행나무가 가장 오래된 것으로 보아 고려시대 이전에 승려들이 중국에서 씨를 가져와 절집 근처에 심은 것이 전국으로 퍼졌으리라 추정된다. 현재 오래된 은행나무는 용문사 은행나무가 천연기념물 제30호로 지정된 것을 비롯하여 전국에 우리 조상들의 인정이 묻어나는 19그루의 은행나무를 천연기념물로 지정하여 보호하고 있다.

    은행나무는 병충해에 강하며 어디서나 잘 자라는 생명력이 강한 관상수다. 그러나 옥에도 티가 있다고 했던가. 잘 익은 살구처럼 예쁘고 탐스런 다육질의 열매 껍질은 아주 고약한 냄새를 풍긴다. 또

한 나무 그늘이 많이 지는 교목이므로 마당이 좁은 여염집 정원수로
는 환영받지 못하는 것이 못내 아쉽다.

내가 살고 있는 장미아파트에 입주한 지도 30년은 넘었으니 입주
전 조경할 때에 줄잡아 10여 년생을 심었다고 하더라도 나무 나이
불혹이다. 나무도 불혹은 되어야 안정된 원숙미를 드러내는가 보다.
가을이 되면 아름드리 은행나무 단풍이 온통 찬란한 황금색 궁전으
로 변한 장미아파트에 나를 초대한다.

지방 나들이를 하다가 보면 은행나무 가로수를 간혹 보기는 하지
만 장미아파트처럼 은행나무 숲을 이룬 곳은 보지 못했다. 어림잡아
천여 그루, 나무가 많으니 늦가을이면 산더미처럼 쌓인 낙엽을 실어
내기도 만만치 않다. 몇 해 전인가 겨울에 경기도 가평 남이섬에 갔
을 때 산책로가 온통 은행단풍으로 덮였는데 나중에 알고 보니 잠실
장미아파트 은행단풍이라고 했다. 모처럼 큰마음 먹고 장미촌을 벗
어나 보려 했는데 발길은 장미아파트 단풍 길을 그대로 걷고 있을
줄이야 누가 생각이나 했을까.

어찌 그뿐이랴. 아파트를 가로질러 한강 둔치로 이어지는 은행나
무 길은 낙엽이 떨어지는 계절이면 어른 아이 할 것 없이 뒹굴며 가
을을 맛볼 수 있는 아주 훌륭한 웰빙 코스가 된다. 그러기에 장미아
파트 사람들은 장기 해외 체류 등 사정이 있어도 집을 빌려주고 잠
시 나갔다가 다시 돌아오곤 한다. 나도 떠나온 고향을 그리워하면서
도 우리 삼남매를 키운 보금자리가 소중하여 장미아파트를 떠나지

못한다. 막내마저 결혼을 하고 내 곁을 떠나더라도 고향집 같은 장미아파트를 잊지 않고 찾아올 수 있도록 오래오래 기다리련다.

그런데 아름다운 색깔을 뽐내는 단풍은 잘 자란 숲에서 찾을 일이지만, 낙엽이 떨어진 마른 나뭇가지에서 돋아나는 연초록 작은 잎새의 아름다움은 훤칠한 키의 교목에서 찾을 일이 아니다. 못난 자식 효도한다고 대살지면서도 강인한 나이백이, 나지막한 나의 땅딸보 은행 분재에서 발견하는 아름다움은 그 무엇과도 비교할 수 없다.

지금으로부터 25년 전 일이다. 내가 강원도에 있을 때 그때는 분재에 대하여 전혀 몰랐다. 은행 분재는 꽂아 놓기만 하면 된다기에 시키는 대로 길이 30㎝, 팔뚝만한 굵기의 20년생 은행나무 토막을 밭에다 꽂아 두었다가 1년 만에 화분에 옮겼는데, 그것이 잘 자라서 지금까지 내 곁에 있다. 그동안 이사를 여러 번 했는데, 왜 그렇게 무겁던지 고생하며 끌고 다녔기에 고생한 만큼 애착도 남다르다.

은행은 새잎이 한참 늦게 나온다. 처음엔 겨울에 얼어 죽은 줄만 알고 몇 번 버릴까도 생각했지만 게으름을 피우다 버리지 못한 것이 전화위복이 될 줄이야. 정신없이 바쁜 나날을 보내느라 며칠 눈길을 주지 못하다가 어느 날 아침, 새잎 눈 껍질을 벌리고 돋아난 파아란 새잎을 보는 순간의 놀라움이란. 어린 새잎이 다칠세라 손톱으로 조심조심 마른 껍질을 벗겨주던 감미로운 기억은 지금도 잊을 수 없다.

　그러나 지금 생각하면 4반세기 동안 분에 얹어 놓고, 내 딴에는 그토록 아낀다고 한 것이 나무에겐 시련과 고통이 되었을 줄이야. 물을 많이 주면 죽는다는 이유 하나만으로 감질나게 물 몇 방울로 4반세기 모진 추위와 뙤약볕을 참고 견디어 온 나무를 보며, 물 한 방울 주는 것부터 몸매(수형) 잡아주기까지 지나친 나의 관심이 나무에게는 치명적인 간섭이었다는 것을 생각한다. 그러나 모진 고통도 아랑곳하지 않고 봄이면 눈에 넣어도 아프지 않을 새잎으로, 가을이면 노오란 단풍으로 나를 즐겁게 하는 나무의 너그러움이 고맙다. 사람의 일도 마찬가지이리라. 받은 아픔을 아픔으로 돌려주는 것이 아니라 기쁨으로 돌려줄 때 살맛나는 세상이 된다는 것을 나무에서 배워야 하지 않을까.

　내가 그토록 아끼는 은행 분재, 눈을 닦고 보아도 나무랄 데 없는데, 내게 온 세월만 해도 열매를 맺는다는 20년 하고도 5년의 세월이 더 흘렀다. 돌아오는 가을, 더 늦기 전에 옛날 고향집 마당가 대추나무처럼 주저리주저리 달린 은행을 바구니에 넘치도록 따보고 싶다. 우수가 지났으니 이제 마른 나뭇가지에도 새 생명의 축제가 시작되리라.

(한맥문학, 2009. 3)

황금빛 비밀 1

─클림트의 〈키스〉─

하루가 멀다 하고 새로운 볼거리가 우리의 눈을 즐겁게 하는 안복의 계절이다. 서울 예술의 전당 한가람미술관에서 오스트리아 천재 화가 구스타프 클림트전이 열리고 있다. 세계 최대 규모, 아시아 최초 클림트전이라는 명성에 걸맞게 세계 11개국 20여 곳의 유명 미술관이 작품 반출에 협조해 주었다. 그런데 작품 훼손을 막기 위해 21세기 마지막 전시회가 될지도 모른다고 한다. 그리고 적어도 앞으로 100년은 기다려야 다시 우리나라를 찾을 거라고 하니 보고 싶은 마음 더욱 간절하다.

미술관을 하는 친구가 좋은 그림이 들어왔다고 하기에 찾아갔더니 구스타프 클림트(1862~1918)의 〈키스〉 복제품이 새로 들어왔다. 클림트전에 가도 구경 못하는 그림이니 실컷 눈요기라도 하란다. 100여 점이 전시된 클림트전에는 우리에게 가장 잘 알려진 〈키스〉 등 국보급 반열에 오른 그의 대표작들이 오스트리아 당국의 반출 거부로 오지 못했다. 2006년 영국 소더비 경매에서 클림트의 〈아델레 블로흐 바우어 부인의 초상〉은 1억 3천 5백만 달러(당시 1,890억 원)에 팔려 2008년까지 세계 최고가를 기록했다. 하늘 모르고 치솟은 그의 인기는 여전한 때문일까. 〈키스〉의 빈자리가 큰 것을 실감하는 하루였다.

클림트는 1908년 〈키스〉를 발표함으로써 매혹적이고 열정적인 황금빛으로 세상 사람을 유혹했다. 오일 캔버스, 금박에 유채, 180×180㎝ 크기의 〈키스〉는 오늘날 펩시, 시계 할 것 없이 어디든 복제품이 눈에 띈다. 그만큼 널리 알려졌을 뿐만 아니라 누구나 좋아하는 세련된 이미지 때문이리라. 그러기에 지금도 클림트의 그림이 있는 곳이면 어디든 그를 찾는 사람들이 줄을 잇는다. 그의 작품 중에서도 〈키스〉는 보기 드물게 발표와 동시에 오스트리아 정부에서 사들여 현재 오스트리아 미술관에 소장되어 있으며 오늘날도 센세이셔널한 화제를 불러일으키고 있다.

물질만능의 산업사회에서 자본주의와 제국주의가 활개를 치던 시절, 빈은 비교적 부유층이 사는 풍요로운 도시였다. 그러나 풍요의 아름다운 베일 속에는 성적 타락이 열병처럼 번져가고 있었다. 그러한 시대적 분위기와 쾌락의 정점에 서 있는 여인들만 모델로 영입하는 클림트의 자유분방한 여성 편향적 정서가 어우러져 만들어낸 합작품이 〈키스〉이다.

그리고 〈키스〉는 몽환적이고 에로틱하다. 클림트의 그림 중에서도 독보적인 것으로, 키스라는 달콤한 소재를 다루고 있고, 사용된 색상까지 눈부시게 반짝이는 화려함과 세련미를 갖추고 있어 사랑에 빠져들게 한다. 그 어떤 그림도 클림트 작품처럼 온몸이 나른해지도록 황금빛 에로스가 가슴을 적시는 기분을 선사하지 못할 것이다.

〈키스〉는 언제 보아도 화려함 속에 감성의 깊이가 있다. 클림트의 생애와 작품을 관통하는 화두는 여자다. 그는 예술적 승화를 이룩한 에로티시즘 미학의 거장으로서 세상에서 가장 사랑받는 작가로 우뚝 서 있다. 도대체 어떤 능력을 갖고, 어떤 삶을 살았기에 그토록 완벽하게 여성의 육체와 감정을 표현했을까. 그는 귀금속세공을 하는 아버지에게 금박 붙이는 법을 배우며 캔버스 위에 금박을 붙이고, 세심한 붓 터치로 보다 입체적인 그림을 그렸으리라. 그리고 좋아하는 여인들에 둘러싸여 천천히 느긋하게 오랜 시간 작업을 하는 사이에 그의 그림은 감성의 깊이를 더해 갔을 것이다.

〈키스〉는 보는 이를 관능적으로 유혹한다. 그리고 편안한 가운데 황홀경에 빠져들게 하며 세월이 가도 변하지 않는 세련미 때문에 아무리 봐도 절대로 질리지 않는다. 그래서 노다지가 마구 쏟아지던 시대에 완성된 그림이지만 100년이 지난 지금도 고리타분해 보이지 않고 고급 패션 잡지에 나올 만큼 누구나 좋아하는 명품 같다고나 할까. 화려함 속에 어디에서나 통용되는 〈키스〉는 보는 이를 불같은 사랑에 빠지게 하고, 한번쯤 환상적인 사랑을 꿈꾸게 하는 마력이 있다.

그리고 남성성과 여성성의 절묘한 조화가 〈키스〉라고 할 수 있다. 〈키스〉를 보면 남자는 입맞춤에 올인하는데 여자 주인공은 뺨만 허용하고, 입술도 허용하지 않은 채 남자와 반대 방향으로 시선을 주고 있다. 그 도도한 여인을 보고 페미니스트들은 더 열광한다. 게다가 북받치는 격정적 사랑으로 여인을 에워싼 남근 조형물 속에 사랑의 포로를 가두어 두는 화면구성, 그리고 벼랑 끝에 선 불완전한 사랑의 여주인공, 이런 것들이 보는 이를 압도한다.

그러므로 〈키스〉는 화단의 화제를 불러 모으는 데 부족함이 없었다. 당시 화단을 좌지우지하던 권위 있는 사람들은 〈키스〉에 대하여 찬사를 아끼지 않았다. 게르베르트 프로들 벨베데레 미술관장은 "키스는 지난 수십 년 동안 종교화에 비견될 정도로 이상적인 사랑의 모습"이라고 했고, 평론가 리처드는 "키스는 마치 하나의 놀라운 덩어리로 합쳐지는 것처럼 보인다"고 했으며, 작가 로완 펠링은 "남녀간 성애를 통해 신성함을 표현하였다"고 했다. 한마디로 〈키스〉는 '사랑'의 표현이라는 결론에 도달한다.

한평생 '사랑'이라는 테마를 가지고 예술과 대중이 함께 어우러져 살아가는 아름다운 세상을 꿈꾸었던 클림트는 1862년 비엔나에서 귀금속세공을 하는 아버지 에른스트와 어머니 안나 클림트의 둘째로 태어났다. 어린 시절 가난으로 실업계 고등학교를 다녔으나, 다행히 친척의 도움으로 비엔나 장식미술학교에 들어가면서 화가의 길을 걷기 시작한다. 그런데 동생 에른스트와 아버지가 뇌일혈로 일찍 사망한 후 그의 작품은 삶과 죽음의 이미지로 얼룩진다. 〈죽음과 삶(Death and Life)〉도 그런 작품이다.

클림트는 어머니와 동생을 끔찍이 아끼며 독신으로 살았다. 그러나 결혼을 하지 않았을 뿐 수많은 연인을 품고, 자녀(사생아)도 많았다. 그의 작품 〈희망 1(Hope 1)〉의 임신한 모델 마리아 짐머만, 〈에밀리 플뢰게의 초상〉에 나오는 모델 에밀리는 그가 가슴으로 사랑한 연인들이다. 꽃을 살 돈이 없는 가난한 클림트가 에밀리에게 꽃을 그린 엽서 400여 통을 보낸 것만 보더라도 그가 얼마나 여인들을 사랑했는지 알만하다. 그는 임종의 순간에도 에밀리만 찾았으며 그가 죽자 14명이나 되는 사생아의 어머니들이 클림트에게 받은 엽서를 증거로 친자임을 주장하며 재산상속을 요구하자, 에밀리는 상속을 해 주는 등 실제 부인의 역할을 하였다.

뿐만 아니라 에밀리는 클림트의 남동생 에른스트의 처형이면서 클림트의 연인이 된 사람이다. 마치 요즈음 우리 안방극장의 말도 안 되는 짝짓기와 닮은꼴이 아닌가 싶다. 카사노바를 조롱이라도 하듯 클림트의 작업실엔 언제나 모델이면서 휴식을 즐기는 여인들로 시글시글했다. 그래서 그의 여성편력은 비판의 대상이 되기도 하였다. 카사노바보다 자유분방하고, 성적으로 상당히 개방적인 성향이 불후의 명작을 남긴 빛과 소금이 되었다면 난센스일까. 그는 살아서의 영욕을 뒤로한 채 폐렴으로 나이 56세에 세상을 떠나는 비운의 화가가 되었다.

(한맥문학, 2009. 6)

황금빛 비밀 2

−클림트의 〈유디트 1〉 −

　클림트의 〈키스〉가 우리에게 익히 잘 알려진 작품이라면 그의 '황금빛 비밀전'에서 우리의 눈길을 끄는 작품은 단연 〈유디트 1〉이라고 할 수 있으리라. 팜므파탈(남성으로 하여금 자신과 사랑에 빠지게 함으로써 파멸과 죽음에 이르게 하는 여성)의 여인상을 그린 〈유디트 1〉은 과감하고 도전적인 강렬한 황금빛 에로스가 우리의 눈과 마음을 사로잡는다. 매혹적으로 다가와 설레는 가슴을 뜨겁게 달구며 보는 이를 열광시키는 클림트의 유혹은 언제까지 이어지는 걸까.

　유디트는 본래 타이틀이 '유디트와 홀로페르네스'였다. 그런데 1840년 프리드리히 에벨의 연극에서 유디트(Judith)는 자신의 미모와 지략을 동원하여 적장 홀로페르네스(Holofernes)를 무기력하게 만들고, 그의 목을 벰으로써 이스라엘을 구한 팜므파탈의 대표적인 여인상이 되었다.

　설화 속의 유디트는 클림트 외에도 많은 화가들이 사랑한 이스라엘의 잔다르크였다고나 할까. 성서에도 유디트는 성모 마리아의 전신으로, 또 적장 홀로페르네스의 목을 베고 이스라엘 백성을 구한 여걸로 잊혀지지 않고 인구에 회자된다.

'옛날 난폭하고 잔인한 홀로페르네스가 아시리아 군대를 이끌고 평화로운 이스라엘의 베툴리아를 침공한다. 아시리아 군대는 집집마다 쳐들어가서 남자는 죽이고, 여자는 겁탈하고, 재산을 약탈해 갔다. 이스라엘이 풍전등화의 위기에 처했을 때 베툴리아 출신 미망인 유디트가 혜성처럼 나타나서 구국의 길에 앞장선다. 유디트는 자신의 아름다움을 미끼로 적장 홀로페르네스를 유혹하여 살해할 계획을 세우고, 몸종 아브라를 데리고 홀로페르네스를 찾아간다. 첫눈에 유디트의 미모에 반한 홀로페르네스는 경계심을 풀고, 승리를 확신하며 미리 벌이는 자축 파티에 유디트를 초대한다. 파티가 끝난 후 유디트를 침소로 불러들이고, 유디트는 홀로페르네스와 하룻밤을 보내게 된다. 정사가 끝나고 유디트는 술에 곯아떨어진 홀로페르네스의 목을 베어 갖고 몸종 아브라와 함께 베툴리아로 돌아온다. 이튿날 베툴리아 성문 높이 홀로페르네스의 잘린 머리가 내걸리고, 그것을 목격한 아시리아 군대는 혼비백산하여 모두 도망을 친다. 아시리아 군이 물러난 베툴리아는 마침내 평화를 찾고, 이스라엘 국민들은 조국을 구한 유디트를 열렬히 환영한다.'

그 후 쇼킹한 사건을 즐기는 예술가들에게 유디트는 더없이 좋은 작품 주제가 되었다. 클림트의 〈유디트 1〉을 비롯하여 젠델레스키의 〈홀로페르네스를 참수한 후의 유디트와 하녀〉, 카라바조의 〈홀로페르네스의 목을 베는 유디트〉, 보타첼리의 〈유디트〉 등 수많은 화가들이 유디트에 매료되어 마치 경쟁이라도 하듯 유디트를 그렸다. 약속이라도 한 듯 그림에 등장하는 칼과 남자의 잘린 머리는 유디트의 상징물이 되었다. 그러므로 서양화에서 한 손에 칼을, 다른 손에 남자의 잘린 머리를 들고 있는 아름다운 여인은 유디트로 보면 틀림없다. 그러나 유디트의 폭발적인 호응도 한동안 주춤하다가 19세기에 들어 바로크 시대의 화려함을 회복하여 남자의 잘린 목을 든 여인이 그림 속에 다시 등장한다.

그런데 당시 유디트 설화에 애착을 보인 화가들은 유디트의 영웅적 행보를 외면한 채 성적 매력에 편승하여 남성을 유혹하고 살해하는 팜므파탈적 면모에 초점을 맞추었다. 특히 클림트는 에로티시즘이라는 주제를 세상에 선보인 최초의 화가로서 주제는 성서에서 빌려오고, 잔인하고 무시무시한 이야기마저 강한 성적 매력을 발산하는 에로틱하고 몽환적인 요부형의 유디트를 창조하였다. 그러므로 작품에서 나라를 구한 영웅적인 여인상은 찾아볼 수 없게 되고, 당시에 성의 상품화라는 비난을 스스로 자초하여 비켜갈 수 없는 업보를 안게 되었다. 그러나 에로티시즘은 그의 정체성을 확인하는 아주 탁월한 선택이었다. 그의 에로틱함이 여성의 아름다움을 극한적으로 표현하여 세상 사람들을 압도했다고 하면 앞서가는 걸까.

그리고 클림트의 유디트는 기하학적 세모나 네모, 동그라미의 기호 같은 무늬 등이 혼용되고 있다. 그림의 디자인 효과를 염두에 둔 클림트만의 독특한 스타일이라고 할 수 있다.

한편 유디트 외에도 세례 요한의 목을 벤 살로메가 바로크 시대 그림의 주제였다고 말하는 사람들도 있다. 그들은 〈유디트 1〉은 애국적 결의에 찬 팜므파탈의 이미지가 아닐 뿐만 아니라 구약성서 어디에도 없는 내용이므로 살로메에 가깝다고 강변한다. 그들이 클림트를 보고 애국심은 찾아볼 수 없는 관능미 넘치는 유디트라고 비판할 때 클림트는 유디트가 맞다며, 직접 그림에 유디트라고 그려 넣었다. 사실 일반적인 서양화에서 남자의 잘린 머리와 칼을 든 여인이 유디트인지 살로메인지 구별이 어려운 것은 사실이다.

〈유디트 1〉의 졸린 듯 살짝 감은 눈과 반쯤 다문 입술, 그리고 반쯤 가린 오른쪽 가슴을 보노라면 그녀의 에로틱한 분위기에 취하게 된다. 관객을 유혹하는 강한 황금빛 갑옷을 입은 유디트가 주연이라면, 어두운 그림자에 가리어 있는 홀로페르네스는 존재마저 희미한 조연이라고나 할까. 클림트는 유디트에게 황금빛 갑옷을 입힘으로써 보다 강한 남성성을 담은 팜므파탈의 타입을 제시하면서도, 클림트의 붓끝에서 아름답고, 에로틱하며, 위험하리만치 매혹적인 팜므파탈로 유디트를 다시 태어나게 해 주었다.

클림트의 작품들은 간결하면서도 복잡하고, 단조로우면서도 화려하다. 한편 자유분방한 사생활과 과도한 여성편력으로 세상 사람들의 입방아에 오르내렸지만 그의 〈유디트 1〉을 바라보고 있노라면 사랑과 욕망에 빠져들 것처럼 저절로 감탄을 연발하게 된다. 우리의 마음을 어루만지는 그의 작품 앞에서 그저 감탄을 연발하는 것은 무엇 때문일까.

(한맥문학, 2009. 9)

스님 이야기

　얼마 전 모처럼 나 홀로 등산을 나섰기에 한번 가보고 싶던 절집을 찾았다. 그런데 공교롭게도 그날 아침에 화창하던 날씨가 몹시 성이라도 난 듯 갑자기 비바람을 쏟아부어 속옷까지 흠뻑 젖었다. 폭우 속에 낯선 산길을 찾느라 빗물에 헹군 초라한 내 모습은 스님이 보기에는 틀림없이 가엾고 불쌍한 중생이었으리라. 그날 나는 젖은 옷을 말리느라 스님과 같은 방에서 함께 지내야 했다.

　비가 내려서 내방객이 끊어진 때문이었을까. 스님 한 분 그리고 나그네라고는 나뿐, 절집은 주인 없는 여염집처럼 괴괴하고 쓸쓸했다. 보통 생각하는 것처럼 처음엔 스님이 조심스러웠는데, 그 스님을 뵌 것이 나의 고정관념을 바꾸는 계기가 되었다고나 할까. 스님의 말씀은 마치 정겨운 이웃사촌이 들려주는 옛날이야기처럼 시간 가는 줄 모르고 이어졌다. 삭발 전 속세 사람으로의 모습이 그러했을까. 말문을 트니 무엇 하나 막힘없이 실타래 풀어내듯 술술 나오던 스님의 말씀은 지금도 기억에 생생하다. 그런데 고매한 스님의 법회가 아니라 어린 나이에 속세를 뒤로 하고 산문에 들어야 했던 스님 자신의 운명적인 아픈 사연일 줄이야.

"집이라곤 서너 집밖에 없는 두메산골에 자식도 없이 남편을 일찍 여읜 아름다운 여인이 있었다. 여인은 어느 누구도 각별하게 아는 사람이 없으므로 서로 오가며 정을 나눌 이웃도 없이, 다만 죽은 남편이 악업을 씻고, 서방정토로 돌아가기를 갈망하며 집에서 꽤 멀리 떨어진 절집을 열심히 찾았다. 여인이 하는 일이라고는 지극정성으로 사십구일재를 지낸 후에도 하루도 빠짐없이 매일 점심때가 지나면 부처님 앞에 불공을 드리는 것이 고작이었다. 여인은 혼자 다니기에는 멀고도 험한 길을 날씨가 궂으나 좋으나 아랑곳하지 않고 계속 오가며 불공을 드렸다.

그 무렵 절집엔 세 끼 공양도 하는 둥 마는 둥 하루 종일 화조화에 빠져 그림이나 그리는 풍채 좋은 스님이 있었다. 그러나 스님의 얼굴엔 자비 어린 부처님의 환한 미소보다는 말 못할 세상의 슬픔과 그리움이 배어나고 있었다. 그런 스님에게 그림그리기는 마음을 비우고 탈속을 하는 득도의 과정이기도 했다. 스님은 속세가 그립고 궁금할 때면 그저 말없이 그림을 그리며 애써 속세와의 연을 잊으려고 했다.

그렇게 정진에 정진을 계속하던 늦가을 어느 날, 그날도 갑자기 소나기가 퍼붓듯이 세차게 내리고, 스님은 그림에 빠져서일까, 낙숫물 소리에 취한 것일까, 벽에 기대어 비몽사몽간에 하루해는 저물어

갔다. 그런데 그날따라 여인은 평소보다 한 시간 이상 늦게 절집에 도착했다. 우산도 없이, 그렇다고 비를 피할 곳도 없고, 중간에 집으로 돌아갈 수도 없고, 기어이 장대비를 맞으며 산비탈을 돌고, 냇물을 건너 어렵사리 절집을 찾아오느라 늦은 것이다.

여인은 속옷까지 흥건히 젖은 채 시장기와 탈수증에 지칠 대로 지쳐 있었다. 그러나 쉴만한 빈방이 없으므로 어쩔 수 없이 스님 방에서 옷을 말리게 되었다. 같은 하루해지만 산속의 하루는 도심의 하루보다 짧다. 찬란한 아침 해는 앞산에 가로막혀 기다리다 보면 어느새 한낮이 되고, 아름다운 저녁노을은 뒷산이 가로막아 구경도 못하고 그새 저녁 어스름이다. 여인은 옷을 말리다가 이러구러 하산도 못하는 사이 하루해가 저물었다. 함께 하산할 일행도 없고, 그렇다고 인적이 끊어진 산길을 여인네 몸으로 혼자 갈 수도 없으므로 절집에서 밤을 지낼 수밖에 없었다.

아무도 방해하지 않는 어두운 밤이면 정적 속에 그리움이 싹트고, 그리움은 사랑으로 무르익는가 보다. 더구나 남녀가 밀폐된 공간에 있다는 것은 나이에 관계없이 가슴 설레고 온몸이 달아오르는 일이라고나 할까. 그날 밤 스님은 끓어오르는 정념을 참지 못하고 여인과 운우의 정을 나누었다. 그렇게 뜨거운 밤은 지나가고 날이 밝자 여인은 도망치듯 절집을 나와 집으로 돌아갔다. 그 후 여인은 스님과의 사랑을 간직한 채 절집에서 멀지 않은 곳에서 살았다. 그러나 여인은 단 한 번도 절집을 찾지 않았다.

그리고 십여 년이 지난 어느 날 스님은 병으로 눕게 되었고 몇 달 안 되어 입적하였다. 스님이 남긴 것이라고는 그가 그린 화조화 몇 점 그리고 젊은 시절 탐방객과 찍은 것으로 보이는 카메라 사진 몇 장이 벽에 걸린 화조화 한쪽 구석에 붙어 있을 뿐, 빈손으로 왔다가 빈손으로 갔다. 스님이 입적한 지 며칠 만에 여인은 스님 소식을 듣고 절집을 찾았다.

그날 하는 일 없이 하루해는 저물고, 여인은 집으로 돌아가지 못한 채 스님이 없는 빈방에서 하룻밤을 지내게 되었다. 그날 밤 무엇에 끌리기라도 한 듯 저와 흡사하게 닮은 스님의 사진을 신기한 듯 바라보는 사내아이에게 여인은 무언가 이야기를 하려다가 멈추기를 여러 번, 끝내 이야기를 하지 않았다. 무슨 생각을 했을까. 사내아이는 밤새 뒤척이다가 늦게야 겨우 잠이 들었다.

그런데 사내아이의 꿈에 스님이 현몽하여 '아들아, 네가 앞으로 머물 곳은 이 도량이니라. 이곳을 떠나지 말거라.' 말을 마치고 스님은 문을 열고 나갔다. 다음 날 아침 사내아이가 눈을 떴을 때에는 여인은 이미 절집을 떠난 이후였다. 여인은 절집을 떠난 후 끝내 돌아오지 않았다. 그래서 의탁할 곳 없는 사내아이는 절집에 머물게 되었고, 아버지의 말씀을 따라 스님이 되었다."

한 손으로 염주를 세며 이야기를 마친 스님의 눈가엔 촉촉이 이슬이 맺힌다.

(문예비전, 2009. 7~8)

포정해우

『장자』 양생주편에는 〈포정해우(庖丁解牛)〉라는 우화가 있다. 소를 잡는 사람이 살과 뼈를 분리하는데 신기(神技)에 가까운 솜씨를 칭찬하는 이야기이다.

춘추전국시대 문혜군이 어느 날 그의 요리사 포정이 소의 각(脚)을 뜨는 것을 보았다. 손을 놀리고, 어깨로 받치며, 발로 밟고, 무릎을 굽히며 칼질하는 모습은 은나라 탕왕 시절 상림(桑林)의 춤과 같고, 칼질하는 소리는 요나라 임금 시절 경수(經首)의 장단을 연상케 했다.

이에 문혜군이 감탄한 나머지 "오오, 잘도 하는도다. 어찌 재주가 이렇게 놀라울 수가 있단 말인가" 하니 포정이 칼을 내려놓고 아뢰기를, "제가 귀하게 여기는 것은 도(道)입니다. 도는 손끝의 기술보다 뛰어난 것입니다. 제가 처음 소를 잡을 때에는 소를 눈으로 보았으나 3년이 지나면서 소를 마음으로 보게 되었습니다. 두께가 얇은 칼로 살과 뼈가 생긴 대로 틈새를 찾아 칼질을 하므로 19년 동안 수

천 마리의 소를 갈랐지만 여태껏 칼날은 숫돌에 방금 간 듯합니다. 능숙한 백정이 칼을 바꾸는 것은 살을 베기 때문이며, 보통 백정이 칼을 바꾸는 것은 잘못하여 뼈를 베므로 칼날이 부러지기 때문입니다. 저는 아직까지 뼈와 살이 엉켜 있는 곳을 가르는 데 실수가 없었습니다. 그러나 뼈와 힘줄이 엉켜 있는 곳에 다다르면 그것은 어렵고 힘든 일이기 때문에 각별히 시선을 집중하고, 칼놀림은 몹시 조심스럽습니다.”

말이 끝나자 문혜군은 감동하여 “훌륭하도다. 나는 포정의 말을 듣고 양생의 도(인위가 아닌, 자연의 이치를 따르는 도가의 수련법)를 얻었도다”라고 했다.

어떤 분야에서 달인의 경지에 이른 사람의 솜씨를 칭송할 때 단골 메뉴로 등장하는 것이 포정해우다. 비록 백정이 소를 잡는 하찮은 이야기이지만 천박함에 머물지 않고, 아주 적절한 비유로써 도(道)를 설명한 것은 장자 특유의 풍자와 해학이 드러남이라고 할 수 있다. 그리고 포정해우는 술(術)에 관한 이야기가 아니라 도(道)에 관한 이야기로 역시 장자사상의 뛰어난 문학적 표현이라고 할 수 있다.

그러면 포정해우가 우리에게 주는 메시지는 무엇일까. 포정이 처음 소를 잡을 때에는 눈에 보이는 것이 소의 겉모양뿐이었다. 그러나 몇 년 동안 소를 잡는 일을 되풀이하면서 뼈에는 마디가 있고, 살에는 결이 있다는 것을 알게 되었다. 소를 잡는 일에 익숙하게 되었을 때 포정은 마침내 뼈마디나 살의 결을 조금도 건드리지 않고 소를 잡음으로써 칼에 다치지 않을 수 있었다. 포정은 자연의 이치를 이해하는 단계가 아니고, 그것을 몸소 체득하여 물아일체의 경지에 이른 것이다. 이를테면 마음을 비우고, 사물의 이치를 따르는 것이 포정의 비법이었던 것이다. 우리가 여기서 한평생 살아가면서 자신에게 던질 수 있는 가장 소중한 질문의 해답은 포정의 허심(虛心)을 읽을 일이다. 포정이 두께가 얇은 칼을 가지고 살과 뼈 사이의 빈틈을 찾아가듯, 사물의 이치를 거스르지 않고 일을 순리대로 풀어가는 것이 포정우화가 전하고자 하는 메시지라고 할 수 있다.

공자도 사양함으로써 얻는다고 하였다. 얻으려고 작정한 것이 아니라 처음엔 사양했는데 결과적으로는 나에게 돌아온다는 말이다. 비움을 통한 채움의 원리이다. 욕심은 채우면 채울수록 우리의 마음은 만족은커녕 오히려 궁해지고, 반면에 비우면 비울수록 우리의 마음은 모든 것을 가진 듯이 넉넉해진다. 사양한다는 것은 마음을 비우는 것이며, 비운다는 것은 상대방에게 내 것을 나누어 준다는 의미도 된다. 마음을 비우면 지금까지 보이지 않던 것이 보이고, 어렵던 문제의 해법이 나오고, 되로 주었던 것이 말로 돌아온다. 이것이 공자가 말한 양이득지(讓以得之)이다.

우리가 가장 중요하게 생각해야 할 것은 그냥 사는 것이 아니라 훌륭하게 사는 것이라고 말한 소포클레스의 말에 귀를 기울일 필요가 있다는 점이다. 우리는 훌륭하게 살아야 한다. 요즘처럼 숨 막힌 하루하루를 살아가는 현실에선 어려움을 해결할 걸출한 스승, 포정

같은 달인이 기다려진다. 우리는 사물의 이치를 거스르지 않고, 일을 순리대로 풀어가는 현자의 지혜를 본받아야 하지 않을까.

'아는 것은 좋아하는 것만 못하고, 좋아하는 것은 즐기는 것만 못하다(知之者 不如好之者 好之者 不如樂之者)'고 한 논어의 한 구절이 생각난다.

(참여문학, 2009. 가을)

초당 능소화

　강릉 경포대를 돌아들어 초당마을에 접어들자 이정표가 묻는다.
난설헌을 만날 건지, 그냥 지나칠 건지. 우리 일행이 이정표를 따라
찾아간 곳이 지방문화재자료 59호 난설헌의 생가다. 세월의 흔적이
묻어나는 고택에 들어서니, 울창한 송림 한가운데 안채, 사랑채, 곳
간을 ㅁ자로 배치한 것이 틀림없이 물 위에 떠 있는 한 송이 연꽃이
라고나 할까. 일찍이 내가 들은 대로 연화부수형(蓮花浮水形) 명당임
이 분명하다. 사랑마당, 행랑마당, 뒷마당을 구분하는 토담은 흔한
막돌 하나 쓰지 않고. 황토 흙으로만 쌓아올려 주변 소나무 숲과 어
우러져 전통 한옥의 운치를 더해 준다. 대문을 열고 들어가려니 세
월에 지친 난설헌이 기다렸다는 듯이 금방이라도 뛰어나와 반겨줄
것만 같다.

　허난설헌(1563~1589)*은 강릉 출생으로 본명은 초희, 자는 경번,

---

* 허난설헌 : 〈유선시(遊仙詩)〉〈빈녀음(貧女吟)〉〈곡자(哭子)〉〈망선요(望仙謠)〉〈동선요
　(洞仙謠)〉〈견흥(遣興)〉 등 시 142수, 가사에 〈원부사(怨婦辭)〉〈봉선화가〉 등이 있다.

난설헌은 그의 호다. 그녀의 친가는 조선시대 명문가인 양천 허씨로 대대로 높은 벼슬을 하였고, 그녀의 부친 허엽은 서경덕의 문인으로 대사헌과 부제학까지 지낸 인물이다. 그리고 큰오빠 허성, 둘째 오빠 허봉, 남동생 허균까지 모두 쟁쟁한 문장가들로 재주가 뛰어나 줄줄이 과거에 급제하여 벼슬길에 올랐다. 난설헌 역시 어릴 때부터 영특하여 삼당시인으로 유명했던 이달에게 시를 배워 후일 천재적 감각으로 글을 쓰게 되었다.

그런데 미인박명, 천재박복이란 말이 난설헌을 두고 한 말인가. 남다른 재능을 가졌던 그녀의 불행은 결혼을 하면서 시작되었다. 그녀는 열다섯 살이 되자 집안도 명문가이고 학문도 출중한 김성립과 결혼했다. 그러나 과거에 여러 번 낙방함으로써 옹졸해진 김성립은 부인에 대한 열등감으로 난설헌을 냉대하고 기방으로 돌며 풍류에 빠져들었다. 그래서 그녀는 신혼부터 돌아오지 않는 남편을 기다리며 독수공방하는 그리움의 나날을 보냈다. 그리고 남편보다 뛰어난 자신에 대한 주위의 시선은 갈수록 냉혹했다. 좋은 시를 쓰고, 독서를 좋아하는 난설헌은 시어머니에게 달갑지 않은 며느리였다. 감당할 수 없는 고된 시집살이, 남편으로부터의 외면으로 그녀는 지칠 대로 지쳤다. 설상가상으로 사랑하던 아이들마저 저세상으로 보내야했다. 첫째도, 둘째도, 셋째도, 병약하게 태어나서 몇 살 못 살고 죽었다. 잇달아 자식들을 잃은 그녀 또한 시름시름 앓기 시작했고, 자신의 죽음이 임박해오자 한풀이라도 하듯 그동안 썼던 글을 모두 불태워버렸다.

재앙은 엎친 데 덮친 격으로 찾아오는 법, 난설헌 나이 스물여섯에 둘째 오빠 허봉이 유랑생활을 하다가 객사하자 충격 속에 자신도 스물일곱 살에 죽을 것이라는 예언과도 같은 오언시를 남겼으니,

"푸른 바닷물이 구슬 바다에 스며들고 / 푸른 난새는 채색 난새에게 의탁하였구나. / 부용 스물일곱 송이가 붉게 떨어지니 / 달빛 서리 위에 차갑기만 하여라"라고 하였다.

난설헌은 자신의 예언대로 1589년(선조22) 스물일곱 된 어느 날 "금년이 바로 3*9수에 해당되니 오늘 연꽃이 서리를 맞아 붉게 되었다" 하고 짧은 생을 마감했다. 그리고 남편 김성립은 임진왜란이 일어나자 왜적의 손에 죽고 말았다. 난설헌이 죽고 그의 유언에 따라 그의 유품은 불교식으로 불태워졌는데, 불행 중 다행으로 그녀의 친정집에 남아 있는 작품을 아깝게 여긴 허균이 추려 모은 작품 일부를 명나라 사신 주지번에게 주었고, 주지번은 중국으로 돌아가 『난설헌집』을 간행하였다. 중국에서는 『난설헌집』을 많이 찍어 종이가 바닥났다고 아우성이 날 정도로 선풍적 인기를 누렸다. 그리고 18세기 초엔 일본에서도 난설헌 시집이 번역되어 사람들이 널리 애송하였으니 난설헌이야말로 최초의 한류스타라고 할만하다.

나그네는 부질없이 난설헌 생각에 빠져드는데 뒷마당이 아름답다고 하기에 안내하는 대로 따라 들어가니 아녀자들이 머물기 때문이었을까, 툇마루를 연결하는 쪽문이 있을 뿐 외부에서 전혀 들어올

수 없는 닫힌 공간이다. 아담한 금남의 뜰엔 정원수가 잘 배치된 가운데 능소화 두어 그루가 옛일을 반추하기라도 하듯 담을 타고 발돋움하여 남정네들의 사랑마당을 기웃거린다.

양반꽃이라고도 불리는 능소화는 봄이면 가지에서 새잎이 나고, 여름 무더위에 지칠 즈음이면 늘어진 꽃자루에 트럼펫처럼 싱싱하게 고개를 치켜든 화사한 꽃이 핀다. 그래서 서양에서는 '차이니즈 트럼펫 클리퍼'라고 부른다.

옛날 구중궁궐에 소화라는 어여쁜 궁녀가 있었는데 임금의 눈에 들어 하룻밤 사이에 빈의 자리에 올랐다. 그런데 착한 소화는 다른 빈들의 시샘과 음모에 밀려 궁궐 깊숙한 곳에 갇힌 몸이 되었다. 그것도 모르고 그녀는 임금이 찾아오기만을 손꼽아 기다렸다. 눈만 뜨면 담장 밑을 서성이며 임금님의 발소리라도 들을 수 있을까, 그림자라도 비치지 않을까, 애태우는 나날을 보냈다. 그러던 어느 날 소화는 기다림에 지친 나머지 상사병으로 시름시름 앓게 되었다. 그녀는 시녀들에게 입버릇처럼 "담장 밑에 묻혀 내일이라도 오실 임금님을 기다리겠다"는 말을 남긴 채 눈을 감았다. 이미 잊혀진 빈이지만 다행히 시녀들의 도움으로 그녀의 뜻에 따라 담장 밑에 묻혔다. 그 후 여름이 되어 소화가 묻힌 담장 밑 덩굴 숲에 꽃이 피었으니 이것이 능소화다.

여인이 한을 품으면 오뉴월에도 찬 서리가 내린다더니, 살아서 한은 죽어서 독이 되는가. 꽃이 좋다고 가지고 놀면 꽃가루가 눈에 들

어가 눈이 먼다는 능소화는 풀지 못한 소화의 한이 꽃가루가 되었는
가 보다.

　소화보다 더 견디기 어려운 슬픔에 눈물로 살다 간 난설헌. 그녀
가 유복한 유년 시절을 망각 속에 묻어둔 채 스물일곱 꽃다운 나이
에 세상을 하직한 것을 생각하면 가슴이 미어진다. 요절하였으므로
더 유명해지고, 그래서 듣는 이의 안타까움이 갑절 더한 난설헌, 남
편보다 뛰어난 알파걸이었지만 시대에 거부당한 여자, 난설헌의 살
아생전의 눈물은 오늘도 그녀의 초당 생가 뒷마당에서 능소화로 피
어난다.

(산림문학, 2009. 가을)

기다림

기다림이 없는 삶은 생각조차 할 수 없다. 어쩌면 살아가는 그 자체가 기다림의 연속이라고 할 수 있으리라. 인간은 탯줄을 끊고 고고(呱呱)의 울음을 터뜨리는 순간부터 기다림이 시작된다. 기다림은 살아있는 것들을 위하여 창조주가 베푸는 복음이라고나 할까. 인간다운 성숙을 가져오는 기다림이 없다면 만물의 영장으로서 권좌를 누릴 수 없을 테니 말이다. 동서고금 할 것 없이, 특히 행복을 디자인하는 사람에게 있어 기다림은 무엇과도 바꿀 수 없는 생존의 의미이며 전략이다. 그렇다고 기다림은 인간만이 누리는 특권은 아니다.

독하기로 이름난 살모사가 지구상에서 1억 년 이상 살아온 비결은 무엇일까. 살모사는 그 사냥 방식이 놀랍도록 독특하다. 살모사는 먹잇감을 사냥할 때 서두르지 않는다. 먹잇감이 가까이 다가오더라도 사정거리 안에 들어올 때까지 눈을 떼지 않고 먹잇감을 지켜보기만 한다. 본능적으로 냄새를 맡는 혀의 움직임이 빨라질 뿐 인내심을 발휘하여 유혹을 떨칠 줄 안다. 성급하게 공격을 했다가는 허탕을 친다는 것을 시행착오를 통하여 이미 잘 알고 있다. 참고 기다리수록 덮칠 수 있는 더 좋은 기회가 온다는 것도 잘 아는 기다림의 고수다. 녀석은 정확한 공격 시점을 택하여 단 한 번에 먹잇감을 덮친다. 긴장을 늦추지 않고 때를 기다리다가 지금이다 싶으면 몸을 쭉 뻗어 먹잇감을 덥석 물어버린다. 이빨에 물린 먹잇감은 이내 움직임이 둔해지고, 독이 온몸에 퍼진다. 1분, 2분, 3분… 사냥감의 몸에 독이 완전히 퍼질 때까지 기다려 확실하게 마무리를 한다. 만일 서두르다가 설죽은 사냥감을 입에서 놓치기라도 하면 사냥감은 필사적으로 탈출을 감행할 것이고, 그러면 지금까지 수고한 모든 것이 허사가 되고, 주린 배를 채우지 못하고 말 것이기 때문이다.

이와 같이 생존의 고수들은 때를 기다릴 줄 안다. 미물도 그러하거늘 인간의 일이야 더 말하여 무엇 할까. 인간에게 있어 기다림은 어떤 의미가 있는 걸까.

기다림은 생활에 활력을 준다. 기다려지는 찬란한 아침이 있기에 칠흑 같은 밤도 평화로운 안식의 시간이 될 수 있고, 기다려지는 따뜻한 봄이 있기에 지루한 겨울의 기다림 속에서도 달콤한 꿈을 꿀 수 있다. 특히 지금까지 겪어보지 못한 새로운 세계가 내 앞에 펼쳐진다는 것은 상상만 해도 얼마나 다행스럽고 가슴 설레는 일인가. 힘든 일상에 지쳐 나태하고 무기력해진 자신을 추스르고 생활의 의욕을 회복할 수 있는 것은 간절한 기다림이 있으므로 가능하다. 그러므로 무엇을 기다린다는 말은 희망이 있다는 말도 되며, 이 세상 모든 것들은 희망이 있음으로 해서 저마다 생의 의미를 구가하고, 기다림 속에 활력이 넘치는 삶을 이어갈 수 있다.

기다림은 믿음에서 비롯된다. 농부는 한여름 뙤약볕을 참고 견디면 가을엔 풍성한 수확이 있다는 것을 믿기 때문에 봄에 씨앗을 뿌리고 가을이 오기만을 기다리며 논밭에서 지루하고 힘든 여름을 참고 견딘다. 흙은 농부에게 믿음을 주고 농부는 믿는 구석이 있으므로 하루하루 몸 바쳐 땀 흘리며 일한다. 문제는 농부가 자연의 이법을 믿는 것처럼 진정으로 믿음을 갖게 하는 것이라고나 할까.

그리고 겸손하게 기다리는 사람에게 복이 돌아온다. 성서에 보면 야곱은 잔머리를 굴려 장자권을 빼앗고, 아버지를 속여 축복을 받아낸다. 가만히 있으면 자연히 돌아올 걸 기다리지 않고 성급하게 인생 초반에 다 이루어낸다. 그러나 결국 무엇을 얻기는커녕 쫓기는 신세가 되어 외로운 망명생활을 한다. 때를 기다리지 않았기 때문에 실패한 것이다. 반면에 그의 아들 요셉은 오랜 고난 속에서도 하나님을 믿고 기다렸다. 스스로 한 일은 없는 것 같은데 모든 것을 다 이루었다. 인생의 밑바닥에서 애급의 총리까지 되었다. 요셉은 내가 할 수 있는 일은 아무것도 없다고 생각하는 겸손한 사람인 반면, 야곱은 나는 무엇이든 해낼 수 있다고 믿는 교만한 사람이었다. 기다릴 줄 아는 겸손한 사람에겐 복이 돌아오고, 기다리지 못하는 성급하고 교만한 사람에겐 재앙이 돌아옴을 잘 말해 주고 있다.

한편, 믿고 내버려두고 기다리는 여유도 필요하다. 예수는 죄를 지은 삭계오에게 회개를 강요하지 않았다. 삭계오를 믿었던 것이다. 예수가 자기를 믿어준다는 것을 알았을 때 삭계오는 회개하고 변하기 시작했다. 사랑으로 다른 사람을 믿고 인정할 때 다른 사람도 나를 믿고, 사랑으로 나에게 다가온다. 그리고 너와 나의 관계 속에 놀라운 변화가 일어나는 것이다.

또 지나친 관심은 간섭이라는 사실을 명심할 일이다. 좋은 결과에 악착하여 사사건건 간섭하기보다는 넌지시 보아 넘기는 지혜가 필요하다. 어려움에 처했을 때에는 다소 시행착오가 있더라도 긍정적으로 생각하고 모르는 척하는 것이 지나친 관심 이상으로 문제해결에 도움이 된다는 걸 생각할 일이다. 나는 누구보다도 너를 믿는다. 잘 될 거야 짧은 말 한 마디에 뒤엉킨 마음을 추스르고 의욕을 회복할 수 있지 않을까.

그러면 어떻게 살 것인가. 사랑하고 기다릴 줄 알아야 한다. 세상사를 너무 쉽게 생각할 일이 아니라 항상 겸손하게 사랑하고 믿어야 한다. 믿음에 바탕을 둔 기다림 속에 우리의 인생은 성숙하고 아름다운 열매를 맺는다. 기다림이야말로 인간이 생활 속에서 다듬어 온 지고(至高)의 가치이다. 너 나 할 것 없이 세월을 믿고 기다리는 지혜가 필요하지 않을까.

(산림문학, 2009. 가을)

놀며, 쉬며

금년 여름휴가는 한마디로 스테이케이션(Staycation)이다. 스테이케이션은 Stay(머무르다)와 Vacation(휴가)의 합성어다. 지구촌 금융 위기 여파로 어려워진 주머니 사정 때문에 대부분의 사람들이 이동 경비가 적게 드는 가까운 곳에서 휴가를 보낸다.

『일하지 않는 즐거움』의 저자 커리어 우먼 어니 젤린스키는 한 달에 한 번 TV를 보고, 일주일에 나흘 일하는 것으로 유명하다. 그 나흘마저도 하루에 겨우 네 시간씩 일한다. 밤낮없이 앞만 보고 달려온 우리들이 보기에는 게으르고 형편없는 사람이라고나 할까.

게으름을 '행동이 느리고, 움직이거나 일하기를 싫어한다'고 매도하지만 돌이켜 보면 게으른 사람이 역사 발전의 일등공신이었다. 조금이라도 힘을 덜 들이고 목적을 달성하려는 게으른 사람이 없었더라면 인류의 문화가 여기까지 올 수 있었을까. 게으른 사람이 아니었다면 구텐베르크의 인쇄술도, 메소포타미아의 물레방아도, 양치기 소년의 철조망도 발명되지 않았을 것이다.

자동차왕 헨리 포드는 '일만 하고 쉴 줄 모르는 사람은 브레이크 터진 자동차만큼 위험하다'고 했다. 포드에 화답이라도 하듯 의식주 해결을 위해 전투적으로 일하던 시대는 갔다. 몸과 마음을 바쳐 열심히 일만하는 사람을 좋아하기보다는 열심히 일하는 만큼이나 재미있게 잘 노는 사람이 가정에서 직장에서 인정받는 시대가 되었다. 지금까지는 일만 잘하면 되었지만 이제는 쉬더라도 제대로 쉬고, 노는 것도 재미있게 놀 줄 알아야 한다. 놀이가 기업의 자산이요, 돈이 되는 세상이다. 재미있는 놀이는 수익이 너무 엄청나서 돈으로 환산할 수 없는 가치 있는 것이라고 말하는 사람도 있다. 그리고 좋아하는 것을 즐기면서 소망을 이루려는 마니아들의 시대에는 노동을 위한 일이 아니라 재미를 위한 일이 대접받는다. 누구에게 물어봐도 멍석 깔아 놓았는데 분위기 파악도 못하고 놀 줄 모르는 사람이 바보다. 그런데 바보는 자신이 바보인지 모른다는 것이 문제다.

그러면 행복한 삶은 어떤 삶일까. 당신은 자신만을 위해 무언가를 해 본 적이 있는가. 일이기 때문에, 가족을 위해서 어쩔 수 없이 따위의 이유는 버리고, 오로지 당신만을 위해 투자한 적이 있는가. 오늘을 즐길 줄 알아야 기다려지는 내일도 있다. 시간과 경제로부터 자유가 보장되는 삶, 그것을 마음껏 누리는 삶이 행복이 아닐까. 진정 행복해지고 싶다면 두려워할 필요 없이 남들은 남들대로, 나는 나대로 살아가면 된다. 남들한테 이기고 지는 것이 아니라, 내 몫만큼 즐겁고 재미있게 놀며 쉬며 살아가는 거기에 우리가 염원하는 행복한 삶이 있을 테니 말이다.

그런데 당신은 쓸데없는 미련 때문에 당신의 길을 벗어나 엉뚱한 길을 달리고 있는 것은 아닌가. 현재가 문제라면 지금 달리는 궤도를 벗어나는 수밖에 없다. 그래서 현재의 삶과 전혀 다른 무엇인가를 해야 한다. 문제는 나를 어떻게 바꾸느냐 하는 것이기 때문에 현재의 잘못된 길을 벗어나 바로 잡는 것은 전적으로 당신의 의무이자 권리이다.

감성의 시대로 접어들면서 인간의 생존코드가 호모 파베르에서 호모 루덴스로 바뀌고 있다. 먹고 사는 것을 빼면 동물과 구분되는 인간의 본능은 놀이라고 할 수 있다. 그런데 디지털시대가 녹록치 않아서 자기의 삶을 주도하지 못하고 질질 끌려간다. 해마다 휴가철이 되면 묘안을 찾기에 바쁘지만 대부분 생각처럼 놀지도 못하고, 쉬지도 못한다. 누구에게나 행복의 기회는 주어지지만 마음처럼 기회를 잡기란 쉽지 않다. 일이 놀이가 되고, 놀이가 일이 되는 것이 진정한 행복이라면 이제는 사고의 틀을 일 중심에서 놀이 중심으로 바꾸는 발상의 전환이 필요하다.

생존하는 것은 부단히 진화한다. 찰스 다윈의 진화론이다. 살아남기 위해서는 진화해야 한다. 현대는 패러다임의 변화가 급격하게 일어나고 있다. 생각도 행동도 탈과거에서 시작해야 하는 오늘이다. 목재회사로 출발하여 초일류 글로벌기업으로 거듭난 노키아, 언터처블, 보잉사의 영원한 생존전략을 보라. 생존하는 것은 부단히 진화한다는 사실이다. 발상의 전환으로 새로운 것을 창조하며 타인과 공감하는 능력의 소유자만이 살아남을 수 있다.

다니엘 펑크는 "미래는 창조하는 사람, 타인과 공감할 줄 아는 사람, 의미를 부여할 수 있는 사람, 다양한 사고를 가진 사람들의 시대"라고 했다. 한가할 때에 창의력이 살아난다. 지금까지 우리가 소홀했던 여가생활은 창의성을 이끌어내는 가장 훌륭한 수단이다. 그런데 창의성은 현실과 동떨어진 것을 생각해 내는 것이므로 남들이 보기엔 아무것도 하지 않는 게으름으로 보일 수도 있다. 그런데 감성의 시대로 접어든 현실은 전혀 새로운 사고와 행동양식, 과거로부터의 단절을 요구하기 때문에 결과적으로 기존의 행동양식과의 마찰을 감내해야 하는 것이 현대인이 처한 딜레마다.

그렇다고 한 번뿐인 소중한 한평생을 무의미하게 보낼 것인가. 앞서간 사람들이 그랬듯이 때늦은 감은 있지만 이 시점에서 거듭나는 용기가 필요하다. 동서고금의 내로라하는 사람들도 아픔을 참고 마침내 꿈을 이루었다. 흔히 꿈은 꿈일 뿐이라고 말하지만 꿈은 꿈꾸는 사람의 것이고, 이루겠다는 다짐과 노력이 있을 때 꿈은 이루어진다. 성공을 가능케 하는 원동력이 바로 꿈이다. 놀며 쉬며 꿈을 꾸는 그 자체가 희망이요, 행복이 아닐까.

(참여문학, 2009. 겨울)

아름다운 삶

아이돌 유혹

요즈음 대중음악은 아이돌 그룹이 대세다. 단조롭게 이어지는 솔로나 듀엣으로는 취향이 다양한 시청자들을 감동시킬 수 없다. 그래서 다섯으로, 아홉으로, 열 셋으로 멤버가 점점 불어나고 있다. 얼굴이 예쁘장하고 춤 잘 추는 가수들이 무리를 지어 무대 위에서 뛰고, 구르며, 섹시한 몸짓까지 서슴지 않고 한바탕 무대를 뒤흔들 때면 시청자들은 떼거리로 등장하는 아이돌 그룹을 보고, 정신을 놓고 열광하며 스트레스를 날려버린다.

시청자를 빠져들게 하며 폭발적 인기를 누리는 떼거리 문화의 진원지는 어디일까. 미국 청소년들이 뮤직비디오에 나오는 마이클 잭슨이나 듀란듀란을 열광하는 것을 보고, 얼굴이 예쁘장하고 춤 잘 추는 가수들이 성공할 수 있으리라는 데 착안하여 깜찍함이나 카리스마, 섹시 등 개성적인 이미지를 앞세워 마케팅 전략으로 만들어진 그룹이 아이돌 그룹이다. 예리하게 시청자의 취향을 파악하고 절묘하게 흥행에 초점을 맞춘 앞서가는 생존전략이다.

    그런데 아이돌 그룹은 그 무엇보다 더 강렬하게 시각적 유혹으로 시청자를 매료시킨다. 시청자의 시선을 사로잡고 빠져들게 하는 것은 어쩌면 그들의 노래보다는 춤이라고 할 수 있다. 걸 싱어 그룹 쥬얼리는 살랑살랑춤을, 브라운아이드걸스는 시건방춤을, 카라는 엉덩이춤을 히트시키며 국민적인 걸 그룹 반열에 올랐다. 이들의 공통점은 특정 신체 부위를 개성을 살려 강조하고 있다. 특히 엉덩이와 허벅지를 강조한다. 최근 꿀벅지란 신조어가 등장하여 입에 오르내리는 것도 그러한 결과의 산물이다. 꿀벅지란 꿀과 허벅지의 합성어로 튼실하고 건강미 넘치는 허벅지를 가리킨다. 지나친 성적 표현이 끈적끈적하긴 하지만 청소년다운 낭만적이고 상큼한 표현이라는 느낌도 든다.

    그리고 아이돌 그룹은 활동무대를 넓혀 국내는 물론 비행기를 타고 중국으로 날아가고, 일본으로 날아다니는 한류의 주인공들이다. 뿐만 아니라 그룹 내에서 팀을 나누어 시청자의 입맛에 맞게 트로트도 부르고, 발라드도 부르고, 댄스곡도 부른다. 서로 다른 무대에서 전혀 다른 색깔의 노래를 부르며 뭉쳤다 헤쳤다 자유자재로 깜짝 변신을 한다. 다양한 모든 계층을 대상으로 맞춤형 서비스를 하기 때문에 어디를 가나 그들의 독무대이고, 고수익이 보장되는 귀빈들로 자리매김한다. 이와 같이 솔로들로선 상상도 할 수 없는 새로운 구성을 하고 활동을 한다. 그 결과 히트곡 하나로 반짝하다가 시들해지면 장기간 침체의 늪에서 헤어나지 못하고, 불운하면 영영 기억에서 잊혔던 지난날 솔로들의 고민을 해결하였다.

이러한 떼거리 문화는 대중음악만의 일은 아니다. 요즈음은 MC도 팀플레이가 대세다. 오락 프로를 보면 누가 MC이고 누가 게스트인지 알 수 없을 정도로 MC가 보통 두세 명인가 하면, 출연자 전원이 MC 역할을 하기도 한다. 지난날엔 카리스마를 휘두르는 한 사람이 MC를 맡고, 출연자들은 그의 말 한 마디에 등장하고 퇴장했다. 그리고 시청자는 일사불란한 진행을 바라보는 것으로 만족해야 했다.

그런데 시청자는 끊임없이 바뀐다. 각각의 세대가 선호하는 커뮤니케이션 방식 또한 계속 변화한다. 게다가 한국의 시청자들은 미디어 발달에 힘입어 그 어느 나라보다 눈높이가 높다. 시청자들은 일방적인 수용을 거부하고, 일반화된 것에 싫증을 느끼고 새로운 것을 찾아 나선다. 단순한 관찰자나 소비자가 아닌 적극적으로 커뮤니케이션에 참여하고 스스로 리더가 되고 싶어 한다. 모든 일에 개입하기를 좋아하고, 개성과 특기가 다른 사람들을 조화시켜 다양성과 순발력을 갖춘 뛰어난 팀으로 만들 것을 주문한다. 그러므로 다양한 욕구 충족을 위하여 단독으로 팀을 이끄는 것은 한계가 있다. 순발력을 발휘할 수 있는 창조적이면서도 복합적인 팀플레이는 선택이 아닌 필수라고 할 수 있다.

급변하는 현대사회의 리더는 돌발 상황에 처한 리얼프로그램의 MC와 같다. 프로그램을 진행하는 가운데 돌발 상황이 발생했을 경우, 리더는 순발력을 발휘하여 적절한 방향을 설정해야 한다. 그리고 게스트가 각자의 몫을 다할 수 있도록 역할을 제시해야 한다. 리더의 역할에 따라 개인이 능력 이상의 성과를 올릴 수도 있고, 팀으로 성과를 거둘 수도 있다.

그러므로 리더가 시청자의 입맛에 맞추고 설득하기 위해서는 진화해야 한다. 미래사회는 팀플레이를 통해서만 발전 가능하다. 아주 뛰어난 한 사람으로는 더 이상 만족하지 못하는 시청자 앞에 홀로 서는 것은 시청자를 무시하는 위험한 처사이며, 시청자를 포기하는 못난 짓이다.

팀플레이는 시청자의 욕구에 화답하는 전략이며, 조직을 꾸려가는 최후의 방편이다. 팀플레이는 작게는 한 가정에서부터 크게는 한 국가에 이르기까지 협업과 분업을 통한 생존전략으로 구성원에게 주어진 숙명적 과제다.

(한맥문학, 2010. 1)

수락산에 가면 길이 보인다

오늘은 기차바위(홈통바위)를 타고 수락산 정상에 오를 작정으로 서울 지하철 7호선 장암역에 내렸다. 하던 짓도 멍석 깔아 놓으면 안 한다고 했던가. 지하철이 개통되기 전에는 몇 번 왔는데 참으로 오랜만에 찾은 길이라 생소한 느낌마저 든다. 지하철이 편리해서일까, 등산객도 이전보다 많다. 붐비는 지하철역을 빠져나와 사람들을 따라 건널목을 건너 조금 걸으니 왼쪽으로 노강서원, 바로 그 앞에 석림사 일주문이 있다. '수락산에 가면 길이 보인다'고 했던가. 속세를 뒤로 하고 일주문을 지나 석림사를 끼고 돌아들며 계곡만큼이나 깊숙한 부처님의 세계에 빠져드는 걸 실감한다.

물이 마르지 않고 흘러내린다고 하여 수락산, 더구나 간밤에 비가 내린 때문일까. 산 이름 그대로 어디서부터 흘러오는지 숲 사이로, 바위틈으로 온통 계곡이 물소리로 요란한데, 발길 닿는 곳마다 가을빛이요, 눈길 머무는 곳마다 불타는 단풍이다. 수락산에는 잘생긴 바위가 많기로 유명한 원도봉산만큼이나 예쁜 바위도 많다. 어쩌면 요염한 여인의 엉덩이 같기도 하고, 꿀벅지(허벅지) 같기도 한, 둥글둥글 사뭇 섹시한 은백의 화강암 바위들이 즐비하게 자리 잡고 내방객을 유혹한다.

눈요기가 어디 그뿐이겠는가. 바위틈마다 잘 배치된 소나무는 어느 화가가 회색 바탕에 툭툭 초록으로 점정(點睛)한 걸작 중의 걸작이라고나 할까. 그러나 화려한 베일 속에도 어려움은 있는 법. 나무는 즐기는 이의 생각처럼 편한 자리에서 마음껏 아름다움을 누리는 것만은 아닌가 보다. 새끼손가락보다 가녀린 뿌리로 곡예라도 하듯 아슬아슬하게 바위틈에 매달려 언제 천길 낭떠러지로 떨어질지도 모르는 불안감에 떨고 있다.

분재는 소나무가 으뜸이라고 했던가. 바위틈에서 분재보다 더 예쁘게 자란 소나무를 보며 나무가 누리는 안분지족을 떠올린다. 나무는 욕심을 부리지 않고 비옥한 땅이건 척박한 땅이건, 바위틈이건 벼랑 끝이건 가리지 않고 자신의 몸을 지탱할 수 있는 최소한의 뿌리만 내리고 살아간다. 이것이 나무들이 다른 나무로부터 버림받지 않고 숲을 이루고 동거할 수 있는 이유다. 그런 면에서 나무가 얼마나 철저한 금욕주의인가를 잘 말해주는 피보나치의 황금분할은 시사하는 바가 크다.

염치도 없이 나무 그늘을 찾아드는 인간의 모습을 보라. 금욕주의를 고집하는 나무들 틈에 자연 사랑은커녕 나무를 마구 짓밟고 할퀴는 인간은 야만에 가깝다고나 할까. 어디 그뿐인가. 숲을 찾아 둥지를 틀고 살아가는 산새며 다람쥐들을 '야호' 한 방으로 겁먹고 주눅 들게 한 게 어디 한두 번인가. 그것도 모자라 미물들의 먹이 중 열매란 열매는 깡그리 약탈해 가니 춥고 배고픈 긴 겨울을 살 수 없어 삶의 터전을 버리고 떠날 수밖에. 사람들은 모진 욕심 때문에 자연의 귀함이나 고마움은 고사하고, 자연에 대한 배려 없이 오만함으로 천혜의 안식처를 상실하고 있다는 것을 생각이나 하는지.

고개를 돌리니 숲 속에서 아낙 서너 명이 지나는 사람도 아랑곳 않고 무엇을 줍고 있다. 아마도 끝물 도토리를 줍고 있는가 보다. 언젠가 오대산에서 친구가 약초 캐는 아낙들을 보며 들려주던 약초꾼의 이야기가 생각난다.

흔히 생각하기로는 돈 없고 하찮은 사람들이 약초를 캐서 생계를 이어가는 것으로 착각하기 쉽다. 그러나 약초꾼은 아무나 할 수 있는 것은 아니다. 마음이 순수하고 정직한 사람만이 약초꾼이 될 수 있다. 그 옛날엔 약초꾼이 가난한 무지렁이가 아니라, 하늘이 주는 것을 거두는 신성한 직업이었다. 사냥꾼이나 땅꾼은 살생을 일삼지만 약초꾼은 생명을 존중하고 살리겠다는 간절한 소망을 가진 사람들이다. 옛날 허준 선생도 때로는 환자를 고치는 데 필요한 약초를 찾아 직접 산속을 헤매며 움막에서 밤을 새우기도 했다.

그리고 약초꾼이 되려면 다른 무엇보다 구도자(求道者)의 마음가짐이 있어야 하고, 생명을 살리겠다는 확고한 신념이 있어야 한다. 옛날이야기에 등장하는 신선이나 도사들이 바로 그런 약초꾼들이다. 그러니 약초꾼들은 돈벌이를 위하여 약초를 찾아다닌 것이 아니다. 좋은 약초를 캐서 병을 고치겠다는 간절한 마음으로 약초를 찾아다닐 뿐, 이해타산 같은 것은 애초부터 없었다. 약초를 캐러 산으로 떠날 쯤에 미리부터 목욕재계하고 정성을 모아 제를 올리고 입산하는 것만 보아도 그들의 간절한 소망을 알고도 남음이 있다.

인간은 욕심이 문제다. 살다 보면 없어도 되는 것들에 매달리어 쓸데없이 정신 소모를 한다. 우리의 삶이 안분지족하는 나무를 본받고, 이야기에 나오는 약초꾼처럼 살 수만 있다면 얼마나 좋을까. 무슨 일이건 채우는 것만이 능사가 아니다. 왼손이 하는 일을 오른손이 모르게 누군가를 도와주고, 그의 도움으로 나도 함께 성장하는 것이 바람직하지 않을까. 앞서가는 사람의 발목을 잡는 경쟁이 아니라 서로 도와주고, 자기 분야에서 함께 살 수 있도록 협력하는 것, 그것이 진정한 경쟁 곧 상생의 원리임을 알아야 하지 않을까.

이 세상 모든 것이 나의 소유라고 생각하고, 주먹을 불끈 쥐는 순간 모든 것은 내 곁을 떠나버린다. 그러나 이 세상 모든 것이 나의 소유가 아님을 알고, 두 손을 가볍게 펴는 순간 모든 것은 나에게 돌아온다. 이것이 공자의 버림을 통한 채움의 원리이다. 오늘을 살아가는 사람들이야말로 얻는 것과 잃는 것이 꿈과 같이 부질없음을 알았으면 좋으련만.

수락산에 가면 길이 보인다.

(문예비전, 2010. 3~4)

스위스 철도 이야기

오늘은 왕십리역에서 새로 개통한 전철을 타고 용문역*으로 가고 있다. 강 건너 검단산에서 바라보면 들락날락하는 열차가 마치 동화 속의 한 장면처럼 아기자기하고, 정겨운 터널 그리고 한강변을 질펀하게 잇는 철길은 해묵은 중앙선의 옛 모습과는 너무나 대조적이다. 또 7성급 호텔만큼이나 으리으리한 역사(驛舍)는 물론, 멋이란 멋은 다 동원하여 한국적인 소재로 절묘하게 꾸민 화장실은 국위선양에 수훈갑이라는 생각이 든다. 전쟁을 겪고 원조를 받던 가난한 국가에서 불과 반세기만에 원조를 하는 국가로 우뚝 선 경제 강국의 위용을 자랑하고도 남음이 있다. 그 어느 나라 열차에 비교해도 승차감이 뛰어나고 부티 나는 열차를 타고 가다가, 문득 스위스에 갔을 때 덜커덩거리던 열차를 떠올린다.

스위스 하면 만년설로 덮인 알프스의 봉우리가 생각난다. 그리고 눈이 시리도록 짙푸른 브린츠(Brienz) 호와 툰(Thun) 호의 옥색 물결

* 경기도 양평군 용문면 용문역길 18에 위치한 전철역

이 넘실거리는 아름다운 호반 인터라겐(Interlaken)을 빼놓을 수 없다. 하나 더 보태면 스위스는 유럽 제일의 철도 밀집 국가로 철도 왕국이다. 신은 스위스를 알프스에 가두었지만 스위스는 기술과 의지로 험준한 산악 알프스의 빙벽을 극복했다. 또 놀라운 것은 일찍이 환경문제에 착안하여 총 연장 5천㎞가 넘는 철도에 6천여 개의 다리와 671개의 터널이 있다. 철도 규모와 명성에 걸맞게 스위스의 환경의식은 상상을 초월한다. 어떤 화물차도 스위스를 통과할 때 도로를 주행할 수 없다. 하루 10만여 대에 이르는 화물차가 시동을 끈 채 열차에 실려 알프스를 통과한다. 스위스의 자랑인 맑은 공기, 아름다운 풍광은 흔히 생각하는 것처럼 하늘에서 떨어진 신의 선물이 아니라 그들의 노력으로 일구어 낸 값진 자산이다. 지난해 유네스코는 1904년 개통된 스위스 동남부 레티슈 철도를 세계문화유산에 등재했다. 자연과의 조화, 인간과 100년 이상 공존한 역사적 의미를 높이 평가한 것이다. 이처럼 이미 50년 전에 완공된 스위스 전철화사업은 100년 후를 내다보는 미래지향적 친환경 철도사업이었다.

연륜으로 따지면 우리나라도 스위스에 뒤질 게 없다. 우리나라는 스위스 레티슈 철도보다 오래된 한국 최초의 경인철도가 있다. 노량진에서 인천까지 33㎞를 1시간 40분에 주파한 경인철도가 일찍이 1899년 개통되었으니 한국 철도 역사는 100년하고도 10년이 되었다. 그러면 우리에게도 남들이 놀랄만한 환경의식은 있는 걸까. 10년이면 강산도 변한다고 했는데 110년이란 연륜에도 불구하고 물량

공세만 앞세웠을 뿐 아직 구석구석 부족한 환경의식이 옥에 티라고나 할까.

이러한 환경의식의 불감증은 어디에서 오는 것일까. 현대문명을 지배하는 건 인간 중심의 가치관이다. 물질적인 풍요가 곧 행복이라는 그릇된 가치관이 우리의 의식 속에 자리 잡고 있다. 인간을 위해서 자연이 존재한다고 생각하고 인간의 편리를 추구한 나머지 환경의 소중함은 아랑곳하지 않는다. 거기엔 생명존중 같은 것은 비집고 들어갈 틈이 없다.

그러니 언제나 소중한 것을 모르고 살아가는 인간이 문제다. 조물주는 욕심을 부리지 않고도 살아갈 수 있도록 세상 만물을 공평하게 창조하였다. 필요한 것일수록 많이 만들고, 그렇지 않은 것은 적게 만들었다. 잠시도 없어서는 안 되는 공기와 물이 그렇지 아니한가. 그보다 더 흔하고, 더 소중한 것이 어디 또 있는가. 우리가 대수롭지 않게 여기는 흔한 것들은 천한 것이 아니라 귀한 것이다. 반면 희소성 때문에 귀빈 대접을 받는 다이아몬드는 우리가 살아가는 데 별 소용이 없는 것이다. 다만 사람들이 허영에 들떠 쓸데없는 다이아몬드에 몰두하느라 에너지를 소모할 뿐이다.

이제는 '좀 더, 좀 더' 하는 덧셈의 생활에서 나눔의 생활로 패러다임을 바꾸어야 한다. 물질적인 풍요를 떠나 산업화 이전의 문명에서 참된 삶의 의미를 찾아야 한다. 좀 더 겸손하게 소중한 것들을 배려하고, 소중한 것들과 함께 하는 것으로 뜨거운 생활의 즐거움을 누려야 한다.

아이러니하게도 빈민이 많은 방글라데시는 국민 행복지수가 아주 높다. 가난한데 어떻게 행복할까, 납득이 안 간다. 과연 그들은 행복할까? 개인과 개별문화에 따라 행복의 정의가 다르다는 것이 해답이다. 100% 행복은 없겠지만 그들은 행복에 대한 가치기준이 다를 뿐만 아니라 행복이 찾아온다고 믿기 때문에 즐거운 마음으로 하루하루를 맞을 수 있다는 점이 우리와 다르다. 많은 것을 생각하게 한다.

환경과 인간은 하나다. 누구에게나 다음 세대는 소중하다. 현재로선 우리 스스로의 행복은 둘째 치고 우리 후손의 행복을 보장할 수 없다. 이제 물질적인 풍요와 편리를 앞세우는 인간 중심의 잘못을 벗어던지고 생명존중의 길로 나가야 한다. 이것이 우리 목숨만큼이나 소중한 후손을 지키는 길이다. 지금 지구촌은 존망의 위기를 맞고 있다. 위기는 기회라고 했던가. 때를 놓치지 말고 흔한 것은 흔한 대로, 귀한 것은 귀한 대로 저마다 아름다운 꿈을 꾸며 존재 의미를 인정받는 유토피아를 건설해야 한다. 스위스의 환경의식을 곱씹어볼 일이다.

(서울문학, 2010. 봄/ 산림문학, 2010. 봄)

탕평채

어린 시절 무더운 여름철이면 어머니께서는 갈무리했던 마른 미역을 깨끗하게 씻어서 미역 냉국(냉채)을 만들어 주셨다. 냉국이라고는 하지만 냉장고가 없는 시절이었으니 두레박 우물에서 새로 길어온 냉수에 미역과 오이채를 넣고 간장을 뿌린 것이었다. 꿀맛 같은 미역 냉국을 한 대접 들이켜고 나면 더위도 사라지고 배고픔도 잊을 수 있었다. 지금은 먹을 것이 흔하지만 그 당시엔 거르지 않고 세 끼 먹는 것만으로도 다행으로 생각했다. 별식이나 군것질거리는 명절이라든가 손님이 왔을 때가 아니면 좀처럼 구경조차 힘들었다. 모든 것이 귀한 시절의 별미였기 때문일까. 나이가 들어서도 어릴 적 미역 냉국의 상큼하고 시원한 그 맛은 잊을 수 없다.

요즈음은 과일과 채소의 재배기술도 발달하고, 수입도 자유로워 옛날보다 먹거리가 풍부하다. 게다가 웰빙 바람을 타고 싱싱한 과일과 채소에 소스를 얹은 야채샐러드가 사시사철 식탁에 오른다. 그렇지만 맵고 짠맛에 길들여진 때문일까. 나는 풋고추 고추장이나 된장

찌개에 수저가 먼저 간다. 짠맛도 매콤한 맛도 없고, 고소한 맛을 빼면 아무 맛도 없는 야채샐러드를 아이들은 잘 먹는데, 나는 아이들 앞에서 먹을 듯 말 듯 채신머리없이 젓가락질만 하다가 그만둔다.

맛도 나이를 타는 것일까. 나이를 먹으면 좋아하는 맛도 달라지고, 그리운 맛도 달라지는 것이 아닐까. 한평생 80이라면 전반 40은 식욕도 왕성하고, 감수성이 예민할 터이니 새로운 맛을 찾아 먹거리 체험을 하고, 후반 40은 식욕도 떨어지고, 체력도 떨어지니 지혜롭게 사부작사부작 지금껏 경험한 맛을 추억하는 여행을 하는 것이 아닐까. 나는 젓가락질을 멈춘 채 언젠가 텔레비전에서 본 옛날 궁중요리 탕평채(蕩平菜)를 떠올린다.

탕평책이 조선시대 정치적 상황의 산물이라면 탕평채는 탕평책을 실시하는 과정의 산물이다. 『서경(書經)』홍범조에 보면 '왕도탕탕 왕도평평(王道蕩蕩 王道平平)' 이란 구절이 있다. 왕은 자기에게 가깝고 먼 것을 따지지 않고, 오로지 능력에 따라 인재를 골고루 등용한다는 말이다. 여기에 탕평이 나온다. 사서삼경을 금과옥조로 떠받들어 온 우리 조상들에게 '탕평'은 신의 계시처럼 들렸으리라.

조선왕조 오백년은 절반 이상을 사색당쟁으로 보낸 비운의 왕조였다. 특히 조선 21대 영조가 즉위했을 당시에는 사색당쟁으로 나라가 조용할 날이 없었다. 크게는 동인과 서인으로 나누어지고, 다시 동인은 남인과 북인으로, 서인은 노론과 소론으로 갈기갈기 찢어져 당리당략을 앞세우고 서로 물고 뜯는 중에 나라 사정이 말이 아니었다. 왕비와 세자 책봉, 왕위 계승 같은 국가 대사는 말할 것도 없고, 사소한 일까지 사사건건 정치적 대결로 국력을 소모했다.

그런데 조선조 당쟁 역사를 보노라면 우리나라가 민주주의 종주국이라는 자부심마저 느낀다. 당쟁은 국력을 낭비하는 소모적인 정쟁이라고 질타하는 사람도 있겠지만, 각 당파의 소수 의견이 있다는 그 자체만으로도 높은 평점을 줄 만하다. 다만 소수의견을 존중하여 충분히 수렴하고 공통분모를 찾아 새로운 활로를 개척할 수만 있었더라면 더 좋았을 걸. 의견은 있으되 중지를 모으는 토론과정이 매끄럽지 못했던 것이 흠이라고나 할까.

호사다마라고 했다. 좋은 일에는 어려움이 따르기 마련이 아닐까. 개인이든 국가든 어려운 고비마다 누군가가 고통을 기꺼이 감수하면 많은 사람들이 그 길을 편하게 걸어갈 수 있으리라. 힘든 때일수록 고통을 떠안을 수 있는 사람, 그런 사람이 있을 때 단체나 국가의 유지 발전이 가능하다. 평화를 누리는 사람이 위대한 것이 아니라 평화를 만들어내는 사람이 위대하다. 영조는 당쟁을 잠재우고 나라를 바로잡기 위하여 당파를 초월하여 인재를 고루 등용하는 탕평책을 썼다. 영조의 탕평책은 왕권의 신장과 안정된 정국을 기조로 명분보다는 민생대책에 주력하였다는 데 의의가 있다. 어려운 시대에 백성을 위하여 고통을 감수한 임금, 영조가 위대한 이유다.

영조가 탕평책 실시를 선포하는 자리에 탕평채가 등장하였다. 우리나라의 세시풍속 백과사전인 『동국세시기』에는 계절 별식이 상세히 소개되어 있다. 싱싱하고 부드러운 식재료가 흔한 늦봄에서 여름 사이에 주로 먹는 궁중요리 탕평채는 초나물에 녹두묵을 썰어 넣고 무친 요리이다. 묵, 볶은 고기, 숙주, 미나리, 물쑥을 함께 넣고 참기름, 초간장으로 고루 버무려 옮겨 담은 후 그 위에 달걀지단, 김채, 실고추 등을 고명으로 얹어낸다.

그리고 탕평채에 들어가는 식자재의 색깔은 사색당파를 상징하고 있다. 미나리의 푸른색은 동인을, 청포묵의 흰색은 서인을, 쇠고기의 붉은색은 남인을, 김의 검은색은 북인을 상징한다. 여러 가지 식자재가 어우러져 아름다운 색깔로 향기로운 맛을 내면서도 각각 고유의 맛과 색깔을 유지한다. 의견을 모아 공통분모를 찾되 독점도 없고, 버림도 없이 모든 의견이 존중되는 가장 이상적인 민주주의의 원리와 상통한다고나 할까.

탕평채는 각 당파가 서로 어우러져 일신우일신(日新又日新) 하는 새 나라를 만들겠다는 영조의 충정과 신념을 담은 웰빙 샐러드다. 오늘날로 말하면 화합과 소통의 심오한 철학이 유감없이 발휘된 걸작이라고 할만하다.

(참여문학, 2010. 봄/ 산림문학, 2010. 봄)

무어라고 부를까요

며칠 전 집사람과 함께 은행에 갔다. 월급을 찾아 정기예금으로 돌리는데 카운터 여직원이 아버님 마음대로 넣고 뺄 수 있고, 단 하루를 맡겨도 높은 이자가 붙는 편리한 상품이 나왔으니 급여통장을 바꾸란다. 예쁜 아가씨가 말도 다소곳이 아버님이라고 하기에 친절하다는 생각은 하면서도 한편으로는 마치 나이 든 시아버지 부르는 것 같기도 하고, 내가 왜 네 아버지냐 싶어서 기분이 좀 그랬다. 그리고 아내와 집으로 돌아오는 길에 과일 가게 앞을 지나는데 가게 총각이 어머님 잘 익은 꿀사과가 들어왔으니 들여가란다. 요즈음은 이 세상에서 가장 소중한 이름 '아버님, 어머님'이 병원, 은행, 길거리 어디에서나 나이든 사람의 호칭이 되어버렸다.

우리말, 우리글을 지구촌에서 가장 실용적이고 과학적이라고 자화자찬하지만 실제 생활에서 우리말 호칭은 실용적이라기보다는 혼란스러울 정도로 복잡하다. 서양에서는 대통령이든 사장이든 교수든 '존'이니 '빌'이니 퍼스트 네임으로 부르는 것이 일상화 되어 있어 누가 누구 이름을 불러도 마음 거슬릴 일은 없다. 그런데 우리말은 관용어가 발달되어 있어서 안에서나 밖에서나 나이 따지고, 항렬 따지고, 기혼 미혼 따지고, 학교 선후배까지 따지다 보면 적절한 호칭을 찾기란 그리 쉽지 않다. 우리말에 익숙지 못한 외국인들이 한국말을 배우기가 어렵다고 하는 이유도 그 때문이리라.

그렇다고 우리말에 쓸 만한 호칭이 없는 것은 아니다. 한 예로 우리말엔 본명 이외에 자(字)도 있고, 호(號)도 있다. 그러나 자나 호만 하더라도 일부 상류층 사람들이 서화를 완성하고 자작(自作)의 증거로서 적어 넣는 낙관(落款)이나, 도자기 같은 공예품에 제작자를 밝히는 명(銘, 제작자 서명날인)에 쓰일 뿐 보통 사람들의 일상생활에는 별로 쓸 일이 없다.

그리고 부부가 평생 입에 달고 다녀야 할 '여보(여보시오)'라는 호칭만 하더라도 골방 깊숙이 잘 보관해 둔 골동품마냥 생소하기만 하다. 요즈음이야 결혼 전에 살림집을 마련하여 분가부터 하고 단 둘이 사니까 자기라고 부르고, 여보라고 불러도 눈치 볼 일이 없다. 그러나 지난날 대가족 층층시하에서는 부부간에 여보라고 부르는 것이 그리 쉽지만은 않았다. 신혼 때에는 쑥스럽기도 하고, 어른들 눈치 보느라 어물어물 넘어가고, 아이가 생기면 큰아이 이름을 빌어 누구 엄마, 누구 아빠라고 부르면서 비로소 부부의 호칭이 분명해진다.

이런 경우 호칭은 있어도 이런저런 사정으로 호칭 사용이 일반화

되지 못한 것이 문제라고나 할까. 그러니 때로는 그냥 이름을 불러 편할 수도 있지만 적절한 호칭을 찾지 못하여 가족끼리도 직장에서도 문제를 일으키는 걸 어찌하랴.

내가 근무하던 학교에 아저씨라는 호칭을 아주 싫어하는 기사가 있었다. 무슨 바람이 들었는지 기사라고 불러달라는 것이 그 사람의 바람이었다. 그런데 고집스럽게도 언제나 기사를 아저씨라고 부르는 여선생이 있었다. 어느 날 그 여선생이 자기 담임학급의 부서진 의자를 고치기 위하여 기사를 찾아갔다. 그날도 여선생은 늘 하는 습관으로 기사를 아저씨라고 불렀다. 화가 난 기사가 그 여선생을 보고 "아줌마, 여기는 아저씨가 없으니 다른 데 알아봐요"라고 하여 졸지에 아줌마가 된 여선생도 있다. 어디 그뿐이랴. 직장에서 남자 직원이 여직원을 보고 이름이 생각나지 않아 "어이" 하니까 민감한 여직원이 "김 씨, 나 불렀슈"라고 한다. 이쯤 되면 그야말로 막가자는 게 아닐까. 망신도 이 정도면 수준급이라고 하겠다.

그런데 이 세상에서 사랑으로 내 이름을 가장 많이 불러준 고마운 분이 어머니가 아닐까. 우리는 한평생 누군가가 어머니처럼 사랑으로 나를 불러주기를 간절히 바라는지도 모른다.

어머니는 아니더라도 누가 나의 빛깔과 향기에 걸맞은 이름을 불러 준다면 얼마나 고마운 일인가. 더불어 사는 삶 속에서 정겨운 목소리로 나를 불러줄 사람이 있다는 것만으로도 큰 축복이리라. 아름다운 호칭 한 마디에 마음을 열고 십년지기가 되고, 영혼이 오고 가는 말 한 마디로 서로 사랑하고 행복을 나눈다. 처음 만난 사람일지라도 원만한 인간관계를 가능케 하고, 상대방 마음의 빗장을 풀어주는 호칭이야말로 그 소중함을 다시 말해 무엇 할까.

다행스럽게도 요즈음 인터넷이 대중화 되면서 이름에 '님'을 붙이는 건 진일보 발전한 모습이라고 할 수 있다. 그런데 같은 존칭의 의미는 있지만 이름 밑에 쓰이는 ○○ 씨는 무난한데 성에 붙인 김 씨, 이 씨 등은 잘못된 것은 아니지만 지난날 하찮게 부르던 호칭 같아서 듣기가 좀 그렇다. 인터넷만이 아니라 일상의 대화에도 이름에 존경의 의미를 실어서 ○○ 님이 원만할 것 같다는 생각을 해 본다.

나는 모임 장소에 가면 박사라는 호칭을 자주 쓴다. 사람들이 합석한 자리에서 상대방의 직함을 부르다 보면 직급의 높낮이가 말하는 입장이나 듣는 입장에서 기분 좋지 않을 때가 더러 있다. 그런데 김 박, 이 박처럼 성에다 박사 호를 붙이다 보면 박사 아닌 사람은 하나도 없고, 결국 박사 모임이 되곤 한다. 그래서 학력과잉현상이 일어나기는 하지만 나는 그 방법이 말하기도 좋고 상대방 기분도 잘 헤아리는 길이라고 생각한다.

그러나 듣는 이가 반기는 기색이 아니면 어떻게 할 것인가. 해답은 있다. 아예 처음 만날 때에 상대방에게 "무어라고 부를까요"라고 물어보고 맞춤형 호칭을 찾아보면 어떨까. 부르는 이도, 듣는 이도 부담 없이 좋을 테니 말이다.

(산림문학, 2010. 봄)

걸으며 생각하며

대한류마티스학회에서 〈동행, 함께 걷는 희망의 길 펭귄원정대〉
란 제하(題下)에 2박 3일(3월 5~7일) 일정으로 제주도 올레길을 함께
할 여성류마티스 환우를 모집한다. 환우뿐만 아니라 누구에게나 따
스함이 느껴지는 반가운 소식이다.

살다 보면 현실을 떠나고 싶을 때도 있고, 집착에 가까울 정도로
무언가를 찾아다닐 때도 있다. 그러나 환우들에게 있어 나들이는 간
혹 낯선 길을 떠나는 것처럼 두렵고 선뜻 내키지 않을 수도 있으리
라. 몸이 불편하다는 이유로 당신이 그토록 못마땅하여 푸념으로 넌
더리내는 오늘이 어제 죽어간 사람에겐 너무나도 간절했던 내일이
었다는 것을 기억하고, 만일 오늘이 당신에게 남은 인생의 첫날이라
는 것을 생각한다면 여유로운 마음으로 크게 심호흡을 해보라. 그리
고 오늘도 유익하고 즐거울 거라는 믿음을 가지고 집을 나서 보라.
집을 나서는 순간 모든 것이 행복으로 다가오지 않는가.

퇴계 이황은 소백산에 올라 영남학파의 이론적 체계를 잡았고, 조

선 최초의 전문 산악인 정란은 죽장망혜에 청노새 한 마리를 벗 삼
아 전국을 누볐다. 주세붕은 청량산에 올라 우리나라 최초의 서원
건립의 뜻을 세웠고, 남명 조식은 아예 지리산 자락 산천재에 터를
잡고, 그 유명한 『유두유록』을 남겼다. 이름을 남긴 내로라하는 사
람들은 하나같이 걸으며 생각하며 한평생을 보냈다.

　서양에서도 사상가, 철학자들은 걷는 사람들이었다. 흔히 철학 사
상가 하면 골똘히 생각에 잠기는 정적(靜的)인 모습을 떠올리지만 그
들에게 걷는 것은 사색이요, 깨달음의 과정이었다. 그리스 철학자들
에게 있어 깨닫는다는 것은 스승과 제자가 함께 학교에서 아폴로 신
전 사이를 오가며 대화하는 것이었다. 그리스에서 아리스토텔레스
학파를 소요학파라고 일컫는 것도 그러한 이유에서다.

　독일 쾨니히스베르크(칼라닌그라드)에는 칸트가 거닐던 길이 있고,
하이델베르크 시내에서 넥카강 카를 데오토르 다리를 건너 작은 오
솔길을 따라 올라가면 산기슭에 길이 나온다. 이 길은 괴테, 헤겔,
하이데거, 야스퍼스 등 하이델베르크대학에 몸담았던 당시의 유명
한 철학자들이 거닐며 사색에 잠겼던 곳이라 하여 '철학자의 길'이
라고 부른다. 그리고 덴마크 코펜하겐에는 키에르케고르가 거닐던
길이 있다. 그런가 하면 루소는 "나는 걸을 때만 명상에 잠길 수 있
다. 걸음을 멈추면 생각도 멈춘다"고 했다. 오늘날 지구촌 관광객들
은 루소의 말을 추억하며 그들의 발자취를 따라 산책길에 나선다.

　그런데 참선도 세월을 따라 진화하는가 보다. 불교 선종에서는 안

거(安居)라 해서 산문의 빗장을 걸어 잠그고, 선방에 결가부좌하고, 정진하는 것이 석가모니 이래 전통이었다. 한 치의 게으름이나 누구와의 대화도 절대 허용되지 않는다. 오직 자신과의 싸움을 통하여 번뇌와 망상을 떨쳐버리고 부처님의 진리에 도달하려는 피나는 깨달음의 과정이다. 동안거도 그것이다.

알려진 바에 의하면 요즈음 색다른 동안거가 눈길을 끈다. 한 스님은 "앉아 하는 것만이 참선수행은 아니다. 어떤 틀도 부정하고 모든 테두리를 타파하는 것이 선의 정신이다"라고 한다. 산문을 나와 자연과 대화하고, 길에서 만난 모든 것이 도반이라며 삶과 수행을 일치시키려는 모습이 인상적이다. 스님의 말씀대로라면 섭렵하기 힘들다는 자연이나, 깨닫기 힘들다는 부처님의 도가 그리 먼 곳에 있는 것만은 아닌 것 같다.

이러한 시대의 흐름을 반영하듯 한 이동통신사의 '제주도에 올레'가 눈길을 끈다. 헬로(hello)를 거꾸로 해서 만든 '올레 olleh'에 숨어 있는 깜찍스럽고 놀라운 역발상의 효과, 흥겨운 멜로디를 따라 반복되는 동작의 역동성에 누구든지 때와 장소를 가리지 않고 정신없이 빠져든다. 마침 걷기가 전 국민적 호응 속에 이미 제주도엔 올레길이 생기고, 머지않아 전국토를 일주하는 둘레길이 뚫린다고 한다. 정부안대로 된다면 내 사랑 머무는 조국강산을 자전거길을 따라 달릴 수 있다는 것은 생각만 해도 가슴 설렌다.

길은 처음부터 있는 것은 아니다. 누군가 한 사람이 가고, 더 많은

사람이 함께 할수록 더 큰 길이 된다. 함께 걷고, 함께 나누며 때로
는 생각이 다른 사람도 만나고, 자연을 벗 삼아 길을 걷다 보면 오리
무중 앞이 캄캄하고 복잡한 일도 해결의 실마리가 보이는 것이 아닐
까. 생각하며 마음으로 걷는 것과 마냥 바쁘게 허둥대며 걷는 것은
전혀 다르다. 아름다운 자연 속에서 맑은 공기를 마시며 소요음영하
노라면 영혼은 깨어난다. 그럴 때 마음 깊은 곳에 평화가 찾아들고
새로운 세상이 펼쳐진다. 그대는 그대 자신을 떠나 다른 어떤 것도
생각할 일이 아니다.

걸으며 생각하며 문제해결의 실마리를 찾을 수 있는 것은 신이 내
린 축복과 지혜라고나 할까. 삼라만상이 깊은 잠에서 기지개를 켜는
이 계절에 조국강산을 걸으며, 생각하며 조상들의 지혜를 반추하는
것은 어떨까.

(산림문학, 2010. 봄)

부탁

    내 친구는 미수(米壽)를 넘기신 어머니를 모시고 있다. 부모님이 칠순도 되시기 전에 일찍 떠나신 나에겐 항상 부러움의 대상이다. 그런데 친구는 담배를 좋아하지 않는데 매일 어머니께 담배 심부름을 시킨다. 어머니가 무료하다 싶으면 잔돈을 드리면서 "어머니, 담배 한 갑" 하면 어머니는 기다렸다는 듯이 반색을 하고 단숨에 골목 가게에서 담배를 사 오신다. 뿐만 아니라 친구 어머니는 별일 없이 심심하면 애원이라도 하듯 "애비야, 갔다 올까?" 하신다. 그러므로 일거리를 만들어서라도 잔심부름을 부탁드린다. 어머니께는 아들 심부름하는 것이 하루 중 가장 즐거운 일인지도 모른다.

    얼핏 생각하면 담배 가게를 지나쳐 기껏 집으로 돌아와서 새삼 담배 심부름을 시키는 대책 없는 아들이라고 생각할 수도 있으나, 친구 말대로 어머니 운동도 시키고, 즐거움도 드리는 어머니 기쁨조라는 말에 수긍이 간다. 담배 심부름을 반기는 모정도, 친구의 어머니에 대한 극진한 효성도 어쩌면 알 것 같다.

어머니의 자식 사랑은 조건부가 아닌 무조건 사랑이리라. 자식이라면 아무리 어려운 일이라도 거절도 않고, 힘든 내색도 않고 들어주는 분이 어머니가 아닐까. 묻지도, 따지지도 않고, 주고받으며 살아가는 것이 모자간의 정일 것이다. 그러니 진정으로 넘치는 베풂은 이 세상의 어머니께서 찾고 본받을 일이다. 그리고 모정 못지않게 뜨거운 것이 친구의 어머니에 대한 배려라고 할 수 있으리라.

친구 이야기를 들으며 부탁도 능력이라는 생각을 한다. 주위에 보면 일을 저지르기도 잘하고, 대충대충 마무리도 잘하는 사람이 따로 있다. 그런 사람들의 공통점은 큰일이든 작은 일이든 상대방 분위기를 파악하여, 부탁부터 하고 보는 부탁의 고수들이다. 결국 재치 있게 부탁을 잘하는 사람이 두루뭉수리 수월하게 일도 잘 풀어간다. 우리 속담에 체면도 염치도 없이 넉살이 좋은 여자를 '넉살 좋은 강화년이라'고 하는 속된 말도 있긴 하지만, 내숭을 떨기보다는 가끔 찾아와서 넉살 좋게 밥도 같이 먹고, 푸념도 털어놓는 사람에게 우리는 더 쉽게 귀를 기울이고 맞장구치는 걸 어찌하랴.

그러나 대부분의 사람들은 부탁하는 데 익숙하지 않다. 내가 어떻게 그 사람에게 부탁을 해, 자존심이 상한다고 생각하는 사람도 있고, 부탁해 봤자 거절당할 게 뻔하다고 지레짐작으로 부탁 같은 것은 애당초 시작도 안 하는 사람이 있다. 그런데 부탁하지도 않고 처음부터 불가능하다고 생각하는 것은 자포자기만큼이나 무모하고 어리석은 일이다. 자존심 상하고, 때로는 내키지 않더라도 자신의 속

마음을 보여줘야 상대방이 들어주든 말든 할 것이 아닌가. 내가 부탁을 하든, 남의 부탁을 들어주든 그것을 지나칠 정도로 어려워하거나 망설일 필요는 없다. 무리라고 생각했던 일도 실제로 부탁을 하면 의외로 순순히 해결될 때가 많다. 옛말에 '우는 아이 젖 준다'고 하지 않던가. 그래도 칭얼거려야 관심이라도 가져줄 것이 아닌가.

다만, 어려운 부탁을 할 때에는 혹시 거절당하더라도 원망하지 않겠다는 마음속 다짐이 필요하다. 그래야 부탁이 받아들여지지 않더라도 원망도, 실망도 크지 않을 테니 말이다. '중매는 잘하면 술이 석 잔이고, 못하면 뺨이 석 대라'는 속담도 있다. 중매는 잘했다 하면 겨우 술 석잔 대접받을 정도요, 반대로 잘못 되면 도리어 뺨을 맞을 것이니 함부로 할 일이 아니라는 말이다. 부탁하는 것도, 부탁을 들어주는 것도 어려운 것임은 말할 필요도 없다.

그리고 부탁한 일이 이루어졌을 때 진심으로 깊이 감사할 줄 알아야 한다. 고맙다는 진정어린 말 한 마디에 부탁을 들어준 사람은 들어주느라 힘들었던 기억도 말끔히 잊고, 오히려 들어주는 과정에서 혹시라도 소홀하지 않았나 돌아보지 않을까. 그럴 때 부탁도, 들어주기도 일회성으로 끝나지 않고, 새로운 인연으로 이어질 수 있으리라. '뒷간에 갈 적 맘 다르고, 나올 적 맘 다르다'는 비아냥거리는 말도 있지 않은가. 마음에 새겨둘 일이다.

그런데 부탁만 어려운 것은 아니다. 남의 부탁을 들어주는 것은 그보다 더 어려운 일이다. 들어준 결과는 꼬리표처럼 따라다니며 들어준 사람의 그릇과 능력을 평가하는 척도가 된다. 부탁을 들어주면 소문은 냄새처럼 퍼져서 사람들 사이에 칭송의 대상으로 남는다. 부탁과 들어주기는 동전의 양면과도 같은 것. 그러니 '역지사지' 자기 자신이 어려운 부탁을 할 때, 힘들고 간절했던 것을 생각하며 다른 사람의 부탁을 친절하게 들어줄 일이다.

살다 보면 부탁도 하고, 또 남의 부탁을 들어주기도 하면서 살아가기 마련이다. 부탁을 하든, 들어주든 원망도 후회도 않고, 부탁을 하는 쪽은 미안한 마음으로 하고, 들어주는 쪽은 귀찮다고 생각하기보다는 잘 들어줄 수 있을까를 생각한다면 더불어 삶에 복음이 되리라. 부탁과 들어주기는 사람 사이에 소통의 길을 열어주는 징검다리라고나 할까. 독선의 천재보다는 소통의 달인이 되어야 더불어 살아남을 수 있는 오늘이기에 부탁과 들어주기가 사람들 사이에 회자되는가 보다.

(참여문학, 2010. 여름)

엣지(Edge) 있게

초콜릿 판촉행사가 밸런타인데이라는 지구촌 축제를 탄생시킨 것처럼 흥행에 성공한 판촉행사에는 유행을 선도하는 계층이 혜성처럼 나타나서 매출 고공행진을 이끌어간다. 그리고 새로운 소비계층의 등장은 지나친 흥행을 조장하기도 하지만 경기를 부양시키는 긍정적인 효과도 가져온다.

지난해에도 세태를 반영하고 시대상황을 풍자하며 유행을 선도하는 기발한 신조어들이 난무했다. 그중 대표적인 것으로 '엣지(edge) 있게'와 '엣지족(edge族)'의 등장을 꼽을 수 있다. 멋지고 개성 넘치는 패션을 선호하는 엣지가 드라마 열풍을 타고 엣지족으로까지 발전한 것이다. 자기만의 독특한 스타일과 개성미를 추구하며 인간의 욕구를 앞세우는 엣지족은 패션디자인, 문화예술 등 유통시장 곳곳에서 최고의 유행코드로 등극했다.

이것을 증명이라도 하듯 요즘 패션시장에서 젊은 소비자에게 가장 잘 어필하는 말은 엣지다. 엣지는 10대에서 30대 소비자들 사이에는 '뚜렷한 개성' '최신 스타일' 등으로 널리 알려져 있다. 이런 트렌드를 리드하는 부류를 의미하는 엣지족은 고리타분한 Job티에서 벗어나 유행이나 트렌드를 이끌어가면서 자신만의 독특한 스타일을 만들어가는 우리 주변의 멋쟁이들이다.

그런데 엣지족을 보노라면 외모만의 멋쟁이가 아니라 내면도 가히 칭송할만하다. 무엇보다도 따뜻하고 상냥하면서도 내면적인 카리스마가 호감을 준다. 그리고 개성을 살린 파격적인 자기 스타일로 끼와 열정을 유감없이 발산한다. 필요에 따라서는 정장을 벗어던질 정도로 개방적이며, 캐주얼에 익숙하고, 아저씨 티가 아닌 자기만의 티를 과감하게 나타낸다. 엣지족은 이와 같이 멋을 앞세우고 감성을 자극하며 요원의 불길처럼 일반 대중 속으로까지 영역을 넓혀간다.

그렇다고 엣지족이 새삼스러운 것만은 아니다. 이와 유사한 부류는 이미 오래전에도 있었다. 80년대엔 부모의 부를 미끼로 하여 퇴폐적인 소비문화를 즐기는 오렌지족이 있었고, 흥청망청하는 오렌지족과는 달리 자신이 벌어서 소비생활을 즐기는 시피(Cipie)족도 있다. 그리고 시대의 흐름을 선도하는 유명 디자이너의 하이터치 패션을 즐겨 입고, 각종 공연장과 전시장을 들락거리며 멋을 부리는 아티젠(Art Generation)이 있는가 하면, 인기 전문직에 종사하면서 분위기를 찾고 자신을 가꾸는 일에 아낌없이 투자하며 삶의 질을 향상시키려고 노력하는 댄디족도 있다.

엣지족은 특히 외모를 중시한다. 이것이 엣지족이 마케팅과 찰떡

궁합으로 동거하며 주목받는 이유다. 마케팅에서 외모는 강력한 무기이자 경쟁력이다. 잘생긴 사원의 영업 실적이 그렇지 못한 사원보다 뛰어나다는 연구결과가 설득력이 있다고나 할까. 누구도 반박 못할 정도로 외모는 모든 분야에서 전지전능한 경쟁력으로 작용한다. 그리고 얼굴과 더불어 사람을 가장 노골적으로 표현하는 것이 스타일이다. 지금까지는 넥타이에 정장이란 고정관념으로 개성이 발붙일 틈이 없었다. 개성을 무시한 채 행동이 비슷한 사람, 생각이 비슷한 사람끼리, 도토리 키 재듯 조금이라도 더 돋보이려고 서로 눈치를 본다. 이러한 기성세대의 허점을 공략하는 것이 엣지족의 전략이다.

그리고 엣지족은 스타일을 강조하고, 디자인시장은 스타일을 강조하는 엣지족을 귀빈 대접한다. 사람의 기분이란 것이 스타일 하나에도 천당과 지옥을 오고간다는 말을 실감나게 보여주는 것이 엣지족이다. 엣지족을 겨냥한 제품들은 스타일뿐만 아니라 색상과 디자인, 마케팅까지 차별화되어 있다.

이와 같이 디자인시장은 엣지족을 앞세우고 유행을 선도한다. 디자인시장은 화려한 최신 '엣지'와 고전적 '클래시쿠스(경기침체의 장기화 속에 신뢰할 수 있는 기존제품을 선호하는 소비자층)' 두 얼굴로 소비자를 공략한다. 화려하고 강렬한 색상, 평범함을 거부하는 디자인은 엣지족을 겨냥한 제품에 공통적으로 나타나는 특징이다. 제품 본연의 기능과 함께 들고 다니기만 해도 엣지 있다고 평가받을 수 있는 개성 있는 스타일이 최소한의 필수조건이다. 이러한 요구에 호응이라도 하듯 요즈음 엣지족을 겨냥한 신상품과 서비스가 봇물처럼 쏟아지고 있다.

엣지 스타일은 심지어 음료에도 적용된다. 글라소 비타민 워터는 엣지족의 눈길을 끄는 대표적인 음료이다. 빨강, 노랑, 파랑 등 여섯 가지 색상으로 만들어진 제품 그 자체로 디자인 효과를 톡톡히 발휘하고 있다. 소비자들은 맛만 선택하는 것이 아니라 자기 옷에 어울리는 색상의 음료수를 선택하여 빨대를 입에 물고 거리를 활보한다. 언제까지 엣지에 몰입할 건가, 정말 클래시쿠스는 사라질 건가, 여기에 마케팅의 고민이 있다.

엣지족이여, 남들과 달라야 한다는 조바심이 어느 순간 자신을 나락으로 떨어뜨리고, 그토록 자랑스럽게 생각하는 자신의 모든 것은 무늬만 찬란한 드라마로 끝난다는 것을 알고 있는가. 그러니 욕심을 앞세우고 독특한 스타일과 개성미에 올인하는 것은 생각할 일이다. 특별하다는 건 무언가에 기대어 얻어낼 수 없다는 것을 명심하라. 어디까지나 새로운 자신의 모습을 보여줄 일이다. 한결같은 유혹의 비밀은 내면에 있을 테니 말이다.

생명이 약동하는 계절이다. 삶을 상큼하게 바꾸고 싶으면 고리타분한 티를 벗고, 나름의 티를 내라. 그리고 순간의 유행에 휩쓸리지 말고 자기만의 시너지 파워로 보란 듯이 멋지게 살아남아야 한다. 이제 엣지족은 멋이나 부리는 소비계층의 대명사가 아니라 의식구

조를 100% 리모델링한 명품 엣지족이 되어야 한다. 그리고 이왕이
면 재미있게 도전적 창조정신과 엔터테이너 정신으로 세상에서 본
적이 없는 아이디어를 창출하라. 그리고 내면의 아름다움을 존중하
는 가운데 엣지 있게 유혹의 바람을 일으켜야 하지 않을까.

(한맥문학, 2010. 6)

학림사 솔바람소리

오랜 세월 우리의 귀중한 문화유산을 지켜온 역사적 공간으로서 절집은 자연과 조화롭게 어우러져 특별한 경관을 이루고 있는 자연유산의 보고라고 할 수 있다. 그러면 절집을 풍토성이 짙은 소중한 자연유산의 보고로 만든 일등공신은 무엇일까.

사찰경관을 수백 년간 주변 풍토에 걸맞게 자연스러운 형태로 유지시켜준 것은 나무 한 그루, 풀 한 포기, 기어 다니는 벌레 한 마리까지도 아끼고, 사랑하는 생명존중의 불교적 특성, 종교적 전통이 아닐까 싶다. 그리고 불교에 있어서 숲은 수행에 필요불가결한 공간이었기에 수행자들이 애지중지 가꾼 절집의 자연경관은 소중한 자연유산의 보고로 자리매김할 수 있었으리라.

그중에도 알뜰한 나무 사랑을 빼놓을 수 없으니, 나무 사랑은 그 누구도 석가모니를 따를 자가 없다. 먼 길을 떠나는 석가모니에게 제자들이 물었다.

"스승님이 보고 싶을 때 어떻게 하면 좋겠습니까?"

"나무를 심어라. 그 나무가 자라면 나를 보듯이 하여라."

이와 같이 석가모니의 나무 사랑은 각별했다. 그가 산에서 내려와 보리수나무 밑으로 수행처를 옮긴 것도, 깨달음의 장소가 산에서 나무로 바뀐 것도 나무 사랑 때문이었다. 깨달음은 물론이고 출생에서 입적까지 석가모니는 나무와 인연을 맺고 있다. 석가모니의 어머니 마야데비 왕비는 아소카나무 줄기를 잡고 오른쪽 겨드랑이로 석가모니를 낳았다. 그리고 사라수(沙羅樹) 숲에 드러누운 채 열반에 들었다. 그 사라수 숲을 학림(鶴林)이라고도 한다. 뿐만 아니라 망고나무와 대나무도 사랑했다. 망고동산과 죽림정사가 불교사에 올라있는 것도 그 때문이다. 그리고 석가모니는 출가 이래 평생을 맨발로 걸어 다니며 땅에 뿌리를 내린 나무와 자신이 하나임을 보여주었으며 나무와 숲을 지혜의 집이라고 하였다.

그리고 법구경(法句徑)에 보면 "여기에 두 길이 있으니 하나는 이익을 추구하는 길이요, 또 하나는 대자유에 이르는 길이다. 부처의 제자인 수행자들은 이 이치를 깨달아 남의 존경을 기뻐하지 말라. 오직 외로운 길을 가기에 전념하라"고 하였다.

보통 사람들은 홀로 있을 때 외로움을 견디기 힘들어한다. 그래서 조금만 적적하면 쓸데없이 냉장고 문이나 여닫는가 하면, 핸드폰을 만지작거리고, 리모컨으로 쉴 새 없이 TV를 켰다 껐다를 반복한다. 그러나 정신적인 세계를 추구하는 사람들은 홀로 있는 시간을 안절부절못하는 것이 아니라 오히려 사색하며 묵상하는 가운데 자기만의 내면세계를 즐길 줄 안다.

절집의 스님들이 틈만 나면 홀로 한적한 숲을 찾는 것도 그것이며 세상이 어수선할 때면 장삼에 바랑 하나 둘러메고 멀리 훌훌 세상을 떠나 혼자만의 시간과 장소를 찾는 것도 그것이다. 혼자만의 시간이 많으면 많을수록 부처님의 세계에 가까워질 수 있고, 세상사에 휩쓸리면 휩쓸릴수록 속세와 가까워지기 때문이리라. 홀로 있는 시간, 자기만의 시간을 즐기는 것은 수행자들에게는 선택이 아닌 필수다.

그런데 숲은 사람 됨됨이를 바꿔주는 위대한 스승이 될 수도 있고, 나름대로 모든 것을 의탁할 수 있는 위대한 종교가 될 수도 있다. 집착 곧 욕심을 버리는 것을 불가에서는 방하착(放下着)이라고 한다. 불자가 아니더라도 숲에 들 때 우리가 해야 할 일은 찌든 욕심을 버리고 자연의 아름다움을 담을 수 있는 그릇을 준비할 일이다. 찌든 욕심을 가지고는 훌륭한 스승도, 위대한 종교도 만날 수 없을 테니 말이다. 자기 자신의 내면세계를 조용히 지켜 나갈 수 있는 하루를 살 것이냐, 아니면 세상사에 매달려 하루하루를 무의미하게 보낼 것이냐 하는 것은 저마다 선택해야 할 나름의 몫이다.

숲의 재래적 기능은 수행과 명상의 공간, 임산물 생산 공간이었다. 그러나 이제 산사의 숲은 지난날 울력과 명상의 수행공간으로부터 누구나 마음만 먹으면 마음대로 누릴 수 있는 열린 기능공간이 되었다. 그리고 절집은 개인적 신앙과는 관계없이, 삶을 다독거리는 사람이면 누구나 삶의 내밀한 의미를 되돌아보게 하는 유익하고 자유로운 공간이다. 그렇게 거창하지 않아도 좋다. 시간이 허락하고, 마음이 울적할 때마다 생각나는 사람을 자유롭게 만나서 세상의 이야기를 주고받으며 친교할 수 있는 생활공간으로 거듭나고 있다.

천만다행으로 자연유산은 무궁무진하다. 숲이 우리에게 베푸는 풋풋한 향기와 아름다운 색깔은 우리의 코로 느끼고, 눈으로 본다고 해서 자연 상태의 것이 줄어들고, 다른 사람의 몫이 없어지는 것은 아니다. 고맙게도 숲이 아우르는 자연생태계는 우리 삶에 풍요를 가져다줄 정도로 넉넉하여 무한소비가 가능하다.

인간은 태어날 때부터 주변 환경으로부터 정서적, 심리적 영향을 받으며 성장하고 살아간다. 우리가 마음의 본향을 그리워하는 것도 그 때문이며, 누구나 시간만 나면 산행을 즐기는 것도 나름대로 자신의 내면에 자리 잡은 추억의 경관에 대한 그리움 때문이리라.

현대 문명이 자연과 유리된 삶을 강요할수록 인간은 본능적으로 자연과 생명에 대한 욕구가 더 강렬해진다. 지금 21세기의 지구촌은 정보혁명에 열을 올리고 있다. 그러나 더 중요한 것은 정보혁명이 아니라 우리의 정서적 카타르시스다. 과거에도 그랬듯이 21세기에도 숲은 우리의 정서를 정화시켜주는 훌륭한 보고가 될 것이다.

(산림문학, 2010. 가을)

퇴계를 그리며

　가진 것 없이 적당히 빈곤해야 영적인 삶이 탱글탱글 빛나는가 보다. 아름다운 이름을 남긴 사람들을 보면 한결같이 덩굴 채 굴러오는 부귀영화도 마다하고 청빈을 벗 삼으며 춥고 배고픈 고초를 서슴지 않았다. 재산과 명예는 한평생의 소모품일 뿐 채움보다는 비움이 뜻있는 삶을 이끌어 간다고 생각하고 끊임없이 영혼의 다이어트를 했다.

　선비로서 한평생 비움을 실천하기로 말하면 퇴계 이황만한 사람도 없다. 퇴계 선생은 조정의 부름이 있더라도 끝까지 고사하다가 부득이한 경우에는 한직을 택하였다. 명종 초에 단양 풍기 군수를 지낸 것도 그가 자청한 한직이었다. 그리고 잠시 내직에 있더라도 벼슬살이가 끝나기가 무섭게 한양에 머무르지 아니하고 고향으로 돌아가기를 무려 십여 차례나 반복하며 시대를 이끌어갈 인재를 기르는 일에 심혈을 기울였다. 도산서원을 세우고 젊은이들을 모아 가르친 것도 그런 것이다.

벼슬길은 높이 올라갈수록 오르는 순간부터 아래로 떨어질까 몸을 사리게 되지만, 바닥에 있으면 밑으로 떨어져봤자 그 바닥이므로 잃을 것도, 다칠 것도 없을 터이니 한직이었기 때문에 오히려 용기와 대담함을 잃지 않았던가 보다.

경북 안동 도산서원(보물 제210호)에 가면 오늘날처럼 좀스럽거나 아득바득하지 않고 여유를 가지고 멋지게 살았던 퇴계 선생을 만날 수 있다. 도산서원에 들어서면 안마당에 동재인 홍의재(弘毅齋)와 서재인 박약재(博約齋)가 좌우로 마주하고 있다.

홍의재는 도량이 넓고, 의지가 굳은 사람이 되라고 일러주고, 서재엔 '박약재(博約齋)'란 현판이 가르침으로 남아 세월을 지키고 있다. 박약재의 박(博) 자는 박사(博士) 할 때의 넓다는 뜻이고, 약(約) 자는 절약(節約) 할 때의 간략하다는 뜻이다. 학문을 넓게 하고, 예(禮)는 간소하게 갖추라는 뜻이리라.

조선조 오백년 동안 예에 매달리어 백성들의 삶이 몹시 불편하였음은 잘 알려진 사실이다. 퇴계 선생은 지나친 예의 불편을 생각하고 후학들에게 가르치기를 "학문을 익혀서 넓고 깊게 하되, 예는 간소하게 하라"고 하였다. 박약재라는 현판을 보는 순간 오늘 우리의 흐트러진 모습을 꾸짖는 퇴계 선생의 지엄함에 옷깃을 여미게 된다.

먹고 살기 힘들 때에는 대충 잊고 살다가, 먹고 살만 하면 굴뚝의 연기처럼 솔솔 피어나는 것이 '예'라고나 할까. 묘하게도 배고플 때에는 잊었다가 배가 부르면 예를 앞세우고 서슬이 시퍼런 예의 칼날에 자유분방한 청소년들이 오르내리기는 동서양이 다를 바 없다.

1994년 싱가포르에서 마이클 P. 페이라는 미국 소년이 장난으로 자동차에 페인트칠을 하고 교통표지를 훼손한 혐의로 4개월 징역과 2,215달러의 벌금형에, 여섯 대의 곤장을 맞은 일이 있다.

그때 클린턴 대통령과 마이클 고향의 하원의원이 태형은 어린 소년에게 너무나 잔인한 형벌이라고 싱가포르 정부에 재고를 요청하였고, 국제사면위원회까지 거들었지만 끝내 마이클은 곤장을 맞고 미국으로 돌아갔다. 당시 싱가포르의 통치 스타일을 놓고 논란이 일었었다.

그런데 중국은 지금 마이클 페이와 같은 사건에 비상이 걸렸다. 예의와 도덕을 방치했던 중국이 마이클 페이를 더 이상 방치했다가는 경제대국의 꿈마저 일장춘몽이 될지도 모른다는 우려로 다급해진 모양이다. 영화 '공자'를 만드는가 하면, 작년엔 공공외교에 87억 달러를 투입하여 세계 88개국에 282개의 공자학원을 운영하고 있다. '예'를 강조한 공자의 사상을 중국은 물론 전 세계에 전파하며 2010년 지금 다시 공자를 부활시키려고 한다.

그렇다고 남의 이야기만 할 것이 아니라 오늘 우리의 마이클 페이들은 어떻게 할 것인가. 초고속 성장으로 커질 대로 커버린 우리도 현실에 부합되는 도덕적 가치를 찾는 일에 심혈을 기울일 때라고 생각한다. 사회 기강을 흔드는 크고 작은 청소년 문제는 도덕적 해이를 말해주고 있지 않은가.

예도 시대의 변화에 따라 내용과 형식이 진화한다. 그런데 기존의 예만을 고집하거나 상대방에게 강요하는 것은 스스로 올무를 쓰고, 상대방을 어려움에 밀어 넣는 일이라고나 할까. 현대처럼 다양한 가치가 공존하고 도덕적 원칙이 충돌하는 시대일수록 상대방을 공경하고 배려하는 마음에서 우러나온 규제라야 누구나 거부하지 않는 공평하고 유익한 예가 될 것이다.

어디 예만 그럴까. 삶 자체도 그렇다. 세상은 그렇게 녹녹하게 공평한 것만은 아니다. 부자 부모를 둔 덕에 떵떵거리는 사람도 있고, 지지리 궁상맞게 가난한 집안에 태어나 가혹하리만큼 힘들게 생계를 이어가는 사람도 있다. 하지만 누가 양질의 삶을 살았는가는 무엇을 어떻게 누렸는가를 가지고 판가름 나지 않는다.

어떤 시대에도 남을 배려하는 사람, 가진 것을 버릴 줄 아는 용기 있는 사람이 칭송의 대상이 되었다. 욕심을 버리고 떳떳하게 자신이 소망하는 길을 찾아 인생을 치열하게 불태우는 삶이 아름답다. 그러니 떳떳하고 행복한 삶을 살려면 탐욕과 아집부터 버려야 한다.

그런데 꿈이 있을 때에는 어려운 일을 시작하기 쉽다. 꿈을 실현할 수 있는 패기는 욕심을 버리고 세상을 액면 그대로 바라볼 수 있을 때에만 가능하다. 그러나 일을 원만하게 마무리 짓고 성공을 가져오는 데는 꿈도 꿈이지만 용기가 필요하다.

최고의 인간은 꿈이 사라졌을 때에도 가슴은 용기로 불탄다. 그런데 더 중요한 것은 세상에 훌륭한 이름을 남긴 사람들은 한결같이 하찮은 역할일지라도 맡은 일에 최선을 다하여 귀감이 되었다.

그래서 오늘따라 퇴계 선생이 우러러보이는가 보다.

(한국수필가연대 대표수필선 16집, 2010. 7)

아름다운 삶

'철학' 하면 고상한 품격이 느껴지지만 '관'을 붙여 '철학관' 하면 품격이 조금은 그저 그렇게 느껴진다. 철학이 민초들의 생활 속에 널리 전파되면서 남의 운명을 칼질하는 철학관(운명감정소)으로 자리를 잡았다. 좋게 보면 현대인들의 운명을 리모델링하는 디자이너들이라고나 할까.

내가 아는 사람 중에 운명철학계에서 손꼽히는 사람이 있다. 사십여 년 전, 삼 년간 같이 생활한 친구인데 얼마 전 우연히 지하철에서 만났다. 종로에서 운명철학관을 운영하고 있다기에 지나는 길에 그 친구 사무실에 들렀다. 마침 내방객이 없으므로 이 얘기, 저 얘기 하다가 어느 정도의 내공을 쌓아야 철학계에서 프로가 될 수 있느냐고 장난기 섞인 질문을 하였더니 한참만에야 어렵사리 말문을 열었다.

대학을 졸업하고 사업을 하다가 불행하게도 IMF 때 부도를 맞아 사업에 실패하고 옥살이를 한 일이 있단다. 무료한 하루하루를 보내며 실의에 빠져 있을 때 다른 것은 눈에 들어오지 않고 아는 사람이 갖다 준 역술서가 눈에 들어왔다. 옥살이를 하는 동안 다른 할 일은 없고 자나 깨나 책이 해어지도록 끼고 살았다. 출옥을 한 후에도 하루에 10시간씩 잠자는 시간만 빼고는 달리 일거리가 없으므로 오로지 그 책만 읽었다. 그렇게 한 10년쯤 지나니까 비로소 눈이 뜨이고 귀가 열리는 것 같더라고 했다.

역술계에서는 2만 명의 법칙이 있다. 적어도 2만 명 정도의 팔자를 칼질해야만 한 칼 휘두르는 고수가 된다는 말이다. 문제는 여기에 도달하기까지 어떻게 견디는지가 문제라고 한다. 어떤 역술가는 초보 시절에 운명을 점치러 온 미망인을 보고 "남편 복이 있어 잘 살고 있구만" 했다가 망신당하는가 하면, 결혼 궁합이 궁금하여 찾아온 미혼녀에게 "막내가 많이 아프구만" 했다가 혼쭐난 일도 있단다. 내 운명도 모르면서 남의 운명을 점치며 살아간다는 게 쉬운 일이 아닌가 보다. 어떤 분야든지 고수가 되려면 혹독한 대가를 치러야만 한다는 철리를 다시 한 번 확인하는 계기가 되었다.

운명을 점치는 철학만 그런 것이 아니다. 바둑도 만 독은 두어야 초단이 된다고 한다. 하루에 세 독을 두어도 10년 넘게 걸리는 무료한 세월이다. 피겨의 여왕 김연아는 인터뷰에서 똑같은 동작을 천 번 이상 되풀이한 후에야 고난도 연기를 할 수 있었다고 했다. 인간 한계의 뼈를 깎는 노력 이후에 터득할 수 있는 값진 대가라는 생각을 해본다. 옛 성현의 '독서백편의자현(讀書百遍義自見)'은 귀가 아프도록 들어온 터이지만 그 백 번 정도는 약과라는 생각이 든다. 전문가가 되려면 1만 시간의 집중이 필요하다고 한 경영사상가 말콤 글래드웰의 말이이야말로 설득력이 있어 보인다.

하지만 아이러니하게도 우리 주위에서 남다른 일을 해내는 사람 중에는 그 분야의 전문가보다 의욕이 충만하고 창의적인 비전문가도 의외로 많다. 전문가는, 날개가 있어도 사용하지 않아서 날지 못하는 칠면조처럼 무늬만 아름답고 잘난 자만심만 앞세우는 경우가 허다하다. 뿐만 아니라 인간의 일이란 나름대로 정상에 올랐다고 생각할 때 앞에는 또 다른 고난이 기다리고 있다는 것조차 알지 못하고 지레 겁에 질려 부끄럽게도 도전을 포기하는 경우가 허다하다.

서양 속담에 'No Pain, No Gain'이란 속담이 있다. 고통의 대가를 치르지 아니하고서는 아무것도 얻을 수 없다는 말이리라. 위대한 것일수록 그에 상응하는 대가를 치른 후에야 얻을 수 있다. 개인도 그러하고 나라도 그러하다. 누구에게나 도전할 일은 있다. 혹시라도 도전을 피한다면 그건 잠들어 있는 인생이다. 머뭇거리지 말고 적극적으로 도전과제를 찾아나서야 한다. 그런데 도전에는 고통이 따르는 걸 어찌하랴.

서양문학사에서 3대 걸작을 꼽으라면 첫째는 단테의 신곡, 둘째는 괴테의 파우스트, 셋째는 구약성서의 욥기를 꼽는다. 그중 욥기는 의인(義人)이 왜 고난을 당하느냐에 대한 성경적인 해답을 준다. 욥기는 말할 수 없는 고난과 탄식 중에서 고난의 참뜻을 깨닫게 하여 주는 내용을 담고 있다. 성경 66권 중에서 행복할 때에는 아가서를 읽고, 불행할 때에는 용기를 읽으라고 하는 이유도 그 때문이리라.

그런데 요즘 우리나라는 부끄럽게도 OECD 국가 중에서 자살률이 가장 높다. 인기 스타도, 재벌도, 전직 대통령까지도 자살하는 나라이다. 그런데 자살을 선택하는 이유는 삶이 힘들어서가 아니라 살아야 할 이유를 알지 못하기 때문이라고 심리학자들은 말한다. 그렇다. 꼭 살아서 도전해야 할 이유를 분명히 알고 있다면 어떤 시련도 능히 극복하고, 아름다운 삶을 이어갈 수 있을 테니 말이다.

한평생을 결산하는 마당에 인생의 가치는 어떻게 좋은 음식을 먹고, 좋은 옷을 입고, 좋은 집에서 호사스럽게 잘 살았느냐가 아니다. 값진 인생은 남을 위해 나의 한평생을 얼마나 치열하게 불태웠느냐에 달려 있다. 이 세상에 내가 있어야 할 이유, 살아야 할 이유가 나 혼자만을 위한 이기적인 것이 아니라, 이타적인 것으로 승화되었을 때 아름다운 삶을 살았다고 자부할 수 있으리라.

(한맥문학, 2010. 9)

동물의 왕국

나는 생생한 대자연의 세계가 펼쳐지는 TV 프로그램 '동물의 왕국'을 즐겨본다. 약육강식의 세계를 통하여 강자의 비정함을 보고 한편으로는 죽어가는 것들에 대한 애련함을 느끼고, 또 다른 한편으로는 살아가는 것들의 지혜를 배울 수 있어서 좋다.

'동물의 왕국'은 BBC를 비롯하여, 전 세계 일류 제작사들이 만든 고급 다큐멘터리를 엄선하여 우리말로 더빙한 프로그램이다. 아프리카의 초원지대는 물론, 사막, 협곡 등 세계 곳곳에 서식하는 동식물들을 총망라하는 프로그램으로서, 전문 제작사들의 노하우가 화면 곳곳에 묻어난다. 그리고 정확한 해설과 상황에 맞는 콩트는 시청자들이 생태계를 이해하는 데 부족함이 없다.

그래서일까 '동물의 왕국'은 주말 온 가족이 한 자리에 모여 편안한 마음으로 서로 대화를 나누며 시청할 수 있는 몇 안 되는 프로그램 가운데 하나이다. 시청자층이 세분화되고 욕구가 다양한 요즘 추세에 맞춘 컴퓨터그래픽의 화려한 무대가 아니라 카메라맨이 땀흘

려가며 직접 현장을 촬영한 화면 하나하나는 시청자들로 하여금 대자연의 위대함과 생태계의 신비를 직접 느낄 수 있는 값진 자료화면들이다. 아이들에게는 주옥같은 교육자료로, 바쁜 일상에 지친 어른들에게는 부담 없이 볼 수 있는 볼거리로서의 역할을 다한다. 그러므로 시청자층이 다양한 장수 국민프로그램으로 자리를 굳히고 있다.

'동물의 왕국'을 보면 적자생존의 법칙이 철저하게 지켜진다. 사자, 호랑이 같은 맹수를 비롯하여 굶주린 하이에나까지 합세하여 쫓고 쫓기는 먹이사냥은 시청자들을 긴장감에서 놓아주지 않는다. 그런데 나만 그런 게 아니다. 오래전 한 증권사에 갔다가 객장 마감 후에 소위 주식의 고수들이 '동물의 왕국'을 보며 몰입하는 것을 본 일이 있다. 그리고 어떤 전직 대통령은 '동물의 왕국' 마니아였다고 한다. '동물의 왕국'을 보기 위해 회의를 일찍 끝내기도 했다는 일화가 있는 걸 보면 '동물의 왕국'과 우리 인간의 생존전략이나 리더십 간에는 무슨 긴밀한 연관이 있는 건 아닌지 관심이 간다.

그런데 우리의 시선을 끄는 백수의 왕 사자의 사냥 성공률은 창피스럽게도 겨우 20%에 불과하다. 먹잇감을 노려보다가 순식간에 벼락 치듯 죽을힘을 다하여 덮치지만 500m 이상을 달리지 못한다. 그러므로 사자에게 쫓기더라도 잡히지 않고 500m 정도만 달아나면 목숨을 구할 수 있다. 한 끼를 위해 달리는 사자들보다 목숨을 걸고 뛰는 약자들의 판정승으로 끝난다. 그리고 비정한 백수의 왕이라고 해서 호사만 누리는 것은 아니다. 제왕의 자리에 오래 군림하는 사자일수록 흉터가 많다. 호시탐탐 다가오는 도전에 직면하여 죽음을 두려워하지 않고 싸운 결과 흉터가 훈장처럼 남아 있다.

나는 간혹 위기가 닥쳐오면 아주 쉽게 체념해버리는 우리 인간의 모습을 보며 '양들의 침묵'을 떠올린다. 목장에서 기르는 양들은 늑대가 다가오면 소리를 지르는 것이 아니라 모두 침묵해 버린다고 한다. 무리 중 한 마리가 잡혀갈 때까지 숨을 죽인 채 가만히 기다린다. 수천 년간 인간의 손에 길들여지면서 순한 놈들만 살아남았기 때문에 위험에 저항하는 것을 배운 것이 아니라 죽음에 순응하고 체념하는 법을 배운 것이다.

우리는 지금 위기의 시대를 살고 있다. 지금 우리들이 겪는 위기는 나만의 위기가 아니라 온 지구촌이 함께 겪는 위기다. 잔머리를 굴리다 지친 무기력한 인간의 꼴이야말로 지지리 못난 양들의 모습은 아닐까 생각한다. 도전이 있어도 응전은커녕 비명 한 번 지르지 못하고 당하기만 하며 모든 걸 포기하는 경우가 허다하지 않는가.

하지만 인간의 일이란 밑바닥 최악의 사태를 받아들인다면 더 이상 잃을 것도 두려워할 것도 없다. 살다 보면 언제나 위기의 때도 있고, 절망의 때도 있기 마련이다. 꿈과 희망이 사라지고, 절망의 늪에서 헤맬 때, 눈높이를 낮춰 그보다 더한 최악의 사태를 생각한다면 현실의 어려움쯤은 대수롭지 않게 극복하고 새로운 희망을 찾을 수 있으리라.

그리고 위기란 위험(危險)과 기회(機會)를 아우르는 말이 아닐까. 어떤 위기도 그 위험 속에는 새로운 도약을 할 수 있는 기회가 있다는 말도 되리라. 또 기회는 변화 속에서 찾을 수 있다. 영어 Change(변화)의 g를 c로 바꾸면 Chance(기회)가 되지 않는가. 변화 속에 기회가 있다는 말도 되리라. 절망을 딛고 위기에서 살아남기 위한 인간의 노력은 동서양이 다를 바 없는가 보다. 지혜롭고 현명한 생각이 나를 건강하게 하고, 유연한 사고와 부드러운 행동이 내가 몸담고 있는 사회를 평화롭고 행복하게 해주는 것을 생각해야 하지 않을까.

나는 생각한다. 쫓고 쫓기는 동물 세계의 먹이사슬은 왜 약육강식 일변도일까. 사자는 500m와 20%의 벽을 깨지 못하고 백수의 왕이 되기까지 얼마나 많은 시간이 걸렸을까. 사자에게 있어서 500m의 한계는 무엇이며, 20%의 사냥 성공률은 영원히 극복할 수 없는 벽일까. 그리고 신의 저주인가 아니면 복음인가. 창조주는 왜 사자로 하여금 500m 이상 달리지 못하게 했을까. 사자가 무제한 달릴 수 있다면 과연 살아남는 게 있을까. 인간의 일과도 일맥상통하는 것일까. 그러나 그건 이미 인간의 일이 아닌 약자를 위한 창조주의 배려인 걸 어찌하랴.

(문예비전, 2010. 9~10)

금강송 예찬

지금 내가 도착한 곳은 강릉시 운정동 강원도유형문화재 제58호 황산사(篁山祠), 나의 36대조 충무공 필달(必達) 할아버지 위패를 모신 사당이다. 충무공은 강릉 최씨 시조로서 고려 태조 왕건의 창업을 도운 개국공신이다. 영첨의좌정승(領僉議左政丞)을 역임하였고, 경흥부원군의 작위를 받았다. 문무를 겸비한 학자로서 해동부자(海東夫子)라 일컫는다.

주차장에 들어서니 새가 알을 품은 듯 황산사를 감싸 안은 뒷동산의 울창한 금강송이 가장 먼저 눈에 들어온다. 어깨동무라도 하듯 선교장과 나란히 이어지는 송림은 그렇게 정겹고 아름다울 수가 없다. 후손들이 조상을 추억하기에 부족함이 없는 도량이라고나 할까. 나는 무엇에 홀린 듯 서둘러 사당을 참배하고, 어느새 송림을 거닐고 있다.

나무 중에서 가장 운치 있는 나무를 꼽으라면 십중팔구는 서슴지 않고 소나무, 그중에도 금강송을 꼽으리라. 꺾고, 자르고, 구부리고,

뒤틀고, 인공을 가미한 분재나 정원수의 멋은 자연미를 따를 수 없는 것이니 멋을 따지는 자리에 낄 수도 없을 것이고, 불평 없이 어디든 주어진 환경에 안분지족하며 허공에 날개를 펴고 쭉쭉빵빵 잘도 빠진 금강송을 넘볼 자가 없을 테니 말이다.

금강송은 금강산에서부터 강원도 동해안 강릉, 경북 울진, 봉화에 걸쳐서 군락을 이루고 있으며, 삼대(저릅대)처럼 미끈하게 뻗은 토종 소나무다. 모든 사람들이 한결같이 애지중지하는 금강송은 입소문만큼 별칭도 많다. 금강송(金剛松)은 강한 재질의 나무라는 뜻으로 줄여서 강송이라고도 한다. 또 황장(황금색고갱이)이 껍질보다 단단하고 썩지 않으므로 조선시대에는 황장목(黃腸木)이라 했고, 껍질이 붉은색을 띤다 하여 흔히 적송(赤松)이라고도 한다. 그리고 춘양목은 금강소나무가 많이 생산되는 봉화군 춘양면에서 전국으로 실려 나갔으므로 지명을 따서 붙인 이름이다.

우리 전통 한옥의 으뜸 재료는 두말할 나위 없이 금강송이다. 묵은 가지는 새 가지에 햇볕을 양보하고, 삭정이의 남은 옹이는 줄기에 지그재그로 들어 박혀 태풍과 폭설에도 끄떡 않는 강송이 된다. 그래서 뒤틀림이 없고, 강도가 높아서 건축재로서 그저 그만이다. 전통 한옥이 비가 새거나, 화재만 아니면 몇 백 년은 무난하게 견디는 이유다. 영주 부석사 무량수전, 안동 봉정사 극락전이나 구중궁궐 그리고 이름 있는 목조 건물들이 금강송을 쓴 것도 그 때문이다.

건축재뿐만 아니다. 소나무를 심으면 왕성한 기운이 깃든다고 믿

고 사람이 사는 양택은 물론 사후 안식처인 음택에도 좌청룡, 우백
호를 가려 주위에 소나무를 심었다. 절집, 내로라하는 사대부의 고
택과 궁궐, 왕릉 그리고 여기 황산사에 소나무가 많은 것도 그러한
전통을 잘 말해주고 있다.

그러니 배내옷 한 벌 걸치고 이 세상에 왔다가 수의 한 벌 걸치고
저세상으로 가듯이, 소나무로 지은 한옥에서 태어나서 한평생을 살
다가 소나무관에 누운 채 무덤으로 간다. 세종실록에 의하면 나라
임금도 죽으면 황장목관에 잠들었다. 이웃 중국에서도 천자와 제후
가 죽으면 반드시 황장목관을 썼다. 이와 같이 사람의 혼백마저도
함께하는 소나무 황장목이다.

어디 그뿐이랴. 소나무는 머리에서 발끝까지 무엇 하나 버릴 것이
없다. 제 몸을 태워 그 유명한 고려청자를 탄생시킨다. 세계적으로
우리 도자기술을 자랑하는 고려청자는 유약을 바르고 가마에 구울
때 오직 소나무만을 쓴다. 솔잎을 태운 재로 만든 유약을 도자기에
발라서 가마에 구워내면 나무재의 회색은 온데간데없고, 솔잎 그대
로의 은은하고 고상한 비취색으로 거듭난다. 이것이 소나무의 타고
남은 재가 환생하는 고려청자의 비밀이다. 소나무가 아니었던들 고
려청자의 탄생은 생각도 못할 일이다. 러시아엔 자작나무, 영국엔
느릅나무, 인도엔 보리수나무를 쓴다고들 하지만 한국의 소나무에
필적할 것은 아무것도 없다.

그런데 숲길은 마음의 여유를 가지고 나무늘보처럼 천천히 걸어

야 제맛이 난다. 그래야 자연의 빛과 소리를 제대로 느끼고 맛볼 수 있다. 천천히 걸을 때 비로소 계곡 물소리와 적당히 잘 버무려진 자연 그대로의 솔바람 소리도 들을 수 있다. 그리고 숲길을 걸을 때엔 배낭에 방울을 달고 다닐 일이다. 방울소리는 동물을 쫓는 경계경보가 아니라 인간이 자연을 향해 보내는 평화의 메시지다. 오소리, 꺼벙이, 너구리처럼 겁 많은 것들이 방울소리를 듣고 미리 피하기를 바라는 인간의 인도적인 배려가 깔려 있다. 또 숲길을 걷는 시간은 고려할 필요가 있다. 특히 송림을 걷는 시간이야 언젠들 안 좋을까만 그래도 아침 10시에서 오후 2시 사이가 좋다. 하늘을 떠받치고 있는 무공해 청청 산소공장에서 내뿜는 피톤치드가 가장 왕성하게 분출되므로 매연에 찌든 몸과 마음을 맑고 깨끗하게 해주기 때문에 좋다.

늦었다고 길을 재촉하는 걸 보니 벌써 돌아갈 시간이다. 황산사를 나오며 나는 생각한다. 숲은 영원한 나의 스승이라고, 그리고 내 유전인자에는 숲에서 위안을 얻고자 하는 피보다 진한 그 무엇이 입력되어 있는 것은 아닐까. 그중에도 난세를 지켜준 황산사 금강송의 울력을 잊지 못하는 것은 아닐까. 장마가 또 오는가 보다. 하늘이 청명한 날 아이들을 데리고 황산사 금강송을 다시 찾아오리라.

(산림문학, 2010. 가을)

작가 소개

최용순(崔龍洵)

　저자 최용순은 1943년 10월 4일 강원 강릉에서 7남매 중 셋째로 태어났다.
　고려대학교에서 대학원을 마치고, 강원 북평고, 춘천공고, 서울 고척고, 청담고 교사로 재직하였고, 강일중, 원묵중 교감을 거쳐 서울 자양중학교 교장으로 정년 퇴임하였다.
　제1회 강원예술제 시조부 장원(1962)으로 문학적 재능을 인정받고, 1989년 〈동양문학〉에 수필이 당선되어 본격적인 활동을 시작하였다.
　(전)한국농민문학회 부회장을 지냈고, 1994~1998년 EBS청소년선도방송원고집필 등 왕성한 활동을 하였다. 현재는 한국문인협회, 국제펜클럽 한국본부, 한국수필가협회 회원으로 활동하고 있다.
　한국예총강원도지부장상(시조백일장장원, 1962), 교육부장관상(1984), 제11회 한국농민문학작가상본상(2006), 제12회 한맥문학상본상(2006), 홍조근정훈장(2006)을 수상하였다.
　E-mail : C0906@hanmail.net

〈수필집〉
『앨버트로스의 날개이고 싶다』(1995), 『아직 난 깊은 사랑에 빠지고 싶다』(2005),
『아직 세상은 행복투성이더라』(2006), 동인지 〈풍류문학〉 1~12호(1998~2003, 공저)

어서 모란장으로 오시게

초판 1쇄 발행일 | 2010년 10월 4일

지은이 | 최용순
펴낸이 | 박영희
편집 | 이은혜·이선희·김미선
표지 | 강지영
책임편집 | 강지영
펴낸곳 | 도서출판 어문학사
132-891 서울특별시 도봉구 쌍문동 525-13
전화: 02-998-0094 / 편집부: 02-998-2267
팩스: 02-998-2268
홈페이지: www.amhbook.com
e-mail: am@amhbook.com
등록: 2004년 4월 6일 제7-276호

ISBN 978-89-6184-155-9 13810

정가 12,000원

※ 잘못 만들어진 책은 교환해 드립니다.

이 도서의 국립중앙도서관 출판시도서목록(CIP)은
e-CIP홈페이지(http://www.nl.go.kr/ecip)에서 이용하실 수 있습니다.
(CIP제어번호 : CIP2010003388)